Romain Gary

Charge d'âme

Roman DVANT

Gallimard

Né en Russie en 1914, venu en France à l'âge de quatorze ans, Romain Gary a fait ses études secondaires à Nice et son droit à Paris.

Engagé dans l'aviation en 1938, il est instructeur de tir à l'École de l'air de Salon. En juin 1940, il rejoint la France libre. Capitaine à l'escadrille Lorraine, il prend part à la bataille d'Angleterre et aux campagnes d'Afrique, d'Abyssinie, de Libye et de Normandie de 1940 à 1944. Il sera fait commandeur de la Légion d'honneur et Compagnon de la Libération. Il entre au ministère des Affaires étrangères en 1945 comme secrétaire et conseiller d'ambassade à Sofia, à Berne, puis à la Direction d'Europe au Quai d'Orsay. Porte-parole à l'O.N.U. de 1952 à 1956, il est ensuite nommé chargé d'affaires en Bolivie et consul général à Los Angeles. Quittant la carrière diplomatique en 1961, il parcourt le monde pendant dix ans pour les publications américaines et tourne comme auteur-réalisateur deux films, *Les oiseaux vont mourir au Pérou* (1968) et *Kill* (1972). Il a été marié à la comédienne Jean Seberg de 1962 à 1970.

Dès l'adolescence, la littérature va toujours tenir la première place dans la vie de Romain Gary. Pendant la guerre, entre deux missions, il écrivait *Éducation européenne* qui fut traduit en vingt-sept langues et obtint le prix des Critiques en 1945. *Les racines du ciel* reçoit le prix Goncourt en 1956. Son œuvre compte une trentaine de romans, essais et souvenirs.

Romain Gary s'est donné la mort le 2 décembre 1980. Quelques mois plus tard, on a révélé que Gary était aussi l'auteur des quatre romans signés Émile Ajar.

NOTE DE L'AUTEUR

Le mot « âme » est passé de mode. Il est banni de tout vocabulaire littéraire sérieux. Ce n'est plus qu'un archaïsme, une vieillerie bêlant-lyrique, et qui relève d'une sorte de Saint-Sulpice humaniste. Il a fait son temps, comme on dit.

L'emploi sarcastique, méprisant, des expressions « belle âme », « république des belles âmes », etc., date des années trente. Il s'est manifesté systématiquement à droite comme à gauche. Son rapport avec le fameux « lorsque j'entends le mot "culture", je saisis mon revolver » des nazis est évident, ainsi qu'avec la saillie de Maxime Gorki au sujet des « clowns lyriques qui font leur numéro de tolérance et d'idéalisme dans l'arène du cirque capitaliste ». On aimerait savoir ce que Gorki penserait en 1977 des dissidents soviétiques qui font le même « numéro » dans l'arène du cirque marxiste.

Ce persiflage a joué un rôle mineur, mais non négligeable, dans la préparation du terrain aux massacres hitlériens et staliniens, et au Goulag. Il dure encore. Après la dernière guerre, sa cible favorite chez nous fut Albert Camus. Aux États-Unis, l'expression de moquerie équivalente est bleeding hearts, « les cœurs qui saignent ». Son emploi fait partie de la chasse au « senti-

9

mentalisme », exercice d'hygiène préféré des intellectuels américains. Dans les milieux virils du Parlement français, « états d'âme » est fréquemment utilisé dans le même sens narquois, pour dénoncer le caractère vagissant et dégoulinant des consciences. Cette arme de dérision trouve tout naturellement sa place dans un arsenal auquel pourrait servir d'introduction la parole de Michel Foucault : « L'homme est une invention récente, dont l'archéologie de notre pensée montre aisément la date récente. Et peut-être la fin prochaine. »

Je n'ai pas d'inclination religieuse. Plus exactement, celle-ci s'arrête chez moi à l'amour, dans ce qu'il a de plus terrestre. Si l'on me demandait une définition, je répondrais que l'âme est pour moi ce qui nous mobilise : c'est une idée que l'homme se fait de lui-même, de sa dignité et de son « honneur » — encore un mot devenu tabou. Je dirais aussi que l'existence de cette force qui a laissé dans son sillage tant de chefs-d'œuvre et qui a été captée dans tant de goulags est une donnée dynamique de la vie que l'idéologie et la technie se disputent, lorsqu'il s'agit de son asservissement et de son exploitation.

De nombreuses interpellations, quand ce ne sont pas de véritables cris de désespoir philosophique, se font aujourd'hui entendre de tous côtés à propos de ce confinement et de ce « retraitement » à l'intérieur d'un socio et techno système dont nous sommes à la fois créateurs, composants, « fournitures énergétiques » — et déchets.

J'ai tenté de représenter dans le roman que l'on va lire cette double saisie, et de le faire visuellement, en quelque sorte, sous la forme non discursive d'une narration imagée.

Les quelques faits d'ordre écologique auxquels je me réfère sont étayés par une documentation abondante et

10

aisément accessible. Je n'ai pas voulu en encombrer le récit, tant ce contexte me semble connu de tous.

On verra peut-être dans mon roman une attaque aveugle et d'inspiration rétrograde contre la science et les savants. Ce serait une erreur. Le paradoxe de la science, ainsi que je le dis dans ces pages, est qu'il n'y a qu'une réponse à ses méfaits et à ses périls : encore plus de science.

La conférence des spécialistes de l'énergie nucléaire s'est tenue à Istanbul, en septembre 1977, et les termes de « carburant avancé » ont été fréquemment utilisés au cours de ses travaux, à propos du plutonium.

J'espère que le lecteur lira Charge d'âme *avec le sourire. Ce n'est, bien sûr, qu'un divertissement.*

R. G.
Cimarrón, septembre 1977.

PREMIÈRE PARTIE

« Carburant avancé »

I

Le ciel romain était bleu, serein, et un jeune Américain, grand, barbu, portant lunettes et dont il ne sera plus fait mention ici, dit à sa compagne très blonde, en contemplant l'azur figé : « Il y a dans ce ciel plus de lucidité froide que d'émotion. » Le vent faisait claquer les drapeaux blanc et jaune des gardes suisses devant la porte de bronze, où finit l'Italie et commence le Royaume chrétien ; Jean XXIII donnait sa bénédiction aux fidèles et à la foule de touristes venus assister en simples curieux au spectacle sur la place où saint Pierre avait rendu l'âme sur la croix dix-neuf siècles auparavant.

Il faisait un froid de chien.

Quelques instants plus tôt, le Saint-Père, arpentant sa chambre en caleçon long et pantoufles, avait grommelé à l'intention de Monsignor Domani, son secrétaire privé :

— Quand on se fait vieux, on se réveille chaque matin avec l'impression que le chauffage ne marche pas...

Au dernier mot du *Deo gratias*, des douzaines de colombes s'envolèrent de la foule. C'était un hommage touchant des frères visiteurs de Saint-André, mais qui fut jugé assez déplacé par la Curie.

Monsignor Domani, les mains jointes dans un geste qui relevait moins de la piété que de l'habitude, se trouvait à ce moment-là derrière Jean XXIII. Le cardinal Ocello se tenait légèrement en retrait, sur la gauche, ainsi que Signor Decci, l'architecte qui venait s'entretenir avec le Pontife de divers travaux de rénovation du Vatican.

Le Saint-Père avait conclu sa prière et esquissait déjà le signe de la croix, lorsque sa main levée s'immobilisa dans les airs. Il se pencha en avant, s'agrippa à la balustrade et les haut-parleurs lancèrent aux quatre coins de la place son murmure terrifié :

— *Che cos'è... Che cos'è ?*

Monsignor Domani et le cardinal Ocello se précipitèrent vers lui, craignant un malaise du Pontife, dont la santé, depuis quelque temps déjà, donnait de sérieuses inquiétudes.

— *Madonna ! Guardi !*

Un homme se frayait en titubant un chemin à travers la foule des fidèles, bousculant les gens sur son passage, mais les manifestations de ferveur exaltée étaient fréquentes en ces lieux et personne ne lui avait prêté attention.

Les trois coups de feu claquèrent au moment où l'inconnu atteignait la colonnade du Bernin, sous les fenêtres du Pontife. Il s'écroula sur les dalles de marbre, serrant encore un instant contre lui la serviette de cuir qu'il tenait à la main. Le Saint-Père dit plus tard à ses proches qu'il avait eu le chagrin d'apercevoir celui qui avait tiré, derrière le groupe agenouillé des pèlerins noirs de Fatima, mais la miséricorde de Dieu le lui avait fait aussitôt perdre de vue, dans cette confusion des multitudes affolées dont parlent les journaux lorsqu'ils informent leurs lecteurs que « profitant de la panique, le meurtrier réussit à s'enfuir ».

Monsignor Domani fit preuve d'une remarquable présence d'esprit : il ferma la fenêtre et tira les rideaux.

Quelques minutes plus tard, dépêché par le Saint-Père, il se penchait sur l'inconnu. Le secrétaire devait par la suite confier à son confesseur la pensée fort peu chrétienne qui lui avait traversé l'esprit : le malheureux aurait vraiment pu choisir un autre endroit pour se faire assassiner.

L'homme vivait encore. Ses yeux étaient larges ouverts et Monsignor Domani fut frappé par leur expression. Il n'avait encore jamais vu, et espérait fermement ne plus jamais voir, une telle expression de terreur dans le regard d'un mourant.

La vieille serviette de cuir qu'il n'avait lâchée qu'après avoir été atteint pour la troisième fois était tombée à côté de lui.

Il ne devait pas avoir loin de soixante-dix ans. En dépit de l'âge, ses traits avaient une beauté où le jeune ecclésiastique reconnut le reflet de pensées élevées ; son abondante chevelure blanche était de celles qui, en Italie, valent d'emblée à son possesseur le titre de *maestro*. Au revers de son veston, le secrétaire reconnut l'insigne de grand-croix de la Légion d'honneur, la plus haute distinction que la France pouvait conférer à un de ses fils.

Quant à un autre détail qu'il crut avoir remarqué, Monsignor Domani le prit pour une illusion d'optique et l'oublia aussitôt.

17

Alors que Monsignor Domani s'agenouillait auprès du mourant, celui-ci essaya de parler.

— ... *Charge d'âme... Jean XXIII... lui seul... charge d'âme...*

— Oui, mon fils, dit Monsignor Domani, les mains jointes, et en faisant de la tête un signe d'approbation, car il était clair que les dernières pensées du malheureux prenaient le bon chemin.

Par contre, les quelques mots que l'inconnu eut encore la force de murmurer paraissaient dépourvus de sens.

— *Énergie... La solution finale... Carburant avancé...*

— Oui, mon fils, dit Monsignor Domani, d'une voix apaisante.

Le pauvre homme délirait, à moins qu'il ne se fût agi de quelque chose de politique, ce qui souvent revenait au même.

— *Jean XXIII... Notre souffle immortel...*

En un suprême et dernier effort, il poussa la serviette de cuir vers le jeune prêtre, comme pour lui signifier que celle-ci contenait notre souffle immortel et qu'il souhaitait vivement que ce dernier fût remis personnellement au Saint-Père.

Après quoi il mourut.

Monsignor Domani baissa la tête mais, comme il commençait à prier, il éprouva à nouveau une étrange illusion d'optique.

La serviette palpitait.

Tout en marmonnant sa prière, le secrétaire du Pape s'écarta nerveusement.

Ce n'était pas une illusion.

La vieille serviette de cuir palpitait bel et bien. Une pulsation régulière, une sorte de... oui, de...

18

battement. Monsignor Domani crut d'abord qu'il y avait à l'intérieur un petit animal captif qui cherchait à se libérer, mais la régularité même du mouvement indiquait qu'il s'agissait plutôt d'un mécanisme. Une bombe, pensa brusquement Monsignor Domani, et il se releva en toute hâte, jugeant plus prudent de quitter immédiatement les lieux. Il pouvait s'agir d'une machine infernale destinée au Saint-Père. Des attentats terroristes avaient lieu quotidiennement en Italie.

Une demi-heure plus tard, le capitaine Guccioni, du service de Sécurité du Vatican, informait le secrétariat que la victime était le professeur Goldin-Meyer, titulaire de la chaire de civilisation au Collège de France. Quant au contenu de la serviette, il se révéla tout à fait inoffensif : un briquet en plastique des plus ordinaires et un jouet mécanique, une sorte de balle de ping-pong qui semblait être animée par un mécanisme intérieur, ce qui expliquait les mouvements « palpitants » de la serviette. Posée sur le sol, la balle s'élevait verticalement d'un demi-mètre environ, et ne cessait ainsi de rebondir. Ces objets anodins avaient dû être achetés par le distingué visiteur, peut-être comme cadeaux pour ses petits-enfants.

Il y avait également une enveloppe scellée adressée au Saint-Père.

Il était vraiment impossible de comprendre pourquoi un éminent professeur du Collège de France — un Juif, par-dessus le marché — avait mis tant d'insistance à implorer Monsignor Domani, dans son dernier souffle, de remettre une balle de ping-pong et un briquet à Sa Sainteté Jean XXIII. Il était non moins difficile de concevoir pourquoi on l'avait traqué et assassiné, comme pour l'empêcher, justement, de remettre ces objets insignifiants au Pape. Monsignor Domani conclut que l'assassinat n'avait aucun rapport avec le contenu de la serviette et qu'il convenait de laisser le souci de cette affaire à la police.

Il se rendit chez le Saint-Père pour le mettre au courant. Jean XXIII était assis à son bureau et paraissait triste et abattu. Le crime perpétré sous ses yeux l'avait profondément affecté. Il écouta le récit de son secrétaire, lui dit de prendre connaissance du contenu de l'enveloppe et de le tenir informé des suites de l'affaire.

II

Monsignor Domani travaillait tard. Il était une heure du matin. Il avait fini de vérifier les dépenses de sœur Maria, la vieille servante du Pape, dans un carnet que celle-ci avait laissé sur sa table de chevet, lorsqu'il fut pris soudain d'une sensation d'oppression, suivie d'angoisse ; des gouttes de sueur froide mouillèrent son front ; il se sentit sur le point de défaillir. Monsignor Domani tendit la main vers la carafe d'eau, et, au même moment, au battement affolé de son cœur répondit comme un écho — ou, peut-être, comme cause et origine — un autre battement, extérieur celui-là, régulier et assourdi. Il se tourna dans la direction du bruit et vit, posée sur un fauteuil près de la cheminée, la vieille serviette en cuir roussi, d'aspect si universitaire et presque humain à force d'usure, que les services de Sécurité lui avaient fait porter après en avoir vérifié le contenu. La serviette palpitait. Le *gadgeto*, se rappela Monsignor Domani. Il sourit et se calma, attribuant son moment d'anxiété au surmenage et aux fortes émotions de la journée.

Il alla prendre le porte-documents, se remit au

lit et se cala confortablement, les genoux repliés, le dos contre l'oreiller. Il trouva d'abord, dans la pochette extérieure, une forte enveloppe jaune qu'il mit de côté. Ensuite, comme le cuir continuait à palpiter de façon plutôt déplaisante et, pour ainsi dire, vivante, il glissa la main à l'intérieur du compartiment principal, non sans une certaine hésitation, et en retira un briquet en plastique blanc perle. Fort de sa hardiesse, Monsignor Domani s'empara de l'autre objet que le service de Sécurité lui avait décrit : une balle de ping-pong faite de la même matière nacrée que le briquet. La balle lui échappa aussitôt des mains et tomba sur le plancher où elle se mit à sautiller verticalement, avec une régularité remarquable, atteignant exactement la même hauteur à chaque rebond.

Monsignor Domani prit une cigarette — il s'en permettait une, lorsqu'il travaillait tard — et l'alluma avec le briquet qu'il tenait toujours à la main. Le plastique était chaud, agréable au toucher, et donnait une belle flamme orangée. Un de ces machins à deux sous, pensa Monsignor Domani, en aspirant la fumée, sauf que... oui, il ne se trompait pas : le briquet palpitait, lui aussi, une sorte de pulsation intérieure. Toc... Toc... Toc... Tout devient électronique à présent, pensa Monsignor Domani. Il n'aurait pas été surpris si ç'avait été un briquet sans essence, avec une batterie miniaturisée. Il regarda un moment la petite flamme, puis l'éteignit, posa l'objet sur la table de chevet et décacheta l'enveloppe qui contenait une épaisse liasse de papiers. Il les feuilleta rapidement : des diagrammes, des formules mathématiques... Curieux. Peut-être s'agissait-il d'un nouvel appel à la lutte contre la pollution, car c'est ce qui préoccupe aujourd'hui tout le monde. Agrafée à la liasse des papiers, il y avait une lettre écrite en français, d'une large écriture penchée et nerveuse. La lettre commençait par les mots *Saint-Père !* Le jeune prêtre se mit à lire.

Le feu brûlait agréablement dans la cheminée. La petite balle nacrée bondissait avec régularité au milieu de la chambre. Tout en lisant, le secrétaire jouait distraitement avec le briquet, et la jolie flamme orangée jaillissait promptement à la plus légère pression de ses doigts.

Un avilissement final et irréversible... L'apothéose d'une civilisation entièrement vouée au culte de la puissance et à l'asservissement de l'homme...

Encore un de ces manifestes, pensa Monsignor Domani. Le Saint-Père en recevait tous les jours.

Monsignor Domani était un jeune homme maigre, aux traits aigus et au regard intense. Il était sorti un an auparavant de l'Académie diplomatique du Vatican et avait été recommandé à Jean XXIII, qui recherchait un secrétaire, comme un sujet particulièrement intelligent, travailleur et dévot. Ses traits offraient une vague ressemblance avec ceux du pape Pie XII, dont il était d'ailleurs un petit-cousin : sans doute inconsciemment, il imitait les attitudes et certains gestes du grand pontife ascétique et conservateur. Monsignor Domani était quelque peu porté, lui aussi, à l'intransigeance, signe d'une dévotion fougueuse ; il avait tendance à lever les bras au ciel à tout propos et à joindre les mains pour exprimer des indignations où se mêlaient les élans de vivacité italienne et ceux d'une conscience facilement effarouchée.

Les religieuses vaquant aux fourneaux du Pape étaient d'avis que le *povero* devrait prendre au moins vingt kilos pour parvenir à la maturité.

Il lui fallut cinq bonnes minutes avant de comprendre tout le sens de ce qu'il lisait.

Son visage devint gris. Il poussa un cri étranglé et jeta loin de lui, comme sous l'effet d'une brûlure, le briquet qu'il tenait à la main. Il se dressa d'un bond sur le lit et se colla contre le mur, la bouche ouverte, le souffle rauque, cependant que son regard terrifié allait de la petite flamme orangée du briquet qui continuait à brûler à la balle nacrée qui sautillait sans relâche sur le parquet... Sa vue se brouilla et il perdit connaissance.

Lorsque Monsignor Domani revint à lui, il se trouva étendu au pied du lit, le visage à quelques centimètres à peine de la flamme du briquet. Il tendit la main, saisit le briquet et l'éteignit ; il devait se dire plus tard que ce fut sans doute l'acte le plus courageux et peut-être le plus chrétien de sa vie.

Il vit alors la petite balle blanche qui continuait inlassablement son mouvement sur le parquet et, maintenant qu'il *savait*, il parut au jeune jésuite qu'elle sautillait ainsi pour attirer son attention, que la force qui l'animait l'appelait à son secours et cherchait désespérément à se libérer.

Monsignor Domani se releva d'un bond. Il saisit la liasse de papiers sur le lit et se précipita dehors. Les gardes de nuit le virent passer dans les hauts corridors, se heurtant aux murs comme un oiseau terrifié. Pendant qu'il courait ainsi, les yeux exorbités, ses lèvres murmuraient une prière d'une ferveur si implorante qu'au moment d'at-

teindre les appartements pontificaux le jeune prêtre sentit qu'il n'avait encore jamais vraiment prié
auparavant.

ramènerait au ... pour tous ... jeune fille ... avait cru ... tombait, ce ... aux ...

III

Il leva les yeux, referma le livre — *Les Dénaturés*, de Kresinski — et la surprit à nouveau en pleine crise de charité chrétienne. Vautrée sur le lit, les seins nus, le visage en larmes, elle regardait la petite balle nacrée avec ce mélange de pitié, de souffrance et d'amour que tant de peintres avaient prêté à Marie-Madeleine, au pied de la Croix. Il y avait deux mille ans de bourrage de crâne dans ce regard-là.

— Écoute, May, ça suffit comme ça. Laisse tomber. Combien de fois faudra-t-il te le répéter ? Ce n'est qu'un machin. Une astuce technologique.

Il eut encore droit à un de ces regards blessés qui lui donnaient chaque fois l'impression d'être un bourreau d'enfant.

Mathieu jeta le livre et vint s'asseoir sur le lit.

— May, c'est un gadget. Tu connais ce bon vieux mot français, gadget ? La seule chose qu'il y a à l'intérieur, c'est de l'énergie.

— Oui, je sais. Je sais quel genre d'énergie. *Qui est à l'intérieur*, Marc ? Qui est le gars dont vous avez volé le souffle immortel, **bande de salauds** ? Qui est le donneur ?

26

— Merde.

— Ça vient tout de même de quelqu'un, non ? Qui est le donneur ?

— Jean Pitard, puisque tu y tiens.

— Oh mon Dieu ! Jean était ton meilleur ami et toi tu vas et...

Il ferma les yeux. De la patience. Avec cette espèce de conne qu'il aimait pour des raisons incompréhensibles — pour des raisons *sentimentales*, en somme — il avait besoin de patience par-dessus tout, et la patience était justement ce qui lui manquait le plus.

— Tu avais reçu l'autorisation de la famille ?

— Mais tu crois qu'il s'agit de quoi, espèce de demeurée ? D'une greffe d'organe ?

— Jean t'avait donné son accord ?

— Il n'a pas eu le temps. Il était encore vivant quand on l'a transporté à l'hôpital et je m'y suis précipité. C'était un ami, quoi. Naturellement, j'ai pris un capteur avec moi. Jean était parfaitement athée, de toute façon. Et c'était un savant, donc...

— Tu lui as posé la question ?

— Non, évidemment, il y a tout de même des questions qui ne se posent plus dans les milieux scientifiques. Celle de l'« âme », notamment. L'« âme »... « Notre souffle immortel »... Tout ce vocabulaire moyenâgeux... C'était bon au temps du char à bœufs. Il s'agit d'énergie. De ce qu'on appelle « carburant avancé », dans le langage de la physique nucléaire. Tu as entendu parler de la crise de l'énergie ? Bon. Nous avons trouvé une nouvelle source d'énergie qui ne coûte rien, qui est là à ramasser et qui est pratiquement inépuisable, inusable. C'est tout. Évidemment, à partir du moment où tu utilises le vocabulaire affectif d'un autre temps, tu te crées des problèmes absurdes. La question de l'âme ne peut pas se poser là pour l'excellente raison qu'il s'agit de *science*. Même les écologistes ne pourront pas gueuler : c'est propre. Pas de pollution, pas de radioactivité, pas de menace pour l'environnement. Des effets psychiques, mais nous y travaillons. Ça devrait disparaître avec l'accoutumance. Il y a là une force ascensionnelle formidable, que nous avons été les premiers à capter, au Collège de France. La poésie, May, il y en a marre. Au moment même où la civilisation a besoin de toutes ses ressources et que celles-ci s'épuisent très rapidement, nous avons mis au point une méthode pour faire cesser un gaspillage d'énergie qui dure depuis le commencement des temps. Nous sommes au début d'une ère nouvelle, d'une prospérité inouïe, qui mettra fin à tous les problèmes matériels de la terre, et toi...

Mais c'était inutile. Tout ce qu'il pouvait dire se heurtait à des préjugés millénaires. Il y avait chez May un côté animal, instinctif, quelque chose de primaire et d'invincible qui semblait avoir été spécialement conçu pour résister aux assauts du génie humain. Le cortex, dernier venu de nos deux cerveaux, ne parvenait pas encore à dominer le cerveau animal, instinctif, primaire, plus vieux que lui de quelques millions d'années. Il restait encore un sacré travail à faire pour nous libérer de nos origines. Le physique de cette ancienne strip-teaseuse du Texas de vingt ans qu'il avait ramassée dans une boîte de nuit, l'opulence de seins, de hanches et de rondeurs, avait un côté archaïque, primitif, que le bleu du regard venait souligner d'une sorte

28

d'innocence première. Peut-être fallait-il chercher là, justement, la raison pour laquelle il s'était si profondément attaché à elle : l'innocence. C'était rafraîchissant. Souvent, lorsqu'il rencontrait son regard, d'une naïveté à vous fendre le cœur — encore un cliché passéiste —, ces vers d'un poème de Yeats lui revenaient à l'esprit :

> *Je rêve au visage que j'avais*
> *Avant le commencement du monde...*

Bof. La nostalgie des origines. Bien sûr, on s'était un peu dévoyé, dévié, et les jeunes écologistes, comme on appelait à présent ces réfractaires qui rêvaient d'on ne savait quel changement, n'étaient peut-être pas entièrement sans excuses.

— C'est exactement le même principe que pour le haricot sauteur mexicain. Il y a un petit quelque chose — dans le haricot, c'est un ver — qui se tortille à l'intérieur et cherche à se libérer. Tous les enfants connaissent ça. Quand le ver meurt, le haricot n'est plus qu'un peu de matière inanimée et ce n'est plus drôle.

Elle n'écoutait pas. Appuyée sur un coude, l'épaisse chevelure blonde tombant sur les joues et les épaules, elle ne cessait de suivre d'un regard *chrétien* — oui, il n'y avait pas d'autre mot — les bonds de la petite merveille technologique, fruit de tant d'efforts, à la fois premier balbutiement d'un âge nouveau et aboutissement triomphal de toute une civilisation.

— *Pobrecito*, murmura-t-elle.

Elle avait eu une nurse mexicaine.

Mathieu était assis sur le lit, en pantalon de pyjama, le torse nu, les cheveux ébouriffés, et il cherchait désespérément des mots simples et rassurants que les circonstances exigeaient. Toute cette affaire était avant tout une question de terminologie. On n'aurait jamais dû utiliser des termes comme « surrégénérateur », « confinement », ou « retraitement des déchets », qui sentaient l'univers concentrationnaire et le Goulag. Ils avaient associé Goldin-Meyer à leurs travaux, en le priant d'étudier ces survivances d'un vocabulaire suranné et de leur suggérer une terminologie nouvelle, appropriée à l'esprit du temps. Malheureusement, le vieux professeur de civilisation au Collège de France s'était lui-même révélé un diplodocus irrémédiablement enraciné dans les croyances passées. Il avait fait une dépression nerveuse et n'avait rien trouvé de mieux que de se précipiter à Rome, afin d'informer le Pape de la « solution finale » au problème de l'énergie qui se préparait. Il s'était fait assassiner parce que ni les États-Unis, ni l'U.R.S.S., ni aucune autre des puissances dites « nucléaires » n'étaient prêts à faire face aux conséquences d'une telle révélation ; il fallait éviter à tout prix une intervention de Jean XXIII, dont l'influence pouvait être déterminante, étant donné la confusion des esprits qui régnait dans le domaine du nucléaire. Tous les experts étaient d'accord là-dessus : une longue campagne d'information, de persuasion, un travail d'éducation et de désensibilisation était nécessaire. Sinon, personne ne pouvait prévoir jusqu'où iraient la panique et la révolte des mentalités mal préparées. Une fois les préjugés surmontés, la seule question qui se poserait était sans doute celle du standing. Plus exactement, celle de l'affectation posthume de l'énergie de chacun. Immanquablement, au début, surtout dans les pays démocratiques, les donneurs exigeront de connaître leur affectation, savoir si leurs fournitures énergétiques allaient servir à faire fonctionner le moteur d'une Rolls ou d'une pompe à merde. Une sorte de lutte de classes, quoi. L'Occident libre tiendra sans doute davantage compte des préférences de chacun en matière de recyclage et de retraitement que les pays de l'Est, comme c'était déjà le cas. Mais ce n'était pas là l'affaire des savants.

— *Pobrecito...*

Elle ne quittait pas la petite balle des yeux.

Il n'aurait jamais dû lui en parler, mais il n'avait pu s'en empêcher, dans l'ivresse de la victoire. Lorsqu'on aime une femme, même si c'est une conne, il est normal que l'on cherche à partager avec elle ses joies et ses/peines. Un soir, il avait rapporté ce jouet du labo : c'était une des premières pièces qu'ils avaient réussi à mettre au point. Il pensait que cela l'amuserait. Il avait besoin d'un peu d'admiration, quoi. C'est humain, comme on dit. Bon, il n'allait pas engager une discussion avec lui-même pour savoir ce qui était humain et ce qui ne l'était pas. Mais il s'était tout de suite heurté à une incompréhension totale, à une sorte de terreur animale, à la superstition la plus crasse et aux clichés du vocabulaire religieux le plus arriéré. Et, depuis, c'était l'hystérie, les prières et des tranquillisants par poignées.

Elle avait le plus beau corps qu'il eût jamais vu, mais tout le reste était à peu près aussi évolué que la Bible.

— Tu es un beau salaud, Marc. Vous êtes tous des salauds, là-bas, avec votre plutonium, vos surrégénérateurs, et votre retraitement des déchets — les déchets, c'est nous — mais tu as plus de génie que les autres, alors, tu es le plus beau salaud de tous...

— Laisse-moi tranquille, May, avec tes conneries. Tu t'habitueras, comme tout le monde, et à la fin, tu ne t'en apercevras même plus.

Il passa à la cuisine et plaça trois tranches de pain sur le nouveau gril qu'il avait bricolé au labo : il y eut un bref grésillement et le gril fut instantanément réduit avec les toasts en un magma puant. Il ne restait d'intact que la petite pile nacrée, légèrement phosphorescente.

Cette maudite question de contrôle était un véritable casse-tête. Les Russes avaient pris de l'avance dans ce domaine. Il y avait six mois que toute son équipe cherchait en vain une solution au problème de la fission : l'élément semblait indivisible. Ils n'arrivaient pas à le désintégrer, à le dégrader et à le graduer, pour arriver à des fractions de puissance que l'on pourrait adapter aux besoins spécifiques. Ils se heurtaient à une sorte d'irréductibilité.

Toujours la technologie. La technologie était le trou du cul de la science.

IV

La bibliothèque florentine est située au deuxiè-me étage du Vatican, à quelques pas des apparte-ments privés du Pape. Sur le mur en face de l'en-trée, un tableau de Bellini représente une vue du Tibre, telle qu'elle s'encadre aujourd'hui encore dans une des fenêtres : le paysage, avec ses églises, ses dômes, les croix dans le ciel et les ruines romai-nes, continuait à évoquer fidèlement le passé que le peintre avait immortalisé.

Le seul autre tableau sur les murs, connu sous le nom de *Madone des pêcheurs*, œuvre d'un artiste anonyme du XVIᵉ siècle, était une acquisition récen-te, un cadeau offert à Jean XXIII par la Corpora-tion des Pêcheurs de Fiesole.

Depuis la mort du souverain pontife deux jours auparavant — le cardinal Sandhomme était convaincu qu'il était mort de chagrin, tué par la chose immonde — la commission théologique que le Saint-Père avait convoquée quelques heures à peine avant de rendre l'âme siégeait sans désem-parer.

Le cardinal Sandhomme, primat des Gaules, gardait obstinément les yeux fixés sur la douce image de la Vierge. Il tentait d'apaiser ainsi son bouillonnement intérieur, où la fureur, l'indignation et un humour corrosif et presque vengeur se mêlaient à quelque chose qui ressemblait fort à une sombre satisfaction : il avait toujours dit que cela finirait ainsi.

En dehors même des documents qu'ils avaient sous les yeux, il suffisait de ne pas être aveugle et sourd pour savoir que ce qui se passait d'un bout à l'autre du monde c'était, justement, *cela*.

Il jeta un coup d'œil à la balle qui bondissait à côté du briquet au milieu de la grande table ronde d'acajou, sous les regards consternés ou froids des prélats, et sourit dans sa barbe. Il espérait que la « force » qui l'animait, ou l'« énergie », comme on disait dans les documents, était celle d'un savant — de préférence, celle d'un de ces « pères », selon l'expression consacrée, de la bombe nucléaire. Au début de la séance, il n'avait pas hésité à prendre le briquet et à l'allumer : il espérait entendre un grésillement à l'intérieur.

On disait du primat des Gaules qu'il était un « primitif de la foi ». De Gaulle avait lancé à son propos cette boutade : « Le cardinal est un homme d'excellent conseil... surtout lorsqu'on ne lui en demande pas. » Il avait soixante-quinze ans, mais pas une trace de grisaille. Le seul signe de vieillissement était une impatience grandissante avec l'éphémère : il avait hâte d'être rendu. Le regard avait une gaieté qu'aucun doute, aucune question sans réponse n'était jamais venu obscurcir. Jean XXIII lui avait souvent reproché un amour plus enclin à l'exigence qu'au pardon, plus touché de sévérité que de miséricorde. Trop intransigeant, il n'avait jamais été considéré comme « papable » : là où il y avait place pour la diplomatie et le compromis, il n'y avait pas place pour Sandhomme.

Ils étaient sept, réunis en conseil restreint, autour du cardinal Montini : Sandhomme de France, Suetens des Flandres, Haller d'Allemagne, Paulding des États-Unis, Haas, le général des Jésuites et le Franciscain Buominari, simple moine de Compostelle, dont Jean XXIII avait volontiers écouté les conseils, parce qu'il y reconnaissait la simplicité et l'humilité d'une voix qu'aucune habileté dialectique n'avait encore déformée. À la droite de Montini, Haller d'Allemagne, âgé de quatre-vingt-deux ans, avait une présence presque spectrale : c'était la blancheur des très vieux hommes et des cathédrales très jeunes.

Le rapport de la Commission théologique était prêt. Il ne s'agissait plus que de parvenir à l'unanimité, toujours recherchée au sein de l'Église. Le document était rédigé avec une extrême circonspection. Pour le primat des Gaules, cette prudence sentait déjà l'atermoiement et la capitulation. L'heure n'était pas à l'habileté et à la diplomatie, mais bien à la foudre et à l'anathème. Et il était difficile d'imaginer Montini, le plus « papable » des présents, un homme de douceur et de sensibilité, dans ce rôle intraitable.

Les documents que Goldin-Meyer avait réunis étaient irréfutables. Les deux grands physiciens nucléaires consultés, Nitri et Collini, l'avaient non seulement confirmé, mais ne parurent guère étonnés : toutes les grandes puissances travaillaient dans le même sens. Ceux de l'U.R.S.S. étaient particulièrement bien placés dans cette course, peut-être parce que ses savants avaient reçu la préparation idéologique nécessaire. Simplement, les physiciens français du Cercle Érasme, et surtout, le plus jeune et le plus célèbre d'entre eux, Marc Mathieu, avaient trouvé un « raccourci » — ce qui n'était pas surprenant, puisque c'était grâce à Mathieu que la France s'apprêtait à faire exploser sa première bombe nucléaire.

Sandhomme se tourna vers le général des Jésuites, Haas, qui était en train de louer le travail de la Commission théologique.

— Les conclusions auxquelles nous sommes parvenus me paraissent entièrement convaincantes. Il est évident qu'aucune main humaine ne saurait détourner, capter et utiliser à des buts industriels et militaires ce qui n'appartient qu'au Créateur seul. Il y aurait blasphème à concevoir une telle possibilité...

Sandhomme acquiesça brièvement et c'était un acquiescement totalement désapprobateur. Aucun des évêques présents ne prit ce signe de tête sarcastique pour un assentiment. Le vieux soldat de la foi indiquait simplement que Haas adoptait une position à laquelle il s'était toujours attendu de sa part et qu'il exprimait une opinion rationnelle, libre de préjugés et de superstitions, digne en tout point de l'Ordre qui remplissait au sein de l'Église une fonction dialectique rarement prise en défaut.

Le général des Jésuites fixa froidement l'incorrigible primitif français de ses yeux à la fois pâles et lumineux, sous ses paupières rouge gingembre presque dépourvues de cils : ses origines flamandes apparaissaient dans la rousseur qui striait encore la grisaille des cheveux et touchait la peau de son sable.

— Je sens que Sandhomme a une opinion *radicalement* différente sur la question...

Il sourit et attendit.

La main de Sandhomme fouilla un instant parmi les pages de notes photocopiées posées devant lui.

— Sur le plan scientifique, je suis un ignare, mais j'ai entendu parler de l'*entropie,* c'est-à-dire de la dégradation inéluctable de toute forme d'énergie. J'ai toujours été convaincu que cette notion peut s'appliquer également, avec l'aide de la science et de l'idéologie, à la dégradation de l'énergie spirituelle... ce qui nous a menés là où nous sommes. Je relève dans le vocabulaire de ces...

Il se retint.

— ... de ces savants, des jeux de mots qui paraissent significatifs. Bien sûr, ce sont des jeux de carabins. Il faut faire la part de l'ironie, car il ne viendrait à personne l'idée d'empêcher un chien de remuer la queue. En parlant de mesures de puissance du nouvel « élément », ils utilisent indifféremment, pour chaque unité, les termes de « 1 goulag », de « 1 souffle-homme », de « 1 âme », sans oublier « 1 marx » et, pour finir, Dieu me pardonne, de « 1 christ ». J'ai également sous les yeux cette intéressante remarque : « Voir avec un de nos collègues humanistes, peut-être Goldin-Meyer, la possibilité d'élaborer un vocabulaire nouveau, des noms et des désignations moins offensants pour les esprits non scientifiques. » Voilà où nous en sommes. Mon opinion est formelle : que cette affaire soit portée à la connaissance du monde, par

37

la voix la plus autorisée de la chrétienté, et l'accompagner d'une condamnation absolue et sans appel.

— Ceci est absurde !

L'exclamation retentit avec tant de colère que le cardinal Sandhomme s'étonna qu'elle ne fût pas accompagnée d'un coup de poing sur la table. Le cardinal Paulding des U.S.A. paraissait hors de lui. D'une forte carrure, les cheveux coupés en brosse, le cou et les bajoues congestionnés, les sourcils broussailleux sous d'épaisses lunettes d'écaille, il s'était dressé à l'autre bout de la table, manifestement incapable de supporter davantage les vaticinations des prélats italiens, qu'il qualifiait volontiers de « moyenâgeux ». Banquier de formation, il était célèbre pour avoir redressé les finances de l'Église américaine et pour la polémique véhémente qui l'avait opposé au cardinal Bea, au cours de Vatican II.

— Il s'agit d'un piège qui nous est tendu par nos ennemis... C'est une provocation évidente. On veut obtenir de nous une condamnation, afin que le monde libre ne puisse utiliser l'énergie nouvelle, alors que les pays marxistes iraient de l'avant. Nous avons déjà eu ce débat à propos du plutonium et des centrales nucléaires... En quoi notre âme immortelle peut-elle être concernée par cette question *technique* ? Car enfin, le fait que ce nouvel élément, cette nouvelle particule atomique — on en découvre tous les jours ! — puisse être contrôlée scientifiquement prouve bien qu'il s'agit d'un phénomène purement *physique* et nullement d'un phénomène *spirituel*... Il s'agit bien d'énergie corporelle, d'une forme de main-d'œuvre, et si nous

nous opposons à son exploitation, nous serons battus à plate couture par les communistes. Non seulement cette nouvelle découverte nous permettra de lutter contre la pauvreté dans le tiers monde, mais si nous hésitons à aller de l'avant, le communisme athée prendra sur nous une avance irrattrapable et nous supplantera partout...

Le cardinal Montini leva la main. Il parla avec douceur et le primat des Gaules fut à nouveau frappé par sa fragilité, par l'éclat doux et chaleureux de ses yeux italianissimes, où l'intelligence profonde était tempérée par la vieille intimité méditerranéenne avec tout ce qui est vie et lumière. Ce sera un pape *civilisé*, pensa Sandhomme. Or, ce que ces temps exigeaient, c'était un pape *primitif*. Il fallait que la foi retournât à ses sources, parmi les charpentiers et les bergers.

Le futur Paul VI rappela aux évêques qu'il n'était plus possible de prolonger la discussion, que tout avait été dit, et qu'il y avait une décision urgente à prendre.

Celle-ci fut prise à l'unanimité moins une voix, et Sandhomme fit à nouveau, de la tête, un petit geste d'approbation : c'était exactement ce qu'il avait prévu. La diplomatie, avec son goût du compromis et de l'habileté, était une malédiction qui menaçait l'avenir même de la chrétienté. Il se rappela avec une infinie tristesse ce que le grand écrivain français Bernanos lui avait dit plus de trente ans auparavant : « Sandhomme, vous appartenez à une époque révolue : celle de l'Église catholique. »

V

Mathieu regardait sombrement le grille-pain cal-
ciné. C'était là un problème pour Chavez. Lucien
Chavez était sans conteste le meilleur technicien
de l'équipe. Lorsqu'il s'agissait d'applications pratiques, personne ne lui arrivait à la cheville. Il
voyait dans la science une sorte de vache qu'il fallait traire à fond, en tirer le maximum, l'exploiter
à des fins utilitaires, pour le profit matériel de
tous. Le résultat pratique était la seule chose qui
comptait. Il avait horreur des théories scientifiques
« qui ne pondent pas d'œufs », selon son expression. C'était, à ses yeux, de l'art pour l'art. Il ne
pouvait souffrir les savants qui se cantonnaient
dans des abstractions et ne se souciaient pas de
concrétisations techniques. Il appelait une telle attitude l'« aliénation du tableau noir ».

Mathieu avala un jus d'orange, passa dans la
salle de bains et commença à se raser, contemplant
son visage dans le miroir avec le dégoût habituel.
Au moment de son fameux « raccourci » qui devait
permettre à la France de faire exploser sa première bombe thermonucléaire à Mururoa, un journa-
liste en mal de copie avait écrit qu'il avait une vraie

40

tête de pirate et qu'il ne lui manquait qu'un anneau d'or à l'oreille pour que la ressemblance fût complète. « L'aspect physique du professeur Marc Mathieu et, j'ajouterais, son mode de vie correspondent fort peu à l'idée que nous nous faisons d'un savant, avec ce que cela suppose d'ordre, de lucidité et de régularité... À bien des égards, sa personnalité fait penser à celle des "poètes maudits" du XIXe siècle, Rimbaud, Verlaine... On dirait presque que le génie scientifique s'est trompé d'homme. Il s'agit d'un tempérament artistique. On remarquera d'ailleurs une ressemblance frappante avec le célèbre autoportrait de Gauguin, à l'Orangerie. »

Il ouvrit le rasoir et retira la batterie. Par le plus grand des hasards, il connaissait le donneur. Après les premières mises au point, le problème des « retombées psychologiques » suscitait au sein du Cercle Érasme des discussions sans fin. Il fallait prévoir une méthode de présentation, une façon de préparer l'opinion, afin d'éviter les remous qu'avait provoqués dans les masses populaires, et surtout dans la jeunesse, la construction des premières centrales nucléaires. Ils étaient donc allés trouver Maurice Chéron, le conservateur du Musée de l'Homme, pour recueillir son avis. Mais ils recueillirent tout autre chose. Chéron fut frappé d'une attaque d'apoplexie et tomba raide mort au moment où Chavez lui faisait la démonstration du capteur et lui exposait les grandes lignes de la solution finale, enfin trouvée, au problème que posait à l'humanité l'épuisement de ses ressources. Chaque émission d'énergie qui se produisait à moins de soixante-quinze mètres du capteur, au moment de la

41

libération du souffle, était instantanément emmagasinée et Mathieu regarda avec sympathie la petite batterie en pascalite, encore chaude, au creux de sa main. Un triomphe de miniaturisation.

Bientôt, avec le rendement énergétique d'un bon week-end d'accidents de la route autour de Paris, il y aura de quoi éclairer la capitale *ad aeternum.*

Dès le début de leurs travaux, ils avaient collé au mur du labo, dans le sous-sol du Collège de France, une inscription qui reproduisait le mot d'ordre célèbre de Mao Tsé-toung, qui était devenu la devise du Cercle Érasme : « *L'énergie spirituelle doit être transformée en énergie matérielle.* »

Les Russes et les Chinois faisaient dans ce domaine des progrès plus rapides que l'Occident, parce qu'ils bénéficiaient d'une longue préparation idéologique et parce qu'ils pouvaient travailler tranquillement, dans le plus grand secret. Le manque d'informations, chez eux, était une règle strictement observée, ce qui leur avait permis d'éviter tout incident et toute révolte d'opinion, contrairement à ce qui se passait en Occident, avec les contestataires de tout poil, les marches de protestations et les terroristes italiens, allemands et autres.

Le secret qu'il fallait garder à tout prix sur leurs travaux était la préoccupation majeure du Cercle Érasme. L'opinion n'était pas prête. Les réactions populaires pouvaient être fatales.

Ils en avaient fait l'expérience quelques mois auparavant, lors du malencontreux incident avec le chauffeur Albert.

Leur première réussite pratique était une Citroën convertie à la nouvelle énergie.

Au moment de la hausse vertigineuse du coût de l'essence, alors que le rêve d'un carburant abondant et à vil prix était le principal souci de tous, des rumeurs avaient circulé au sujet d'un « moteur à l'eau » miraculeux, inventé par des ingénieurs français. Des journalistes étaient venus les voir au Collège de France.

Valenti s'en était tiré avec quelques propos sur la fusion de l'hydrogène et le « travail immense qui reste à accomplir ».

Les rumeurs s'étaient tues, mais ils avaient décidé de garer le prototype hors de Paris, dans le garage de la maison de Valenti à Fontainebleau, où ils avaient monté un banc d'essai. Le gardien de la propriété était un chauffeur de taxi retraité, Albert Cachou, un vieux bonhomme à casquette et grosses moustaches blanches, ancien résistant et déporté, dont l'unique sujet de conversation était les deux années qu'il avait passées dans l'univers concentrationnaire.

Ce soir-là, Mathieu se trouvait dans le garage, avec Valenti et Chavez. Ils essayaient en vain depuis six mois d'augmenter la distance de captation. Au-delà de soixante-quinze mètres, l'émission d'énergie n'était pas emmagasinée : il était impossible de la saisir. La fameuse « bifurcation » gravitationnelle de Yakovlev ne se faisait pas, le souffle ne se laissait pas dévier et ne pouvait plus être retraité et recyclé. Le retraitement et le recyclage donnaient des cheveux blancs à tous les physiciens qui étaient à la pointe du progrès dans le domaine du nucléaire.

Chavez était marxiste et ce monstrueux gaspillage de ressources énergétiques le mettait hors de lui. À onze heures du soir, à bout de nerfs, frustré par la continuité de leur échec, il était rentré chez lui. Mathieu et Valenti étaient restés seuls dans le garage. Le problème de recharge, lié à celui de la distance de captation et d'alimentation, les obligeait à installer clandestinement les collecteurs portatifs dans les hôpitaux, ce qui n'était pas sans rappeler l'époque héroïque où les médecins en étaient réduits à faire voler des corps dans les cimetières pour pouvoir procéder à des études d'anatomie. L'enjeu, dans cette affaire de distance de captation, était la possibilité, à plus ou moins longue échéance, de bâtir des systèmes à portée illimitée, capables d'emmagasiner le souffle dans l'ensemble d'un pays et, après les accords internationaux nécessaires, de recueillir le rendement énergétique de l'humanité entière, réparti ensuite selon les besoins. On se lamentait sur le tarissement des ressources, alors que les gens continuaient à mourir pour rien.

Valenti était un libéral convaincu et la captation clandestine lui posait des problèmes de conscience. Les droits de l'homme devaient être respectés. Chaque citoyen devait être consulté démocratiquement sur l'usage que l'État entendait faire de ses forces vitales libérées : usine, auto, machine à laver, fabrique de saucisses, éclairage. Cette possibilité de choix était une question de dignité et de respect humain.

Se croyant seuls dans le garage, ils parlaient librement. Comme ils le faisaient toujours entre eux, ils utilisaient pour plus de commodité le vieux vocabulaire humaniste. Ils parlaient d'un moteur de « 1 souffle-homme » et de l'« âme » à propos de l'unité d'énergie, comme on disait en Russie, au temps des serfs, une « propriété de mille âmes ». Il leur arrivait d'ailleurs de plaisanter et de compter les unités de souffle en « christs » ou en « marx ». C'était bon, également, du point de vue de l'accoutumance, car un des problèmes qu'il restait encore à résoudre était celui des retombées affectives de l'énergie, qui provoquaient l'angoisse et pouvaient même mener à de véritables dépressions, accompagnées d'hallucinations et de visions culturelles, ce qui expliquait sans doute pourquoi tant de chercheurs en U.R.S.S. finissaient dans les asiles psychiatriques.

— Il est incontestable que les Américains et les Russes sont beaucoup mieux placés que nous, dans la course, disait Valenti. Ils ont déjà le vocabulaire qu'il faut, une dialectique qui a fait ses preuves. Les gens, là-bas, ont l'habitude. Chez nous...

Il caressa le capot bleu de la Citroën.

— Tu te rends compte... une civilisation, « basée entièrement sur l'exploitation de l'âme humaine » ! Une auto d'une puissance de quatre souffles-homme... Va donc leur expliquer que ce ne sont que des mots ! Pour l'instant... quel est le type qui accepterait de conduire cette bagnole s'il savait que le moteur a été reconverti pour marcher à l'« âme humaine » comme ils disent ?

Ils en étaient là dans leurs propos, lorsque Mathieu, qui expliquait comment il avait passé la nuit dans les couloirs de la Salpêtrière et avait pu recueillir une bonne douzaine d'« âmes », entendit une sorte de râle derrière son dos. Le vieux Albert se tenait à la porte du garage, un mégot au coin des lèvres ; il regardait la Citroën dont le capot était ouvert comme si, dans l'intérêt supérieur de la France, on lui avait déjà demandé de donner le meilleur de lui-même, car si la France voulait demeurer une grande puissance, elle avait plus que jamais besoin de tous ses fils.

— Qu'est-ce qu'il y a, mon vieux ? demanda Mathieu, paternellement. Les nazis sont à Paris ?

Incapable de parler, Albert leva vers la Citroën un doigt accusateur.

— Ben oui, quoi, dit Mathieu. On a concrétisé. C'était dans l'air depuis longtemps, mais il manquait un petit coup de pouce scientifique. Maintenant, ça va être le plein emploi, mon vieux Albert. Allez, va, ne fais pas cette tête-là. Tu vas pas servir à des intérêts privés, on va sûrement nationaliser. Ce sera le socialisme, c'est pas la peine de te biler. Si ça se trouve, tu seras même consulté, tu pourras choisir ton affectation. Allez, vieux, c'est pour la France ! Comme à Verdun !

— Meeerde ! Meeerde ! Meeerde ! gueula Albert, et il essaya de sortir du garage, mais il eut un malaise et s'écroula, le visage terreux, l'œil fixe, et demeura ainsi, consterné, jusque dans l'inconscience.

— Qu'est-ce qu'il a à tourner de l'œil, ce fils du peuple, quand on parle de progrès ? s'étonna Mathieu.

— Il a eu un choc culturel, constata Valenti.

— Oui, il y a encore un travail éducatif considérable à faire.

Ils durent transporter Albert chez lui. Le vieux résistant délira pendant trois jours. Le médecin

46

hochait la tête en écoutant le malade qui parlait de l'« essence humaine utilisée comme carburant » et d'une Citroën qu'il avait vue de ses propres yeux et dont le moteur avait été reconverti pour « se nourrir de notre souffle et marcher ainsi éternellement ».

— La vignette ! La vignette ! braillait-il, Dieu sait pourquoi, après quoi, il accusa le praticien d'être venu là uniquement pour recueillir son essence.

— L'alcoolisme est une plaie de la France ! murmura Mathieu.

France-Soir eut vent de l'histoire et publia un article humoristique, sur une « solution à la crise de l'énergie et du plein emploi trouvée par un chauffeur de taxi parisien, qui proposait d'utiliser notre souffle comme essence à vil prix ». Mathieu estimait que le journal avait raison et que l'humour, l'ironie, la cocasserie étaient la seule attitude possible à un moment où un petit étudiant à l'université de Princeton avait réussi à fabriquer dans sa chambre une bombe nucléaire.

Quelques jours plus tard, la femme d'Albert avait appelé Mathieu au téléphone pour lui annoncer que son mari se mourait et que « je vous dis ça, parce que vous avez été si gentil ». Mathieu avait passé toute sa journée à travailler au problème de fission au labo et, dans la soirée, il s'était rendu dans le garage de Fontainebleau pour consulter Chavez et Valenti. La seule voiture disponible était la Citroën recyclée et il s'en servit pour se rendre à La Villette où vivaient les Cachou. Le nouveau moteur fonctionnait encore mal. Il y avait des secousses et des ratés : l'énergie cherchait à s'échapper à la verticale et perdait de sa force dans les autres directions, à chaque tour. C'était ce qu'on appelle dans le langage des militaires un engin de « première génération ». Il y avait un capteur de réserve branché directement sur le compteur.

Mathieu arrêta la voiture devant la maison des Cachou et coupa le moteur. La carrosserie continua à vibrer. Un excès de puissance.

Il alluma une cigarette. Il éprouvait quelque appréhension, au moment de revoir le pauvre Albert. L'idée d'un fils du peuple plongé dans le désarroi le plus complet parce que son essence pouvait être utile à la civilisation était affligeante.

Mathieu se penchait pour ouvrir la portière, lorsque le moteur repartit soudain de lui-même. Il jeta un coup d'œil au compteur : l'aiguille qui, un instant auparavant, oscillait autour de « 1 » venait de se fixer au chiffre « 2 ».

Ce n'était pas la peine de monter les quatre étages. Il avait arrêté la Citroën à moins de soixante-quinze mètres de l'immeuble. Albert venait de claquer et était aussitôt venu alimenter le moteur en carburant.

S'il y avait une chose que Mathieu détestait, c'étaient les incidents techniques.

Il rentra chez lui et se saoula. Il se sentait responsable de la mort du vieux. Mais comment aurait-il pu se douter, lorsqu'il discutait avec Valenti, qu'il y avait là un bon Français qui allait interpréter ce qu'ils disaient dans un sens aussi anachronique ?

Enfin, le pauvre Albert était devenu un martyr de la science et voilà tout. Mais après tout, Rabe-

lais, Montaigne et Pascal étaient devenus des martyrs de la science, eux aussi.

> *Frères humains qui après nous vivez,*
> *N'ayez les cœurs contre nous endurcis,*
> *Car, se pitié de nous pauvres avez...*

Mathieu serra les dents. Les retombées culturelles. On avait beau rendre le système aussi étanche
que possible, il y avait toujours quelque poème qui
continuait à suinter.

Il y avait trois jours que Goldin-Meyer avait été
abattu à Rome. La radio de huit heures avait
annoncé que la police continuait à rechercher l'assassin. Mais il y avait eu d'autres attentats terroristes
et l'opinion italienne s'y était habituée. L'accoutumance : tout était là.

Mathieu était certain que les documents étaient
à présent entre les mains des plus hautes autorités
de l'Église. Il aurait donné cher pour savoir quelle
décision ces vieux renards allaient prendre.

VI

Le même jour, à vingt-deux heures, une limousine noire quittait le Vatican par la porte de bronze et prenait la route de Fizzoli.

Monsignor Domani était écroulé au fond de la voiture. Les derniers trois jours et deux nuits d'insomnie avaient tracé sur son visage quelques rides qui n'allaient jamais plus sans doute s'effacer. Le Révérend Père Busch, de l'Institut catholique de Francfort et un des auteurs du rapport que le conseil théologique, réuni en toute hâte, venait d'approuver, était assis à côté du jeune prêtre et posait sur l'épaule de celui-ci une main amicale et rassurante.

Au portail du Campo Santo de Fizzoli, ils furent accueillis par Signor Valli, le *direttore*, qui les attendait respectueusement lui-même.

Le Révérend Père Busch tenait une serviette de vieux cuir fauve à la main.

— Tout est prêt ? demanda-t-il.

— Nous avons fini de creuser la fosse il y a une demi-heure, dit Signor Valli. Les instructions nous sont parvenues très tard et j'ai eu beaucoup de mal à trouver les employés...

— Eh bien, ayez l'obligeance de me montrer le chemin.

Signor Valli parut étonné.

— Mais... et le cercueil ? On m'avait dit qu'il s'agissait d'un enterrement ?

— Conduisez-nous à l'endroit, mon bon ami.

Signor Valli voulut demander où se trouvait le corps du chrétien qu'il s'agissait de mettre en terre, car la serviette de cuir que le Révérend Père serrait fermement sous le bras lui paraissait un peu trop petite pour contenir le défunt.

Lorsqu'ils furent devant la tombe, Signor Valli se découvrit et attendit.

— Qu'est-ce que vous faites là ? Allez-vous-en ! cria Monsignor Domani d'une voix de fausset qui parut au *direttore* du Campo Santo légèrement hystérique.

Signor Valli ne comprenait plus rien. Il n'y avait pas de cercueil. Il n'y avait pas de défunt. Il n'y avait que deux prélats dont un, le plus âgé, avait un visage très doux et empreint de tristesse, et l'autre, très jeune, était visiblement en proie à une agitation et à un désarroi qui donnaient à son regard une expression où se mêlaient l'anxiété et une sorte de protestation indignée. C'était une expression qui n'était pas sans rappeler celle d'un poulet qu'on égorge. Signor Valli s'éloigna. Mais s'il y avait une chose à laquelle il n'avait jamais pu résister, c'était la curiosité. Dès qu'il fut hors de vue, il revint à pas de loup et se dissimula derrière les buissons.

Ce qu'il vit échappa à ce point à toute compréhension qu'il le mit d'abord au compte des deux bouteilles de chianti qu'il avait bues au dîner.

En eux-mêmes, les deux articles manufacturés que le Révérend Père Busch tira de la serviette et jeta au fond de la tombe n'avaient rien d'extraordinaire : un briquet, semblait-il, et une balle de couleur nacrée, légèrement phosphorescente, qui paraissait mue par un ressort intérieur, car elle s'échappa à deux reprises de la main du Révérend Père Busch, et se mit à bondir sur le sol. Après avoir jeté ces deux objets dans la tombe, les deux prêtres s'emparèrent eux-mêmes des pelles et remplirent la fosse de terre. Signor Valli avait déjà à ce moment-là les yeux qui lui sortaient de la tête à la vue de cet enterrement, mais lorsqu'il vit les deux représentants de la plus haute autorité spirituelle de l'Église tomber à genoux et les entendit élever leurs voix dans une prière fervente qui recommandait les deux *gadgetos* à la miséricorde de Dieu, Signor Valli poussa un faible cri, porta une main à son cœur, l'autre à son front, et s'éloigna sur ses jambes chancelantes avec une seule idée en tête : retourner auprès de sa femme et appeler un médecin.

VII

Coupable. Tel était le jugement qu'il portait sur lui-même, et il n'y avait pas d'humour, pas d'ironie, pas de danse libératrice qui pût l'aider à y échapper.

Coupables. Grâce à des hommes comme lui, la puissance américaine pouvait annihiler en cinq minutes *toutes* les villes russes de plus de cent mille habitants *trente-six fois chacune.* Et grâce à ses savants, la puissance soviétique pouvait raser *douze fois chacune, toutes* les villes américaines. L'estimation des pertes de vies humaines aux États-Unis en cas d'une attaque thermonucléaire de l'U.R.S.S. variait entre cinquante et cent trente millions d'habitants, selon les intentions de l'attaquant.

Coupables. Vingt-cinq pour cent de tous les savants de l'U.R.S.S. et des États-Unis étaient entièrement occupés par la recherche et la mise au point d'armes de destruction universelle.

Quant à l'« âme », dans tout cela... Les ordinateurs d'états-majors calculaient sa destruction en *mégamorts* : un mégamort signifiait un million de morts.

Les militaires français avaient repris le bon vieux

sens que le mot « ennui » avait à l'époque de Joachim du Bellay et de Ronsard : le taux de destruction nucléaire auquel la France ne pouvait pas survivre s'appelait dans leur langage « taux d'ennui ».

Quant à l'âme... La vitesse de fission était calculée par les techniciens du recyclage des « déchets » en « nano-secondes ». Une nano-seconde signifie un milliardième de seconde. Pour arriver à un tel degré de contrôle, il avait fallu construire des « horlo-mesures » d'une précision d'un dix-millième de nano-seconde. Du point de vue de son équivalent idéologique, c'est-à-dire, pour parler « âme », seul le Cambodge était sur la voie d'une saisie aussi totale de chaque unité d'énergie. En U.R.S.S., malgré la perfection du système de contrôle, l'effet des retombées culturelles se faisait sentir et provoquait ce qu'on appelait la « dissidence ».

Quant à l'âme... Tous les savants nucléaires savaient que les 10 et 11 mai 1945, le choix de la « cible » au Japon pour le lancement de la bombe atomique fut discuté dans le bureau d'Oppenheimer à Los Alamos. Le premier choix n'était pas Hiroshima. Le premier choix était Kyoto. La raison donnée par les « penseurs » était que la destruction de Kyoto, berceau de la civilisation japonaise depuis mille ans, aurait eu un « impact psychologique maximal » sur le Japon. Le communiqué de Los Alamos déclarait : « *La population de Kyoto est hautement intelligente et comme telle plus capable que la population des autres villes japonaises d'apprécier la signification de l'arme nouvelle.* »

Seule l'opposition du conseiller de Roosevelt, Harry Stimson, avait forcé le Comité de Los Alamos à renoncer au choix de Kyoto comme cible, au profit d'Hiroshima.

Quant à l'âme... Ainsi que l'avait écrit avec humour le général français Georges Buis, la vitesse des nouveaux missiles nucléaires était telle qu'ils pouvaient atteindre leurs objectifs « entre deux battements de cœur ».

Quant à l'âme... Dans les années soixante, la plus grande contribution qu'un physicien nucléaire pouvait apporter à l'humanité, c'était de s'abstenir de toute contribution.

Il avait essayé de se dérober. De rompre avec sa vocation, avec lui-même, avec ce qui le possédait si entièrement.

Lorsque l'« inversion gravitationnelle », pressentie par Yoshimoto quinze ans auparavant, apparut soudain à Mathieu comme une possibilité pratique, concrétisable, il décida de rompre avec sa vocation.

Le 15 août 1968, les journaux annoncèrent « la disparition mystérieuse du savant Marc Mathieu », auteur du fameux « raccourci » qui avait permis à la France de se doter de l'arme nucléaire.

L'hypothèse d'un assassinat fut avancée. Elle n'avait rien d'invraisemblable : l'équilibre de la terreur exigeait aussi celui de la matière grise. Un cerveau « génial » risquait à tout moment de faire pencher le plateau de la balance du côté soit de l'U.R.S.S., soit des États-Unis, ou même d'un quelconque nouveau venu dans la course. La C.I.A. et le K.G.B. étaient sur les dents. Les satellites ne cessaient de photographier toutes les installations nouvelles.

Les journaux parlèrent également d'une

« défection » possible et ajoutaient que « le professeur Mathieu était connu pour son caractère quelque peu original et imprévisible ».

Il n'était venu à l'idée de personne qu'il ne s'agissait pas d'une défection, mais d'une *défécation*. Défécation d'un monde où la recherche scientifique désintéressée était devenue impossible et où la plus pure vocation de l'homme finissait dans l'infamie.

Mathieu s'était fait modifier le visage, s'était procuré un faux passeport et alla se terrer en Polynésie[1]. Il peignait toute la journée, essayant de trouver ainsi un autre mode d'expression et de se libérer du besoin de création qui le dévorait. Il savait depuis son adolescence que la recherche scientifique était une aspiration aussi puissante, aussi irrésistible que celle de Van Gogh, de Gauguin ou de Mozart — et aussi pure. Et personne n'avait pour l'instant découvert le moyen de transformer une fresque de Giotto ou une symphonie de Beethoven en arme de mort : il manquait là encore quelques prix Nobel.

Mais parfois, au milieu de la nuit, le chant intérieur devenait trop fort. Mathieu se levait, allumait la lampe à huile et les papillons de nuit se précipitaient dans la flamme destructrice qu'ils prenaient sans doute pour une civilisation. Il sortait. L'Océan étincelait de ses milliards de micro-organismes ; le sable était fin, vierge, offert. À peine un murmure sur le corail, l'éclair fugitif d'un crabe.

---

1. L'aventure polynésienne de Marc Mathieu a été raconté dans *La Tête coupable*.

Mathieu prenait un bout de bois, s'assurait qu'il n'y avait dans l'ombre argentée aucune présence humaine intéressée, se mettait à genoux et se laissait aller à son authenticité. Il n'avait même plus à réfléchir : les mois d'abstinence avaient accumulé dans sa tête des thèmes tout prêts qu'il n'avait plus qu'à transcrire. Il ne pensait plus, se libérait, s'abandonnait entièrement à son poème sans mots, à sa musique silencieuse. Il se livrait à son démon sacré pendant des heures, à peine conscient, se traînant à genoux sur le sable, se levant parfois pour voir l'ensemble des lignes qui couraient sur la plage, parmi les petits vésuves où se tapissaient les crabes terrifiés.

Il souriait. C'était très beau.

Lorsque les étoiles pâlissaient et que l'Océan s'approchait, Mathieu jetait un dernier regard sur son œuvre et mesurait avec fierté tout le bénéfice que l'humanité allait retirer de sa perte. Il attendait ensuite que la marée de l'aube recouvrît peu à peu son poème. L'Océan arrivait sur les symboles avec un frisson inquiet, s'acquittant ainsi de son rôle de père et de gardien de l'espèce, comme s'il craignait que quelque fragment de ce que la main de l'homme avait tracé ne lui échappât. Parfois, il manquait à l'Océan les quelques centimètres d'élan qu'il fallait pour tout recouvrir et Mathieu brouillait alors lui-même les dernières traces, ou les piétinait, jusqu'à ce qu'il ne demeurât rien. Il venait peut-être de sauver un paysage, un pays, les gènes d'un enfant.

Il s'étendait alors sur la plage, le cœur en paix, souriant, défiant, insoumis.

Un orage frissonnait toujours dans le lointain

parmi les lueurs mauves, puis le grondement céleste s'éloigna et il n'y eut plus que le murmure marin dans lequel le chercheur reconnut la jeune voix des matins originels, comme si rien n'avait été perdu et que toutes les chances étaient encore intactes.

Il devait s'apercevoir bientôt que toutes ses tentatives pour échapper aux autres avaient été aussi vaines que celles qu'il faisait pour échapper à lui-même. Ce fut d'abord une invitation à dîner chez le Gouverneur, remise par porteur, dans une enveloppe adressée à son vrai nom. Il savait déjà que le *faré* qu'il occupait à Pouaavia avait été fouillé. À plusieurs reprises, il nota qu'on le « protégeait » : deux gardes du corps le suivaient discrètement partout où il allait. Toujours la peur d'une « défection » ou d'un enlèvement : il représentait un capital de matière grise que la France ne pouvait pas se permettre de perdre. Quelques jours après l'invitation du Gouverneur, à laquelle il ne répondit pas, la radio de Paris annonçait : « Le professeur Marc Mathieu a été retrouvé. Il se remet en Polynésie d'une longue dépression nerveuse, due au surmenage. » La Puissance ne l'avait jamais perdu de vue, l'avait suivi à la trace.

Il reçut une lettre de Valenti. « Je demeure convaincu que tu as tort. Nous avons besoin de toi *pour éviter le pire.* Les Russes, les Américains et même les Chinois courent à une catastrophe. Ils manipulent une concentration de souffle dont tu n'as pas idée. Svirski vient de calculer que le rendement posthume du Goulag seul équivaut à une énergie-heure de cinq cents millions de kilowatts. Ils veulent aller de l'avant à tout prix, alors qu'il manque — tu le sais mieux que personne — une donnée essentielle. Ils se livrent au retraitement et à des tentatives de fission par des procédés aussi peu sophistiqués que possible. Ils ont recours à des moyens qui, du point de vue scientifique, relèvent de la barbarie. Un accident effroyable peut se produire à tout moment et ce n'est pas à moi de te dire que la réaction en chaîne est un des dangers les plus flagrants. La puissance qu'ils manipulent n'est tout simplement pas contrôlable. Reviens. Plus que jamais, il n'est qu'une réponse aux périls de la science : encore plus de science. »

Et puis Chavez lui-même prit l'avion. Mathieu avait fait une nouvelle rechute la nuit précédente ; Chavez s'arrêta un instant sur la plage et sourit amèrement en regardant la trace des symboles mathématiques piétinés sur le sable. Du vandalisme.

Il traversa la palmeraie et entra dans le *faré*. Mathieu était assis nu sur le lit, la moustiquaire rejetée en arrière sur les épaules. Dans un coin, accroupie sur la natte, une vahiné peignait inlassablement sa chevelure, une fleur blanche derrière l'oreille, le paréo noué autour des hanches. Posés contre le mur, il y avait une dizaine de tableaux fraîchement peints et d'une absence de talent si évidente qu'ils en devenaient émouvants.

— Eh oui, dit Mathieu. Parfaitement nuls. Mais j'essaie, j'essaie...

Il avait les traits hagards et une barbe épaisse qui noircissait le visage jusqu'aux pommettes. Le regard avait des éclats de souffrance et d'indignation, mais ce n'est pas d'hier que l'homme a des rapports difficiles avec lui-même. Il y avait toujours eu dans le physique de Mathieu quelque chose de tendu et de difficilement contenu, comme si le torse, les épaules et toute la musculature étaient constamment sous pression d'une charge intérieure excessive.

— Je m'excuse de ne pas être allé t'accueillir à l'aéroport, dit Mathieu. Ce n'était vraiment pas la peine de faire dix-sept heures d'avion pour venir chercher un coup de pied au cul. Laissez-moi tranquille.

— Je t'ai apporté quelques documents américains, dit Chavez. C'est monstrueux. Mons-tru-eux !

Mathieu se mit à rire.

— Monstrueux, hein ? C'est tout ce que vous avez découvert, pendant mon absence ?

— Je voudrais quand même que tu jettes un coup d'œil. D'abord, voici un petit compte rendu intéressant...

Il lui tendit une coupure du *Herald Tribune*.

Un accident que le journal qualifiait d'« étrange » venait de se produire à Merchantown, dans l'Ohio, dans les laboratoires de la *Ungarn's Tools Co.* Le journal expliquait que cette compagnie se livrait à certaines expériences de physique nucléaire pour le compte du gouvernement américain. Il s'agissait du maniement d'une particule atomique particulièrement « capricieuse ». L'accident était étrange en ceci que, bien qu'il se fût agi certainement d'une explosion — le but poursuivi était une recherche dans le domaine de la bombe dite « à neutrons » — il n'y eut ni perte de vies, ni même dégâts matériels. Le bâtiment était demeuré parfaitement intact — il n'y eut même pas une vitre de brisée. Aucune des victimes ne portait la moindre trace de blessures visibles. Mais elles ont toutes été, en quelque sorte, *déshumanisées*. Les onze techniciens, les savants Tordjöm et Politz ont été trouvés à quatre pattes, en train de manger leurs propres excréments.

Mathieu froissa la feuille de papier. Il se taisait.

— Ils ont été dépossédés de leurs caractéristiques humaines, dit Chavez.

Mathieu leva les yeux et Chavez fut frappé par leur expression de souffrance.

— Dépossédés de leurs caractéristiques humaines ? Eh bien, c'est la première fois qu'une expérience scientifique a les mêmes conséquences qu'une expérience idéologique.

— C'est tout ?

— Non, ce n'est pas tout. Tu sais ce que le kaiser Guillaume a dit, en 1918, après avoir causé la mort de millions d'hommes ? « *Ich habe das nicht gewollt...* » *Je n'ai pas voulu cela...*

— Einstein a dit à peu près la même chose, après Hiroshima... Ce sont *tes* travaux, Marc, et que tu le veuilles ou non...

Mathieu fit un signe d'approbation.

— Oui, on va dans la salle de bains pour se laver les mains et voilà qu'on se transforme en Ponce Pilate... Où en êtes-vous ?

Il passa quelques heures à étudier les documents que Chavez lui avait apportés. C'était du bon travail, sérieux, honnête mais... sans inspiration. Ils rôdaient autour de la solution comme des éléphants. Il manquait cette étincelle sacrée, ce jaillissement soudain dont Beethoven avait parlé à propos de sa neuvième symphonie. Quelque part, à leur source, dans leurs profondeurs, dans le mystère qui leur donnait naissance, il n'y avait pas de différence entre ce qui devenait poèmes, symphonie ou théorie mathématique. Ce qui faisait la différence, c'était l'instrument humain : peintre, poète, Michel-Ange ou Niels Bohr. L'énergie créatrice se diversifiait et se manifestait selon la nature du cerveau dont elle s'emparait pour s'exprimer. Il était impossible de ne pas lui obéir. Il n'y avait pas de science coupable, il ne pouvait y en avoir. Wagner n'était pas plus responsable de ce que les nazis avaient fait qu'Einstein ou Niels Bohr lorsque la perversion de l'esprit s'était emparée de leurs théories pour en tirer des armes d'annihilation.

Il était une heure du matin. Mathieu se souvenait bien de ce moment. Il avait fermé les yeux. Il écoutait la musique silencieuse qui montait en lui, cependant que les symboles et les déductions se succédaient dans sa tête comme sur un tableau noir.

Sa dernière pensée consciente d'elle-même fut pour Picasso. Que serait-il resté du monde si ce génie créateur et destructeur à la fois avait été celui d'un physicien nucléaire ?

Il ne pensait plus : il écoutait. Son cerveau n'émettait pas : il *recevait*. Cela venait d'ailleurs. C'était une harmonie qu'il entendait maintenant clairement et qu'il suffisait de transcrire.

Une jouissance esthétique très pure. La beauté d'un ordre parfait, enfin atteint, où tout ce qui était incohérent, fragmenté, informe, trouvait enfin sa place dans une absolue perfection.

Il repoussa avec impatience les papiers que Chavez lui avait apportés.

Des dinosaures, pensa-t-il.

Il saisit un crayon.

Parfois il sortait pour reprendre haleine.

L'Océan dormait : il n'y avait personne pour parler au nom de l'homme. Du large, de longs frissons blancs couraient vers la plage. Des palmeraies sombres, on ne voyait que les chevelures immobiles. L'eau était phosphorescente et scintillait de millions de vies invisibles.

Je rêve au visage que j'avais
Avant le commencement du monde.

Le surlendemain, à trois heures du matin, il avait fini.

— Voilà, dit-il.

Chavez était assis en face de lui. Il paraissait plus épuisé encore que Mathieu. Sur son visage sec, osseux, aux traits aigus, les lunettes brillaient d'une frustration douloureuse : celle de l'éternel suiveur.

— Ça y est, c'est fait, dit Mathieu. Vous pouvez y aller, à présent.

Chavez jeta sur la liasse de papiers un regard désemparé.

— Je ne peux pas te suivre, à cette vitesse-là. Il me faudra au moins quinze jours pour m'y retrouver.

— Tu peux me faire confiance.

— Oh ça, je sais, dit Chavez, presque haineusement. Des cerveaux comme le tien, il n'y en a que deux ou trois par siècle.

— Apparemment, ça suffit, dit Mathieu. À vous de jouer, maintenant.

— Sois tranquille. L'intendance suivra.

Mathieu se mit à rire.

63

— Allons, mon vieux, allons. Il ne faut pas sous-estimer la place de la technique...

— Pourtant, je crois t'avoir entendu dire que la technologie était le trou du cul de la science, dit Chavez.

Il se leva. Ses lèvres minces avaient blanchi sous l'effet de la tension intérieure.

— Si ça marche...

— Ça marchera. C'était inéluctable. Tout pointait dans cette direction, science ou idéologie, Auschwitz, Hiroshima ou Staline. Il suffisait de concrétiser.

Les lèvres de Chavez se serrèrent dans un sourire ironique.

— Tu ne vas pas recommencer tes crises de conscience ?

— Conscience ? Qu'est-ce que c'est que ça ? Je suis un savant.

— Rappelle-toi ce que Castelmann a dit, à propos de la pollution du milieu marin et de la destruction des couches d'ozone : « *Il n'y a qu'une réponse aux méfaits, erreurs et périls de la science...* »

— « *... encore plus de science* ». C'est irréfutable.

— Tu te rends compte de ce que ça signifie, ce que tu viens de faire... Si ça marche ?

— Ça marchera. Ça ne peut pas ne pas marcher. C'était sans doute inscrit, programmé, depuis le début, dans les gènes mêmes de l'espèce.

Chavez n'écoutait pas. Il parcourait de long en large le *faré*, brûlant d'excitation.

— ... Une source d'énergie illimitée, inusable, entièrement *propre*, sans pollution, sans déchets, et d'un prix de revient pour ainsi dire nul...

Mathieu l'observa un instant avec haine, puis sortit du *faré*.

La lune veillait sur son argenterie, la plage avait la blancheur immaculée des temps premiers et des espoirs intacts.

> *Frères humains qui après nous vivez,*
> *N'ayez les cœurs contre nous endurcis,*
> *Car, se pitié de nous pauvres avez,*
> *Dieu en aura plus tôt de vous mercis...*

Il n'y avait pas de fuite possible. Il ne pouvait s'évader hors de sa nature essentielle, de sa donnée biologique. Ce qu'il avait esquissé au cours de cette nuit où l'inspiration, si longtemps retenue, s'était libérée en un flot tumultueux et irrésistible, continuait à l'obséder par un jaillissement continu de possibilités nouvelles. On *pouvait*, à présent, et donc on *devait* aller plus loin.

Il leva les yeux et chercha la constellation du Chien parmi les années-lumière.

Humains ou déshumanisés ?

C'est la même chose.

Il fallait aller jusqu'au bout. Leur donner ce qu'ils poursuivaient avec tant d'acharnement.

Mathieu rentra à Paris.

Ce n'était pas la première fois, après tout, que l'amour de l'humanité se transformait en haine de l'homme.

— Marc...

Elle se tenait à la porte de la salle de bains, le peignoir à la main, et Mathieu éprouva ce moment de délectation visuelle qu'une seconde, un geste, un mouvement, allaient faire fuir inexorablement. Ce regard d'une innocence bleue, que rien ne pouvait ternir, ce corps superbe fait de débordements blonds et roses, avaient avec la vie des rapports d'une telle amitié qu'il semblait y avoir là une sorte de préméditation, comme si la nature, aux prises avec le génie créateur de l'homme, avait jugé qu'il était grand temps d'affirmer sa suprématie. Il fut pris d'une volonté impétueuse, passionnée, de retenir ce moment de beauté à jamais : celui qui avait peint la première image d'antilope en course sur la paroi rocheuse de Lascaux obéissait sans doute au même commandement de la beauté menacée d'éphémère. Et puis, elle mit son peignoir, et le Temps, ce vieux pillard, passa, emportant son butin.

— Marc, je te demande pardon. Je ne sais pas ce que j'ai. C'est nerveux... De l'angoisse...

L'immunité, pensa-t-il. Il fallait à tout prix parvenir à l'immunité. Mais ce n'était pas du ressort des physiciens. C'était le rôle des éducateurs. L'endoctrinement, tout était là. Cette saloperie exerçait des effets psychiques redoutables. Peut-être les généticiens seuls pouvaient en venir à bout. Déjà, en Amérique, à Stanford, la manipulation des gènes donnait des résultats des plus prometteurs.

Il baissa les yeux.

— Ma chérie, il n'y a qu'une réponse à la science : encore plus de science...

Elle rit.

— J'aime quand tu me dis des trucs que je ne comprends pas. Ça me donne l'impression d'être intelligente. Regarde...

Elle tendit le poignet.

— J'ai mis la montre que tu m'as donnée. Tu vois, je n'ai pas peur. Elle va marcher... éternellement, n'est-ce pas ?

Sa voix trembla.

— Qui... qui est à l'intérieur ?

C'était sans espoir.

— Personne. C'est un nucléon. Une particule nucléaire que nous avons isolée et captée.

Mathieu s'était dit mille fois que s'il trouvait un jour une femme incapable de le comprendre, ils pourraient être vraiment heureux ensemble. Le bonheur à deux exige une qualité très rare d'ignorance, d'incompréhension réciproque, pour que l'image merveilleuse que chacun avait inventée de l'autre demeure intacte, comme aux premiers instants. Il pouvait dire, à présent, qu'il avait vraiment trouvé ce qu'il avait cherché — et cela devenait un supplice. Il se leva, la prit dans ses bras, essayant de fuir, d'oublier ce que Valenti, dans ses moments de muserie philosophique, appelait, en tenant un cigare entre ses lèvres dodues, l'« affaire homme ». *Coupable*. Mais quel était cet illustre moraliste qui avait écrit : *« Une civilisation digne de ce nom se sentira toujours coupable envers l'homme, et c'est même à ce signe, à cette culpabilité, qu'on reconnaît une civilisation »* ? Pascal, sans doute. Ou La Rochefoucauld. Ou Camus. Tous des aristocrates, ces salauds-là. Ils pensent haut. Ils pensent plus haut que leur cul. Ils n'ont jamais eu de problème *scientifique* à résoudre. Ils ne savent même pas ce que c'est, l'épuisement des ressources, des matières premières, des sources d'énergie. Ils font dans le poème, dans l'élévation morale. Le nez au-dessus de tout ça. Ils ne paraissent même pas se douter qu'il y a une contradiction absolue entre les nécessités de survie *matérielle* de l'humanité et le souci exquis de nos bonbons spirituels.

Il cacha dans la chevelure blonde sa tête coupable.

Si on prenait pour unité de mesure 1 christ, la démographie galopante de cette fin de siècle semblait avoir eu pour conséquence la multiplicité de Judas.

Il luttait contre un bouillonnement intérieur effrayant, assez semblable à ce que serait celui de frère Océan, s'il pouvait s'exprimer par la voix d'une seule goutte humaine.

VIII

Il y avait des moineaux sur l'appui de la fenêtre ,
par-dessus les toits, le Panthéon, possessif et fier
comme un coq de basse-cour, semblait thésauriser
l'immortalité des grands hommes inhumés sous
ses ailes ; les derniers rayons du soleil tombaient
sur le carrelage rouge et la voix de Mathieu remplissait la pièce : « May, si tu continues à mêler
Dieu à cette affaire, tu vas seulement te rendre malade. Tu penses bien que si Dieu existait, il y a
longtemps que je me serais intéressé à une telle
source d'énergie. Avec des crédits suffisants... » Il
n'y avait plus rien sur la bande et Starr arrêta le
magnétophone.

— Ce type-là finira par se faire hara-kiri, à force
d'ironie, dit-il. C'est son instrument favori. Enfin,
Einstein jouait bien du violon, et je me suis laissé
dire qu'il y avait de quoi se boucher les oreilles.
Rien d'autre ?

— Non.

Starr se pencha et vida sa pipe sur Paris.

Le colonel Starr avait un visage défoncé, ravagé,
qui paraissait avoir été façonné non par la nature,
mais par une succession d'accidents d'auto. À pre-

mière vue, on avait l'impression que certains traits manquaient, bien qu'il fût impossible de dire lesquels. Les yeux avaient ce reflet à la fois perçant et glacé qui indique souvent un tempérament fanatique ou désespéré ; dans le cas de Starr, ce n'était rien de plus que le jeu de la lumière sur un bleu porcelaine très pâle. La peau tendue, les traits durs et les cheveux coupés très court donnaient à sa tête l'apparence d'un poing. Sur le cou épais, la carotide, remarquablement saillante — presque le double du volume normal —, ressortait comme un muscle et non comme une artère.

— Tu lui as demandé pourquoi ils communiquent régulièrement leurs travaux non seulement à nous, mais aussi aux Russes et aux Chinois ?

— Oui.

— Et qu'est-ce qu'il t'a dit ?

— « Parce que ces salauds-là le méritent. »

Starr eut un petit rire entièrement dépourvu de gaieté.

— Jack...

Elle était assise dans un haut fauteuil Louis XI à dossier droit et, dans l'étreinte médiévale des serres de griffons, sur ce fond de tapisseries héraldiques, elle avait l'air d'un revenant des temps modernes, avec ses souliers plats et son imperméable en plastique blanc, son drôle de béret sur la tête et ce filet d'oranges sur les genoux.

Il y avait maintenant un an que s'était présentée à l'ambassade des États-Unis à Paris une grande fille blonde, toute jeune, strip-teaseuse de son métier, aux yeux angoissés, qui leur avait déclaré : « Je vis avec un homme qui a converti notre âme en carburant. Oui, en essence... en énergie. Je ne suis pas folle. J'ai là des documents. C'est quelque chose de... de nucléaire. Je voudrais parler à quelqu'un qui comprendrait.

On l'avait éconduite trois fois. Jusqu'au jour où quelqu'un, pris de pitié, avait eu la curiosité de lui demander si elle avait de la famille à Paris. Non, elle n'avait pas de famille. Elle avait un amant. Il s'appelait Marc Mathieu.

Deux jours plus tard, Starr arrivait à Paris.

— Jack, je ne peux plus continuer. Je l'aime. C'est terrible, ce que vous me faites faire.

— Personne ne te force, mon petit. Tu es venue nous trouver toi-même... Rappelle-toi.

— Je sais...

Starr nota qu'en un an, elle avait perdu un peu de son éclat, et qu'elle était devenue très belle. L'usure nerveuse et le tourment intérieur avaient fait leur œuvre.

— ... Mais je ne peux plus continuer. Je ne peux plus supporter d'avoir à espionner Marc, à lui mentir, à fouiller dans ses papiers... Les microfilms, tout ça... Quand je suis venue vous trouver, j'avais perdu la tête. J'étais terrifiée.

— Et maintenant ? Tu es rassurée ?

— Non. Bien sûr que non. Mais il m'a presque convaincue. Il m'a si souvent répété que notre conscience n'est pas plus en jeu dans ce qu'ils font que dans...

— Dans le nucléaire ?

— Oui. Il m'a parlé de la bombe à neutrons que vous êtes en train de mettre au point et... au fond, il a raison... C'est...

— C'est la même chose ?

— Oui.

71

Starr suça pensivement sa pipe.

C'est cette façon qu'elle a d'être assise là, les genoux serrés, les mains crispées sur ce filet d'oranges, pensa-t-il. Et le petit béret. Et les chaussettes blanches, les souliers plats. Un côté enfant perdu qui, même chez un parfait fils de pute aguerri comme lui-même, donne envie d'épargner, de protéger... de sauver.

— Nous n'allons pas nous engager sur le terrain spirituel, May. Ce n'est pas de mon ressort. Restons-en, si tu veux bien, au problème scientifique. Ton gars travaille quinze heures par jour et nous devons savoir où il en est. Les Chinois sont en train de construire une énorme centrale de captation qui nous donne froid dans le dos, les Russes foncent toutes voiles dehors... Chaque bribe d'information que nous pourrons obtenir de Mathieu *avant les autres* peut faire toute la différence. Il faut que tu nous aides.

Elle ferma les yeux et secoua la tête. Les larmes se mirent à couler sur ses joues.

— Personne ne me dit la vérité. Personne. Je suis allée voir le Révérend Père Riquet...

— Qu'est-ce que c'est que ça ?

— Celui qui parle à Notre-Dame...

— Et qu'est-ce qu'il t'a dit ? Je suis vraiment curieux de le savoir.

— Que notre âme est en jeu dans tout ce que l'homme fait et que, donc, dans le domaine de l'énergie nucléaire également... Tu vois.

— Je vois. Eh bien, écoute. Si tu le décides, ce sera notre dernière rencontre. Mais je veux que tu te rendes bien compte de quoi il s'agit. Que tu t'en rendes compte clairement, une fois pour toutes.

Elle leva les yeux.

— Je m'en rends parfaitement compte, Jack. Il s'agit de *damnation*.

Starr détourna son regard. Pour une fois, la foi chrétienne volait au secours de la C.I.A.

Il ne dit rien.

— C'est bien pourquoi je suis venue à vous. La *damnation*. C'est à cela que travaillent Marc et tous les autres savants. Vous pouvez appeler cela bombe à neutrons ou retraitement des déchets... ou « cycle complet », comme ils disent dans leur langage... C'est bien de damnation qu'il s'agit.

Starr se leva brusquement, alla vers le guéridon Louis XV sur lequel se trouvait un plateau et se versa un grand verre de scotch. Il pensait que la « damnation », si toutefois ce mot avait un sens, était un processus de longue haleine, caractérisé par le fait, précisément, d'être sans fin. La damnation avec une fin en vue était une contradiction dans les termes. Cela pouvait donc continuer indéfiniment. On allait même peut-être bâtir une nouvelle civilisation avec ça. Tout à fait rassurant. Il revint à la fenêtre et s'assit sur la balustrade ; vue ainsi, Notre-Dame semblait accroupie sur ses épaules.

— Mathieu nous renseigne lui-même, dit Starr. Alors, tu ne peux pas dire que tu le trahis. Nous voulons simplement nous documenter un peu plus vite que les autres. C'est une course entre les grandes puissances, tu le sais bien.

Elle secoua la tête.

— Vous êtes tous de telles canailles, les uns et les autres, dit-elle, d'une voix calme, et elle sourit légèrement.

73

— Il s'agit de savoir si c'est le monde libre ou les pays totalitaires qui...

Starr s'interrompit et se mit à rire.

— Au diable ! Aussitôt que je m'entends parler de cette manière, j'ai l'impression de mendier une promotion. Si tu as envie de nous lâcher, mon petit, tu n'as qu'un mot à dire. On se débrouillera autrement.

Un rayon de soleil faisait briller les oranges sur ses genoux.

— Je vais continuer à vous aider, dit-elle. Il vaut mieux que ce soit quand même un pays chrétien plutôt que...

Starr se détourna vivement. Le cynisme n'était pas de mise.

— Jack, as-tu déjà... approché un de ces objets ?

— Bien sûr. Au M.I.T., ils en ont maintenant fabriqué un certain nombre.

— Tu ne trouves pas que c'est... contagieux ?

— Qu'est-ce qui est contagieux ?

— La chose à l'intérieur, elle essaie de communiquer...

— Tu as besoin de repos.

— Ça fuit...

— QUOI ?

— La souffrance à l'intérieur est telle qu'elle arrive à... à se communiquer... Elle fuit...

— Écoute, May...

La voix de Starr se fit soudain plus dure. Il avait la bouche sèche et la gorge nouée.

— Des millions de gens vivent dans le malheur et la souffrance à travers le monde, et ça ne « fuit » pas pour autant. Ça n'atteint personne. Il peut y avoir des effets secondaires nocifs. Il peut y avoir

74

des produits chimiques qui filtrent au travers, c'est possible, ils peuvent fort bien nuire au système nerveux, mais tout cela fait partie du problème général de la pollution contre laquelle nous nous battons et qui sera résolu. Ces modèles-là sont expérimentaux, ils seront perfectionnés.

Starr se leva.

— Il faut que je parte.

Ce fut alors qu'il remarqua sur le mur le magnifique paysage de Cézanne : la montagne Sainte-Victoire. Il eut à peine le temps de le regarder, lorsque le tableau disparut. À sa place, il vit le corps d'un chien mort, attaché à un arbre. Une de ces bêtes que les Français abandonnent ou laissent crever avant de partir en vacances. Dans l'instant qui suivit apparut sur le mur un « chasseur » norvégien, qui regardait Starr en riant, le gourdin levé, sur le point d'abattre un bébé phoque. Et ce fut suivi, tour à tour, par un tas de cadavres d'Auschwitz et une magnifique Vierge de la Renaissance.

Des retombées culturelles. On l'avait prévenu.

Il se tourna vers May, des gouttes de sueur au front. Il avait beau connaître le problème, il n'arrivait pas à s'y faire.

— Tu as pu te procurer un de leurs derniers chefs-d'œuvre ?

— Oui. Marc me l'a donné lui-même.

Elle enleva le bracelet-montre qu'elle portait au poignet.

— Très jolie.

— Il y a quelque chose qui cloche dans le verre. On ne voit pas le cadran. Une espèce de moisissure.

Starr glissa la montre dans sa poche. Il embrassa

75

May sur le front, se détestant lui-même pour cet étalage faussement paternel. Il se sentit soudain envahi d'horreur pour son propre visage, ces traits durs, ces yeux sans trace d'illusion. Le sentimentalisme était une plaie, mais il y avait ce qu'on appelle en langage de missiles nucléaires *overkill*, le « trop-tuer ». Cette belle expression signifie un nombre de tués qui dépasse les besoins de la victoire. Il avait si bien supprimé toute trace de « sentimentalisme » en lui-même qu'il en gardait, à l'envers, l'empreinte indélébile sur le visage. On devient pierre.

— Ne te tracasse pas, May. Il est dans la nature du génie humain de chercher. La quête, la poursuite du possible, aller toujours plus loin. Et quand il semble, comme dans toute cette affaire, que l'on est allé *trop* loin, cela veut dire seulement qu'on n'est pas allé *assez* loin. L'aventure doit être menée jusqu'au bout.

Le regard bleu enfant eut une lueur triste.

— Comme prévu, dit-elle.

— Mon petit, nous autres, agents de renseignements américains, sommes des gens simples. Nous n'avons pas été habitués à considérer Dieu comme subversif.

Dans la rue, Starr examina la montre. Le verre était humide, couvert de gouttelettes. Ça sue, à l'intérieur, pensa le cynique en lui, mais il fallait se méfier. Il n'y avait pas de doute que l'alliage dont étaient faites les piles laissait encore à désirer. Il y avait des effets nocifs, ainsi qu'il venait d'en faire l'expérience lui-même tout à l'heure. Des cas d'hallucinations étaient fréquents, accompagnés par des états tantôt d'exaltation, tantôt d'abattement profond. Les psychiatres soviétiques s'étaient particulièrement intéressés à l'étude de ce phénomène, et avaient trouvé que les victimes de ces retombées manifestaient souvent des tendances « réformatrices et messianiques ». C'était pire que du L.S.D. Cela agissait comme une de ces drogues de la contre-culture et il fallait y mettre bon ordre avant que les jeunes ne mettent la main dessus.

IX

L'ancienne salle du trône du palais impérial de Pékin était maintenant une pièce nue, austère, sans autre vestige du passé qu'une banderole rouge et jaune tendue à travers le mur : Lénine faisant face à la foule des travailleurs, d'après une photo célèbre de 1917.

Pei gardait les yeux baissés. Il était impossible de regarder les traits du vieil homme assis dans le grand fauteuil tapissé de feutre gris, auprès de la fenêtre, sans se sentir aussitôt indiscret et presque grossier. La rondeur caractéristique, presque parfaite du visage de Mao avait disparu, et il ne restait de la ressemblance qu'un aspect curieusement imitatif comme si les traits se fussent brouillés et affaissés au point de ne plus suggérer qu'une esquisse approximative d'eux-mêmes. La légendaire et stricte tunique militaire ne faisait qu'accentuer l'affaissement des chairs.

— Ce nouveau bond en avant de la science ouvre une nouvelle et exaltante perspective pour un vieil homme comme moi, dont l'utilité touche à sa fin...

La parole était devenue hésitante et parfois aux

limites du bredouillement : lors des visites des chefs d'État étrangers, il fallait désormais avoir recours à des « traducteurs », qui étaient en réalité des spécialistes de la lecture des lèvres.

— J'ai toujours appréhendé avec tristesse le moment où je n'aurai plus rien à donner au peuple. À présent, grâce à cette nouvelle découverte, je pourrai contribuer éternellement au progrès des masses populaires chinoises... Il reste beaucoup à faire, surtout dans le domaine de l'éducation... Je crois que j'aimerais devenir lumière...

Il sourit.

— Imagine une petite école de village. La nuit tombe. Le maître d'école allume la lampe. Les enfants lèvent leur regard vers cette source de lumière et le maître dit : « Cette clarté continue à nous venir de notre chef et fondateur, Mao, mort il y a cinquante ans. Son énergie n'a pas été perdue et ne se perdra jamais, et, selon son désir, elle est devenue lumière. Il a choisi cette école parce que c'est dans ce village qu'il est né et, avant de commencer notre leçon, je vous invite à vous recueillir avec gratitude devant cette clarté qui ne s'éteindra jamais, afin que chaque génération nouvelle puisse venir ici s'asseoir sur ces bancs et poursuivre ses études dans son rayonnement... »

Il se tut et tourna vers Pei un regard méditatif.

— Lors de la réunion, tu as été le seul à formuler des réserves, Pei... Le seul. J'aurais préféré que tu me fasses part de tes doutes et de tes appréhensions avant de les exposer en public.

Le général Pei Hsiu se surprit de nouveau à déglutir anxieusement. Cette nervosité et les efforts qu'il faisait pour la dissimuler se muaient aussitôt en un sentiment de culpabilité : il ressentait cette tentative de dissimulation comme un manque de loyauté.

— À mon humble avis, nous procédons trop rapidement dans cette affaire, dit-il. Je reconnais sans réserve la nécessité d'explorer et d'utiliser toutes les sources d'énergie dont la puissance dynamique de notre idéologie et de notre science nous offre la possibilité. Mais justement, je trouve que nous sous-estimons les survivances de certaines habitudes et de modes de pensée ancestraux dont nous ne sommes pas encore venus à bout. Les rapports parvenus de province signalent de nombreux cas de familles effectuant de véritables pèlerinages afin de se recueillir devant les nouveaux accumulateurs d'énergie. À plusieurs reprises, nos responsables ont dû faire enlever des offrandes de riz et de fleurs. Il y a là quelque chose qui rappelle assez fâcheusement l'ancien culte des ancêtres... Nous n'avons pas entièrement réussi la préparation idéologique. Bien sûr, cela touche surtout les vieilles gens, mais il s'agit d'un poison millénaire et nous ne l'avons pas encore éliminé radicalement. Il ne convient pas que les nouvelles centrales deviennent des objets de culte. J'ai suggéré une étude approfondie des causes de ce manque de préparation culturelle. Nos travailleurs scientifiques sont les premiers à reconnaître qu'ils ne sont pas en mesure, pour l'instant, de contrôler entièrement cette source de puissance. Ils ont noté des phénomènes d'angoisse, de dépression, d'hallucinations et même d'hystérie collective. C'est pour cette raison que j'ai exprimé certaines réserves, face à l'impatience des chefs de l'armée et des cadres du Parti, trop préoccupés, me semble-t-il, par un souci de rendement immédiat. J'ai suggéré un moratoire de six mois. J'étais certainement dans l'erreur. Peut-être ai-je manqué moi-même de fermeté idéologique.

Le général Pei était fils de paysan. Les missionnaires catholiques qui l'avaient élevé prédisaient un brillant avenir à cet enfant exceptionnellement doué. Les missionnaires catholiques avaient vu juste : Pei Hsiu était à présent le plus jeune général de la République populaire. Il lui arrivait de penser que la bienveillance et l'appui qui lui venaient de Mao Tsé-toung étaient moins dus à ses capacités qu'à sa jeunesse et à son humble origine paysanne. Tous les dirigeants du Parti étaient aujourd'hui des vieillards et ainsi, quels que fussent leurs mérites, ils représentaient aux yeux de Mao un lien avec le passé : ils lui rappelaient la Chine de la veulerie, de la prostration et de la corruption. Mais Pei n'avait que trente-deux ans : il était l'avenir...

— Il me semble aussi que donner la priorité absolue à des considérations économiques de rendement et de productivité dans le domaine de l'utilisation de l'énergie est contraire à votre enseignement, dit Pei.

Un sourire anima un instant le visage défait du vieil homme. Après avoir lutté pendant cinquante ans contre le monde entier, déployé, cinquante ans durant, des trésors de courage, d'énergie et de ruse, et accompli une œuvre à laquelle désormais rien ne semblait pouvoir porter atteinte, voilà qu'il était une fois de plus acculé à se battre pour assurer sa survie politique.

Le IXe Congrès du Parti avait proclamé à l'unanimité le maréchal Lin Piao « héritier et successeur bien-aimé de Mao Tsé-toung ». Mao lui-même n'avait pas été consulté.

Le sourire du vieil homme s'accentua. Il était bon de se sentir menacé, une fois de plus. Ça rajeunissait.

Il regarda les arbres silencieux devant la fenêtre. Autrefois, il y avait des hirondelles et des moineaux, mais ils avaient été systématiquement exterminés à travers toute la Chine parce qu'ils étaient nuisibles et diminuaient le rendement des récoltes.

— Comment va Lan ? demanda-t-il doucement.

Pei leva les yeux et rencontra un regard bienveillant, comme tout ce qui est sagesse. Il se savait compris, percé à jour d'une manière qui ne laissait plus de place aux habiletés dialectiques : les vraies raisons de son attitude à la dernière réunion du Conseil étaient *personnelles.* Il avait voulu gagner du temps, retarder de quelques mois le nouveau bond en avant réclamé à l'unanimité par les clans supérieurs du Parti et les chefs militaires. Il avait suggéré de retarder de six mois la mise en opération du champ énergétique de Fou-tsen pour des motifs coupables : sans doute n'avait-il pas entièrement échappé à l'influence néfaste de l'enseignement que les missionnaires lui avaient inculqué dans son enfance.

— Les médecins ne peuvent plus grand-chose... C'est une question de semaines... Elle vous est très reconnaissante pour les magnifiques fleurs...

Il connaissait Lan depuis leurs premiers jeux d'enfants. À présent, elle mourait de tuberculose à l'hôpital du Peuple de Fou-tsen : un diagnostic trop tardif et un souvenir du temps où la misère et la sous-alimentation étaient la grande, la seule foi démocratique de la Chine.

Il n'y avait plus de misère en Chine. Les masses populaires avaient nourri de leur souffle une expérience d'une ampleur que le monde n'avait encore jamais connue. Le souffle du peuple chinois avait accompli un véritable miracle : déplacé les montagnes, détourné de leurs cours les fleuves immenses, assuré à chacun le bien-être matériel, vaincu l'ignorance, rompu avec la crasse millénaire. Mais pour Pei l'ampleur même de ce qu'il avait accompli dans l'abnégation la plus totale et le sacrifice de tous les instants témoignaient d'une certitude : le souffle du peuple chinois était un souffle sacré. Il ne s'agissait pas de quelque notion archaïque religieuse mais d'une notion de respect, et ce respect exigeait une limite aux notions de rendement, d'efficacité, d'exploitation, d'utilisation illimitée du souffle populaire.

— Je suis prêt à faire mon autocritique, dit-il. Je me rends compte à présent qu'il y avait derrière mon objection à la mise en marche des centrales de Fou-tsen une raison personnelle, subjective, affective... Ma voix était d'ailleurs la seule voix d'opposition, ce qui prouve que je me trompais entièrement.

Le visage de Mao était à ce point marqué par l'âge et l'épuisement qu'il paraissait manquer d'expression : mais ce n'était qu'une fatigue musculaire. La vieillesse n'avait pas d'emprise sur le regard et le sourire était venu si souvent sur les lèvres qu'il était impossible de savoir si c'était encore un sourire ou une érosion.

— L'âme…

Il eut un geste las de la main.

— L'âme existe, bien sûr, Pei, mais elle n'est pas ce qu'en a fait depuis des siècles la propagande réactionnaire. Tu es, comme moi, un fils de paysan, et tu sais donc, comme moi, de quoi a été faite pendant des siècles l'âme du peuple chinois : de faim, de froid, de peur, d'ignorance, de maladie et d'espoir. D'espoir… Et aujourd'hui, il ne s'agit plus que de cela : d'espoir. Grâce à ce que le peuple chinois a accompli par la seule puissance de son souffle, il ne s'agit plus que d'espoir…

Il y eut un nouveau silence et l'affaissement des traits s'accentua sous le poids de la tristesse…

— Mais qui parle d'espoir parle d'avenir, et je ne serai plus là… Il me faut donc décider maintenant, aujourd'hui… Et on ne me dit pas toujours la vérité. Je veux donc que tu ailles à Fou-tsen, que tu voies ce qui se passe, que tu me donnes ton opinion. Et rapidement… C'est assez comique : plus on est vieux, et plus on est condamné à la rapidité… L'armée a un projet très important, ainsi que tu le sais… Et il y a pas mal d'inconnues, et peut-être un risque effrayant. Ils ne m'envoient donc de Fou-tsen que des rapports optimistes et enthousiastes, mais l'enjeu est beaucoup trop important pour un optimisme de commande… Je n'ai pas reçu un seul rapport défavorable et cela me rend extrêmement méfiant. Les sources de puissance illimitée sont presque toujours aussi des sources de catastrophe… Il faut toujours connaître les limites du possible. Pas pour s'arrêter, mais pour tenter l'*impossible* dans les meilleures condi-

84

tions. C'est ce que j'ai toujours fait, et ça ne m'a pas trop mal réussi. Je veux la vérité.

— J'irai immédiatement.

— Lorsqu'on connaît le passé de notre peuple, on sait qu'il n'y a pas de limite à ce qu'il peut supporter. Mais miser sur cette capacité illimitée à supporter les souffrances, c'est miser sur le passé...

Cette fois, le sourire n'était plus une trace : le visage s'anima dans l'ironie...

— Ce n'est pas une pensée de Mao : c'est une pensée de Chou En-lai. L'armée a un projet encore plus grandiose, comme tu sais. Mais tout dépend de l'expérience de Fou-tsen. Ils ont là une commune modèle, où le niveau idéologique est excellent. Je veux que tu ailles voir ce qui se passe là-bas et que tu me donnes ton opinion. Je me méfie des rapports que nous avons reçus. Ils sentent l'optimisme de commande et je veux la vérité.

— Je vous la dirai.

— Et tu pourras voir Lan, là-bas. Dis-lui que les pensées du vieil homme sont avec elle.

— Elle sera très heureuse, dit Pei.

X

Mathieu avait passé la nuit à peindre. Rien ne prenait jamais forme de façon satisfaisante sur la toile et il s'était depuis longtemps résigné à son absence totale de talent, mais il se sentait mieux, après quelques heures passées devant son chevalet. Il y avait maintenant plus de sept ans qu'au labo, et pendant des journées entières, il était exposé aux retombées, et la peinture, la musique et la poésie étaient des moyens d'élimination qui lui permettaient de lutter contre leur influence démoralisante. Il s'observait attentivement, comme le faisaient les premiers radiologues, et reconnaissait immédiatement les signes d'une intoxication dont le degré variait sans doute selon les doses absorbées. Les savants qui portaient, en ce dernier quart de siècle, le poids d'une responsabilité décisive par le rôle qu'ils jouaient dans le destin de l'homme ne pouvaient se permettre la moindre défaillance psychique. L'avenir dépendait de leur équilibre mental et de leur lucidité. Mathieu se défendait donc de son mieux, et la peinture lui permettait de mettre fin à ces « états d'âme » dangereux, ce risque professionnel que couraient tous ceux qui étaient exposés aux effets du carburant avancé. Des physiciens aussi éminents que l'Américain Edward Teller, père de la bombe H, Sir Brian Flowers, président de la « Royal Commission » nucléaire de Londres, ou Lew Kowarski, le grand théoricien français de l'atome, ne venaient-ils pas de s'élever contre le premier surrégénérateur, le Super-Phénix, qu'ils avaient eux-mêmes rendu possible ? Les « états d'âme » semblaient être le propre de ceux qui travaillaient aux problèmes posés par la nouvelle source d'énergie.

Mathieu venait à peine de poser ses pinceaux lorsque le téléphone sonna. Il courut vite répondre, craignant que la sonnerie ne réveillât May.

— Professeur Mathieu ?

— Oui.

— Mon nom est Starr, colonel Starr, de l'armée américaine. Je souhaiterais vous rencontrer.

— Combien ? demanda Mathieu.

— Je vous demande pardon ?

— Combien la C.I.A. est-elle disposée à payer pour avoir accès à nos derniers résultats, colonel ? Les Russes nous ont fait une offre tout à fait honorable.

Starr se mit à rire.

— Étant donné que vous communiquez gratuitement ces informations à toutes les puissances nucléaires, je ne vois pas pourquoi j'irais vous acheter.

— De quoi s'agit-il, alors ?

— Je serai franc. J'ai été chargé voici quelque temps de... euh... disons, d'assurer votre sécurité. Pas directement, bien entendu, mais...

— Je vois. Eh bien ?

— Eh bien, vous ne serez sans doute pas surpris qu'ayant eu à « penser » jour et nuit le phénomène Mathieu, parfois jusqu'à la nausée...

Mathieu commençait à apprécier le bonhomme.

— Merci.

— ... je serais ravi de rencontrer cet animal mythique en chair et en os.

— Parfait. Venez donc prendre un croissant avec moi au Quartier général.

— Au Quartier général ?

— Au Quartier général des barbouzes. Au *Bon Tabac*.

— Tiens, comme c'est curieux ! dit Starr. C'est justement de là que je vous appelle !

XI

Le *Bon Tabac* était un rendez-vous de putains.
Dès onze heures du matin, les filles arpentaient le
macadam de la rue Forgeot. Mathieu alla au comp-
toir où René lui donna son paquet matinal de
Caporal ordinaire.

— Ça va René ?

— Ça va... sauf que Nanette a encore raté son
permis de conduire...

Nanette, bottes noires haut lacées et minijupe
en cuir, se faisait consoler par les filles qui l'entouraient. Avec l'élévation du niveau de vie, les prostituées se reconvertissaient au racolage en voiture.

— Qu'elle essaye encore, dit Mathieu. Avec un
peu de volonté, on y arrive.

Mathieu jeta un coup d'œil à ses anges gardiens,
non sans amitié. L'un d'eux pouvait fort bien lui
rendre un service qu'il était incapable de se rendre
lui-même : mettre fin à sa vocation.

Au cours de la décennie qui avait suivi la
« noyade accidentelle » du professeur Tchureck,
sur la côte du Massachusetts, les États-Unis avaient
perdu Rasmill, Lutchevsky, Paak, Spetai, tous victimes d'accidents de santé que rien n'avait annon-

cés. Le bulletin de Wallach, publié à Cambridge, estimait en 1967 à cinq le nombre de savants soviétiques de première grandeur disparus de la scène. La France perdit Berner en 1963, Kovala en 1964 ; l'Angleterre, Barlemont, Frank et Gustavič. Tous ces décès avaient été attribués à des causes naturelles. En janvier 1971, l'éditorial du journal des étudiants de Berkeley, le *Free Speech*, suggérait aux grandes puissances de conclure un *gentleman's agreement :* une commission *ad hoc* déterminerait chaque année les noms et le nombre de leurs propres savants que les pays signataires s'engageraient à supprimer eux-mêmes afin de préserver l'« équilibre de la terreur », en vertu de cette espèce de nouvel accord d'Helsinki.

La table occupée par le Russe du K.G.B. était sans doute celle qui se trouvait près de la porte des w.-c. Y était installé un ouvrier français typique — à ceci près que le béret était de trop et qu'aucun ouvrier français n'aurait eu le temps de déguster un café à cette heure de la matinée. Challet, du S.D.E.C., bavardait avec les filles. La France le « protégeait » depuis son équipée polynésienne. Il s'agissait moins d'assurer sa sécurité que de veiller à ce qu'il n'aille pas offrir ses inestimables services à quelque autre puissance. D'emblée, Mathieu reconnut l'homme de la C.I.A. et alla s'asseoir à sa table.

— Félicitations ! dit Starr en riant. Quel œil de lynx ! C'est un peu vexant d'être repéré aussi facilement.

— Une tête d'Américain pur et dur, ça se reconnaît entre mille, dit Mathieu.

— Merci. J'en avais assez de m'entendre dire que j'avais une gueule de Prussien.

— Ça revient au même.

Starr plissa les yeux ironiquement.

— Professeur, ne me dites pas que vous avez une phobie particulière à l'égard de l'Amérique. Depuis que vous avez entrepris de tenir *toutes* les grandes puissances au courant de vos travaux, je vous considérais comme un homme entièrement dépourvu de préjugés. Autrement dit, je croyais que vous nous détestiez tous et avec la plus grande impartialité.

Gaston, le fox-terrier du patron, vint vers leur table en tortillant du derrière, et Mathieu lui offrit un croissant.

— Au fait, continua Starr, vos experts en psychologie vous décrivent comme un de ces idéalistes passionnés qui sont déchirés entre l'amour et la haine de l'espèce humaine... Le genre terroriste allemand, quoi... mais infiniment plus... dangereux, si vous me permettez de rendre ainsi hommage à votre génie...

— Vous me banalisez, colonel, dit Mathieu. Comment va mon ami Kaplan ? J'ai entendu dire qu'il a eu quelques difficultés avec les effets secondaires...

— Il a fait une petite dépression nerveuse. Des hallucinations. Vous connaissez ?

Mathieu ne dit rien. Il caressait le chien.

— Oui, il s'en faut encore de beaucoup, apparemment, pour que notre psychisme et notre système affectif soient à la hauteur, remarqua Starr. C'est un peu compréhensible, étant donné la... nature de cette nouvelle source d'énergie...

91

— C'est toujours la même vieille énergie, dit Mathieu.

— J'ai un peu honte de me placer sur ce terrain devant un scientifique, mais, qu'on le veuille ou non, il sera très difficile de convaincre les gens que... enfin, vous me comprenez. Même l'athée le plus endurci ne peut s'empêcher d'éprouver un petit malaise...

— L'âme, hein ? demanda Mathieu.

— Oui, enfin, quelque chose comme ça.

— Du folklore religieux.

— Bien sûr, bien sûr. Tout ce que je sais, c'est que les gens auront beaucoup de mal à l'accepter.

— Vous vous trompez, colonel. D'accord, ils l'ont toujours accepté. Et quand ils commenceront à manquer d'essence pour leurs bagnoles, ils accepteront n'importe quoi.

Il tendit un deuxième croissant à Gaston.

— Au fond, il ne s'agit pas d'autre chose que d'un problème de récupération, de retraitement et d'utilisation des ordures, dit-il.

— Les nazis avaient exactement le même point de vue, murmura Starr.

— Vous pourriez également vous référer à Hiroshima, au Vietnam, au Goulag et à pas mal d'autres « points de vue », dit Mathieu. Mais rassurez-vous. S'il s'agissait vraiment de notre « âme » — dans la mesure où nous aurions encore le droit de nous en réclamer — nous nous trouverions devant un problème de pollution vraiment infernal. Passons, si vous voulez bien, aux choses sérieuses. Pourquoi avez-vous désiré me voir ?

— Pour une seule raison. Je tenais à vous assurer, et ceci de la manière la plus catégorique, que nous ne sommes pour rien dans l'assassinat du professeur Goldin-Meyer. Vous n'êtes pas obligé de me croire sur parole, bien sûr...

— Oh, mais je vous crois...

Le fox-terrier avait posé sa tête sur les genoux de Mathieu, qui lui frottait affectueusement les oreilles.

— Il m'importe peu de savoir quelle grande puissance a fait assassiner Goldin-Meyer. La raison de ce « crime inexplicable », comme l'a écrit la presse, est certainement aussi évidente pour vous que pour moi. Si les documents étaient parvenus à Jean XXIII, ce vieux paysan aurait fait un tollé de tous les diables. Rien ne l'aurait empêché de crier la vérité au monde, et de déclencher une campagne contre ce qu'il avait déjà qualifié, rappelez-vous, à propos de la bombe thermonucléaire, d'« ultime avilissement de l'esprit humain et de notre souffle sacré »... Il y avait dans cet appel une sorte de pressentiment, non ?

— Je constate que vous êtes en pleine contradiction avec vous-même. D'un côté, vous niez entièrement ce caractère... « sacré » de la nouvelle énergie et de l'autre... Très ambigu.

— Possible. Les documents lui sont parvenus et il en est mort.

— Jean XXIII était très malade.

— Et maintenant, lui disparu, je m'attends que l'Église moderne adopte une attitude prudente, habile et *moderne*, justement, dans cette affaire. Quelque chose dans le genre : « La bombe thermonucléaire peut être utilisée, mais uniquement à des fins pacifiques. »

Starr sourit poliment.

— Amusant.

Mathieu donna une dernière caresse au fox-terrier.

— Il y a des choses dont on ne pourra jamais accuser les chiens, dit-il. Les veinards. Il y a aussi un très joli poème de Francis Jammes, intitulé : « Pour aller au paradis avec les ânes ».

Il se leva et prit son imperméable.

— L'affaire homme... vous connaissez ?

Dans son rapport, Starr devait écrire : « Il paraissait tellement accablé, déchiré, presque désespéré, et, en quelque sorte, vaincu par son génie même, que j'éprouvai, je l'avoue, un élan de sympathie pour cet homme singulier et imprévisible, dont on peut tout attendre et tout craindre à la fois. »

XII

Mathieu parqua Albert-la-Citroën derrière le Collège de France et descendit au labo. En dehors du problème de la désintégration et de la réduction du souffle, dont la solution continuait à leur échapper, leur principal souci était le défaut d'étanchéité des collecteurs. Il y avait des déperditions d'énergie, des fuites de puissance, des suintements ; en touchant un accumulateur, on constatait qu'il paraissait humecté de rosée, de larmes, comme disait Valenti, qui ne crachait pas sur la poésie. Comme ce fut le cas pour le plutonium, ces défauts allaient sans doute disparaître avec la nouvelle génération des capteurs et le perfectionnement du système des contrôles.

En attendant, les retombées de pollution culturelle continuaient de plus belle. Valenti se plaignait d'entendre du Bach chaque fois qu'il transférait une unité d'énergie d'un collecteur dans une pile et, un matin, en entrant dans le labo, Mathieu lui-même se trouva face à face avec la Madone de Bellini de l'Académie de Venise, qui flotta clairement dans les airs pendant quelques secondes autour d'un capteur : celui-ci ne contenait pourtant que le rendement d'une femme de ménage. Cette pollution culturelle ne semblait avoir aucun rapport de nature avec la qualité sociale du donneur.

Mais le problème principal était celui de la fission. L'élément demeurait irréductible. Il y avait un gaspillage d'énergie effrayant. La quantité de souffle utilisée dans la pile d'une machine à laver aurait suffi à faire marcher jusqu'à l'usure des pièces une centrale électrique. Tant qu'on ne parviendrait pas à une désintégration rigoureusement contrôlée, la manipulation du souffle continuerait à poser à la science les mêmes problèmes qu'à l'idéologie.

Une complication supplémentaire venait de la nécessité de garder le secret, afin d'éviter les réactions hystériques d'une certaine presse. Il y eut des coups malheureux et notamment l'incident regrettable du « mort qui s'est réveillé en chantant », ainsi qu'un journal avait titré le compte rendu de cet incident de parcours. Il s'agissait d'un dentiste italien, un certain Bono, ami de Valenti, qui avait été victime d'un infarctus. Valenti et Chavez étaient venus lui rendre visite à l'hôpital avec des fleurs et Chavez avait apporté à tout hasard un capteur. Au moment où le dentiste rendait l'âme, Chavez était dans la salle d'attente, le capteur posé sur les genoux, dissimulé par un bouquet de fleurs. En raison d'une pièce défectueuse, il y eut une défaillance du système de mise en circuit, un phénomène de recul ou de choc en retour : l'énergie fit ce qu'on appelle en langage de physique nucléaire, une « excursion ». Échappant un instant à tout contrôle, le souffle s'inversa instantanément et revint à sa source avec une force d'impact telle qu'il y eut, comme presque toujours dans ces cas, non seulement réanimation, mais encore une forte retombée culturelle. Le dentiste se dressa sur son séant, ouvrit les yeux, mit une main sur son cœur, puis, les yeux exorbités, la moustache et les cheveux hérissés par la recharge, chanta d'une voix de baryton, d'ailleurs agréable, *Ô sole mio !*, après quoi, il expira à nouveau et tout rentra dans l'ordre.

Un vent de défaitisme soufflait au labo. Chavez lui-même parlait d'abandonner la recherche scientifique : maoïste convaincu, il affirmait que la solution du problème exigeait une préparation idéologique, comme en Chine. Valenti, quant à lui, se laissait aller à un désespoir lyrique et passait ses journées, comme la plupart des savants, à signer des manifestes de protestation contre les conséquences pratiques de ses propres découvertes. Il avait une chevelure abondante, une bouche gourmande et de magnifiques yeux bruns et tendres. Il était incapable de s'occuper de lui-même et un nombre considérable de femelles avaient en vain tenté de saisir cette occasion de se donner un but dans la vie. Il souffrait plus que tout autre de retombées culturelles et voyait apparaître sur le tableau noir des œuvres de Léonard et de Michel-Ange, accompagnées de chœurs grégoriens. Mathieu avait rassuré Valenti, en lui disant qu'il avait interrogé les égoutiers de la Ville de Paris, et ceux-ci lui avaient confirmé à l'unanimité qu'au bout d'un certain temps on était habitué à la puanteur, on ne sentait plus rien.

Toutes sortes de gadgets emplissaient le labo. Valenti était en train de convertir la batterie qui faisait marcher un *water-pick*, un jet d'eau pour nettoyer les gencives, qui venait alors de faire son apparition sur le marché. Chavez travaillait à une « couveuse électrique ». Comme disait le catalogue d'un grand magasin : « Vous branchez, vous mettez un œuf frais à l'intérieur et il en sort un poussin. »

— Merde, dit Mathieu. Quand je pense que des millions d'hommes crèvent de faim...

Chavez, bien entendu, comprit de travers :

— C'est vrai. Avec le seul rendement en souffle de la mortalité infantile aux Indes, on pourrait bâtir là-bas un pays moderne.

Natte électrique : une nouvelle manière de passer une bonne nuit. Produit des sons rythmés qui induisent au sommeil. Vibrateur : envoi discret. A une forme rêvée, que votre partenaire appréciera.

Mathieu jeta le catalogue et grommela quelques insultes.

— Bah, dit Valenti. Ça vaut bien les expériences sur les chiens et les rats. Au moins, ce n'est pas de la vivisection. Et on peut toujours enlever la batterie et la mettre à meilleur usage plus tard.

Un bruit léger, régulier, se faisait entendre d'un coin de la salle : la petite balle blanchâtre, de la taille d'une noix, bondissait ponctuellement dans son coin. Voilà maintenant plus de trois ans que le souffle poursuivait sans relâche sa vaine tentative de libération. Il pensa à May. Elle faisait une nouvelle crise religieuse.

Bon Dieu de bon Dieu, pensa-t-il, combien de milliers d'années faudra-t-il aux gens pour se débarrasser de leur folklore ?

— Je dois dire que c'est assez extraordinaire de

penser que cette petite chose continuera à sauter jusqu'à la fin des temps..., observa Valenti avec satisfaction.

Ils la regardaient maintenant tous deux avec tendresse. La balle était devenue un peu la mascotte du laboratoire. C'était leur premier succès. Et Valenti voulait en faire don au Musée de l'Homme.

— Un jour, dit-il, des écoliers viendront la regarder, première étape de l'espèce humaine hors de son passé préhistorique. Ah ! Tiens, à propos...

Il lui montra une coupure de journal. « *Nouvelle ampoule électrique aux États-Unis... La lampe électrique, pratiquement inusable, doit son gain de rendement au dépôt sur le verre d'un film formé de deux couches d'oxyde de titane séparées par une couche d'argent...* »

— Ces imbéciles commencent la commercialisation avant même de savoir où ils vont, dit Mathieu. Cent trente lumens par watt, disent-ils. Tu te rends compte ? Il y a au moins cent millions de watts par libération. C'est du conventionnel. Ils ne peuvent pas avoir pris une telle avance. Rappelle-toi l'accident de Merchantown.

— En tout cas, c'est bien enveloppé, dit Valenti. Écoute ça : « *Transparent aux radiations visibles, ce film renvoie vers le filament les infrarouges qui transportent l'essentiel de la chaleur...* »

— Rien de nouveau, là-dedans, dit Mathieu. C'est de l'Edison perfectionné, pas autre chose. La seule façon, à l'heure actuelle, de parvenir à la dégradation...

— À la dégraduation, tu veux dire, rectifia Valenti.

— Ça revient au même. La seule façon de parvenir à la dégradation, c'est d'utiliser la bombe à hydrogène, mais il n'est pas sûr, même si c'était possible du point de vue des crédits et autorisations nécessaires, que l'on puisse ensuite contrôler l'échappement. Il y a là une contradiction, puisqu'il faut un système clos.

— Si les Américains étaient parvenus à désintégrer le souffle, ça se saurait. Il manque une idée.

Instinctivement, ils regardèrent Mathieu.

— Je ne sais pas, dit Mathieu, d'une voix sourde. Il y a peut-être irréductibilité.

Chavez haussa les épaules.

— Allons donc. Rien n'est irréductible.

— Où en sont les effets secondaires ?

Valenti fit la grimace.

— Toujours la même chose. Ça diminue un peu, avec l'accoutumance, mais il semble que l'immunité soit lente à s'instaurer. J'ai encore entendu du Mozart toute la matinée.

Chavez rit.

— Eh bien, ils n'auront pas besoin de musique douce dans les usines, ils l'auront d'office et gratis !

Mathieu avait la nausée. Ce n'était pas très différent de ce qu'il éprouvait chaque matin en lisant les journaux, mais plus écœurant encore, avec des poussées d'indignation, de colère, qui finissaient dans un mélange de panique et de fureur. C'était à se demander si les déchets n'avaient pas sur le système nerveux et le psychisme des effets toxiques irréversibles.

— Je ne sais pas, murmura-t-il.

Valenti passa son bras autour des épaules du jeune homme.

— Je suis certain que c'est toi qui trouveras la

solution, Marc, et personne d'autre. J'ai bien peur que la défroque d'Einstein te soit tombée sur le dos, mon vieux... Quant à moi...

Valenti soupira.

— ... J'ai cinquante-trois ans. Je crois que je suis sur la descente. On dit que les physiciens et les mathématiciens sont finis dès la trentaine. L'énergie créatrice, mon vieux, semble aller de pair avec l'apogée de la puissance sexuelle.

— D'après ce qu'on raconte à cet égard, tu n'as jamais si bien travaillé qu'en ce moment, dit Mathieu.

Valenti eut l'air enchanté.

Il avait fini de bricoler la batterie du *water-pick* — le rendement énergétique à l'intérieur de la pile était celui du dentiste Bono — et commença à se nettoyer les gencives avec le jet d'eau.

— Comment s'en tirent les Chinois ? demanda Mathieu.

— Fan-tas-tique, dit Valenti. Fan-tas-tique. Ils ont l'air de dépasser tout le monde. J'ai parlé à leur attaché scientifique, ici, à l'ambassade. Nous avons procédé à un échange d'informations. Leurs centrales expérimentales de Fou-tsen sont un succès fan-tas-tique !

XIII

Fou-tsen se trouve sur la rive sud du Yang-tsé, et, de mémoire d'homme, son sol, pourtant le plus fertile de Chine, n'a jamais suffi à nourrir la population locale. Sa fertilité, presque aussi grande que celle du *tchernoziom* russe, était due à ce qui était aussi cause de sa pauvreté : les crues dévastatrices du Yang-tsé. Dans cette région plate, nul obstacle n'endiguait les flots, quand le fleuve se déchaînait, ainsi qu'il avait coutume de le faire selon des cycles presque réguliers, comme s'il célébrait quelque rituel vengeur.

La République populaire de Chine avait mis fin à ces lubies immémoriales du Yang-tsé. Le barrage de Fou-tsen avait été achevé quelques années plus tôt. Trois cent mille travailleurs avaient investi le meilleur de leurs forces vives dans cette entreprise, et la gratitude des paysans, enfin délivrés du fléau, avait fait d'eux les soutiens les plus dévoués du régime. À plusieurs reprises, le Parti avait décerné des mentions élogieuses à la commune de Fou-tsen : dans cette région, le rendement d'un hectare dépassait les normes atteintes par les fermes collectives du reste de la Chine. Ainsi que le proclamaient les affiches murales, la victoire sur le Yang-tsé avait donné aux habitants le goût des réalisations plus grandioses encore : « Tous en avant, sous la sage direction du président Mao Tsé-toung, pour transformer l'énergie spirituelle en énergie matérielle. »

Ils avaient été choisis pour être les pionniers du nouveau « bond en avant » technologique et industriel de la Chine.

Pei savait que, s'il y avait une région du pays où les travailleurs fussent prêts à se vouer corps et âme à l'« expérience pilote » qui consistait à mettre en pratique, pour la première fois sur une vaste échelle, l'exploitation de la nouvelle source d'énergie, c'était à Fou-tsen. Nulle part ailleurs, les conditions idéologiques et psychologiques ne se trouveraient réunies. Si jamais les expressions « donner le meilleur de nous-mêmes » et « jusqu'au dernier souffle » avaient un sens, c'était à Fou-tsen.

De l'aéroport, il fut conduit au village par un jeune membre de la section locale du Parti qui gardait respectueusement le silence en présence du jeune général, héros de la République populaire, personnage vénéré dans son village natal.

Toute la région était rigoureusement sous contrôle militaire. Il y avait des barrages tous les trois kilomètres et leur arrivée était signalée à chaque poste par radio. Après le cinquième arrêt, le chauffeur se tourna vers Pei en s'excusant.

— C'est à cause de la voiture, camarade général, dit-il. C'est un prototype expérimental et, comme vous avez dû le remarquer aux cahots, pas encore tout à fait au point.

La bouche de Pei devint sèche et il eut aussitôt honte de cet accès de médiévalisme regrettable, héritage ancestral. Depuis son enfance, son esprit avait été empoisonné par des contes de bonne femme, des histoires de dragons et d'esprits, et les années qu'il avait passées au collège des Jésuites n'avaient pas arrangé les choses.

Il fixa son regard sur la route qui défilait devant lui, douloureusement conscient des cahots de la voiture. Le principe scientifique était pourtant fort simple, et pas très différent, somme toute, de celui des vieilles locomotives à vapeur ou d'un moteur à explosion : les cahots étaient le résultat des caractéristiques de l'énergie, de son « tirant » : en d'autres termes, elle cherchait à se libérer.

— Ce qu'il y a d'étrange, camarade général, c'est qu'apparemment l'âge ou le sexe du fournisseur ne joue pas. Un vieillard, une femme ou un enfant, c'est du pareil au même. Ils ont essayé avec des chiens et des rats, mais ça n'a rien donné. Il faut de l'homme.

Pei voyait le visage du chauffeur dans le rétroviseur : son expression allait de l'hébétude à la terreur. Le général avait entendu dire que l'énergie avait des retombées nocives pour le système nerveux et que l'immunité nécessitait une sévère préparation idéologique.

— Des fois, ça grince, là-dedans, ça gémit ou ça... ça chante, dit le chauffeur... Ceux qui travaillent à la centrale principale ont perdu le sommeil. Il y en a qui deviennent fous et il faut les interner. Ils tiennent des propos délirants, qui portent la marque d'une influence bourgeoise pourrie et réactionnaire. Moi-même, camarade général, je me

suis surpris à écouter la musique occidentale décadente de Beethoven. Je sais pourtant que le *Quoti-
dien du Peuple* nous a informés qu'écouter du Beethoven est considéré comme une faute grave par
le Parti. C'est interdit. Mais je n'y peux rien. Ça se
met à jouer tout seul, dès qu'on s'approche d'un
de ces trucs-là.

— Je crains que vous n'ayez pas reçu une formation idéologique suffisante, camarade, dit Pei.

Le chauffeur tourna vers lui un regard sup-
pliant.

— Je vous en prie, ne leur dites pas cela, camarade général. Excusez mon esprit attardé et réactionnaire.

— Soyez tranquille, je ne ferai pas de rapport,
je vous le promets. Est-ce qu'il y a ici beaucoup
de camarades qui ont les mêmes... nervosités que
vous ?

— Je ne sais pas, camarade général. Nous essayons de ne pas en parler. Nous voulons être à la
hauteur de la grande tâche que le Parti nous a
confiée. Nous sommes fiers d'être des pionniers,
camarade général.

Le pauvre bougre faisait vraiment de son mieux,
pensa Pei. Le chauffeur fit même une plaisanterie.
C'était une plaisanterie chinoise traditionnelle, qu'il
ponctua d'un éclat de rire non moins traditionnel.

— Cela ne me ferait rien, au contraire, si c'était
ma belle-mère qui était là-dedans !

Pei se rendit directement à l'hôpital.

On lui avait souvent dit que Lan était très belle,
mais Pei n'avait aucune opinion là-dessus. Tout jugement sur la beauté féminine supposait des
points de comparaison qui lui faisaient défaut : il

n'avait jamais prêté attention à une autre que Lan. Elle avait été une actrice de talent au Théâtre de Pékin, puis la maladie était survenue, brutale, et diagnostiquée trop tard : les médecins lui avaient dit qu'elle était probablement atteinte depuis très longtemps, depuis l'enfance. Pei lui-même en était certain. Il se rappelait les inondations, le manque d'hygiène et les famines, et comment, à douze ans, il volait une poignée de riz au marché pour la lui apporter.

Il fut accueilli par le directeur de l'hôpital, tout sourire, et Pei souriait, lui aussi : le drame qu'il vivait était strictement individuel et comptait peu au regard de l'avenir collectif radieux qui s'ouvrait devant le peuple chinois.

Il s'assit près du lit et tous les deux se sourirent avec optimisme, avec la certitude du bonheur des masses populaires qui les entouraient. La marche en avant de la Chine donnait un exemple au monde entier et allait l'entraîner dans son sillage. Il ne pouvait y avoir de raison d'être triste et décou-ragé : une telle attitude subjective et égoïste n'était pas concevable. Et, désormais, même si on mourait, on pouvait continuer à servir à la construction du socialisme et au progrès. Le gaspillage posthume du souffle sacré du peuple chinois allait cesser. Les in-firmières souriaient, les médecins allaient et ve-naient en souriant, les autres malades les regar-daient et écoutaient en riant gaiement, pendant qu'ils échangeaient des mots tendres :

— Notre croissance économique cette année a été deux fois plus rapide que celle du reste du monde ; notre productivité va bientôt atteindre et dépasser celle des pays capitalistes, dit Pei.

— Je suis si heureuse, dit Lan.

— Nos camarades de l'industrie textile ont augmenté leur rendement de soixante-dix pour cent.

— Je sais, murmura Lan. Nos glorieuses forces armées font trembler les sociaux-traîtres impérialistes de l'U.R.S.S.

— Tous les insectes nuisibles et les oiseaux qui menaçaient nos récoltes sont en voie d'extermination, dit Pei. Il n'y a plus eu une seule épidémie cette année. Les impérialistes américains, après avoir été battus à plate couture au Vietnam, sont en proie à une crise économique effroyable. Notre arsenal d'armes nucléaires s'enrichit de mois en mois.

Ils continuaient ainsi à échanger des mots d'amour, et les autres malades rayonnaient de bonheur. Ils savaient tous qui était le général Pei, et ils voulaient tous lui montrer leur foi dans l'avenir. Même si tous, dans cette salle, étaient individuellement condamnés, collectivement, ils avaient de gigantesques projets qu'ils allaient réaliser. Ils gisaient là, trop faibles pour bouger, rayonnants.

Le moment était venu de partir, mais Pei ne parvenait pas à s'arracher, et il restait là, avec son crâne rasé de près, triturant sa casquette, essayant désespérément de trouver de nouveaux mots d'amour à dire, des mots différents du vocabulaire bourgeois réactionnaire, quelque chose de doux et de tendre, une de ces petites choses qui rendent une fille heureuse.

— Les chiffres montrent que nous avons augmenté l'étendue des terres arables de dix pour cent, cette année. Nous avons mis au point des mis-

107

siles qui peuvent porter une charge nucléaire à cinq mille kilomètres.

C'était une bonne excuse : Lan prit sa main dans la sienne et la serra tendrement.

Elle garda sa main aussi longtemps qu'elle le put, sans que cela paraisse trop personnel, et il vit des larmes dans ses yeux, mais personne d'autre ne put les voir.

Les médecins rayonnaient ; les infirmières et les malades également. Il était le plus jeune général de l'Armée populaire et, bien qu'il fût venu pour voir cette jeune femme, il s'adressait à eux tous, leur faisait partager sa présence.

— Bientôt, avec les progrès accomplis par la science grâce à l'enseignement du président Mao Tsé-toung, l'énergie du peuple chinois ne cessera plus jamais d'œuvrer à la construction du socialisme.

Quelques malades eurent la force d'applaudir.

Pei se leva. Il ne pouvait se résigner à l'idée qu'il voyait sans doute Lan pour la dernière fois. Il dut sourire, pour cacher son désarroi si égoïste et personnel. Lan le regardait. Il serra les poings, essayant de faire passer dans cet effort musculaire le tumulte intérieur qui montait en lui, bouleversant, irrésistible. Malgré toute sa formation idéologique, quelque chose d'instinctif, d'animal, d'*ancestral*, grondait de révolte et d'indignation dans son sang même. C'était un fracas intérieur qui ressemblait à quelque fureur océane.

Il se détourna avec brusquerie, se rendit dans le bureau des médecins et parla quelques minutes avec eux des problèmes techniques, les seuls importants. Ils avaient le meilleur équipement tchécoslovaque, mais auraient bien aimé disposer d'un nombre plus important de tentes à oxygène. Sans avoir l'air de recourir à un argument de caractère personnel, le médecin-chef lui fit remarquer que Lan, par exemple, était la plupart du temps sous une tente, et, compte tenu du nombre de malades... Il se tut discrètement, craignant visiblement d'être allé trop loin. Pei promit de parler aux services compétents à Pékin. Il écouta ensuite les statistiques générales concernant l'hôpital ; c'étaient là des faits d'intérêt collectif, les *seuls* qui comptaient.

Il s'arrêta un moment dans la salle des collecteurs d'énergie. Le médecin-chef lui dit, en montrant les récipients légèrement phosphorescents, en stalinite d'une jolie couleur nacrée :

— Ça fonctionne remarquablement. Il n'y a pas une vie humaine de perdue.

Pei passa les quelques heures suivantes à visiter la nouvelle centrale et les chaînes de montage où l'on fabriquait les nouveaux radiateurs portatifs destinés aux logements des travailleurs. C'était une petite usine, mais Pei put constater que l'esprit des ouvriers était excellent. Ils paraissaient immunisés contre les effets secondaires des déchets, grâce à l'endoctrinement approprié qu'ils avaient subi dès leur enfance dans les cellules du Parti, mais aussi, sans doute, grâce à la vigilance du responsable idéologique de la station expérimentale, le camarade Han Tsé. C'était un petit homme vif, dynamique, aux yeux brillant d'optimisme. Le camarade Han Tsé expliqua que les travailleurs jouissaient de quelques avantages, de rations et de vêtements supplémentaires.

— C'est indispensable, au début, sur le plan de

l'accoutumance. Le seul effet secondaire auquel nous nous sommes heurtés est l'attachement plutôt excessif aux récipients eux-mêmes. J'ai noté souvent des marques extérieures de respect, petite survivance du temps du culte des ancêtres. Nous avons déjà approvisionné quelques familles en radiateurs et vous pourrez vous rendre compte par vous-même que les gens s'y accoutument fort bien.

C'était un petit appartement propre et plaisant dans un nouvel immeuble, le premier de son genre et de son importance dans le village. La famille qui l'occupait se composait d'un ouvrier mécanicien et de sa femme, de leurs deux enfants et du grand-père, âgé de soixante-dix-huit ans. Le vieillard, souffrant, était au lit ; il avait le visage ridé et portait la traditionnelle barbiche blanche des anciens. Mais à part l'expression étrange du regard — due, sans doute, à la sénilité — où se lisait une sorte d'interrogation affolée, il paraissait bien conservé.

L'appartement était gai ; les portraits de Mao Tsé-toung, de Marx et de Lénine figuraient en bonne place, comme il convenait. Le père était à l'usine, mais les enfants, rentrés de l'école, couraient gaiement dans la petite pièce, en riant aux éclats. La jeune femme accueillit les visiteurs avec un grand sourire. Même l'ancêtre s'efforça de sourire, de ses lèvres blanches à peine visibles, comme tombées à l'intérieur de sa bouche édentée, mais ses yeux exprimaient un étonnement sans bornes, une stupeur assez surprenante chez un homme de son âge, qui avait déjà tout vu. Il était difficile de dire s'il y avait à ce moment-là dans son esprit autre chose qu'un profond ahurissement.

Le petit collecteur attendait au pied du lit l'heure de recueillir le rendement énergétique du vieil homme. Il était branché au radiateur, aux lampes et aux appareils ménagers dans la cuisine.

On avait posé un petit bouquet de fleurs sur le récipient.

De temps à autre, le vieillard jetait un coup d'œil au capteur, puis au radiateur, et l'expression d'infinie stupéfaction s'intensifiait encore. Au-dessus de sa tête, sur le mur, sous le portrait de Marx, il y avait une inscription soigneusement calligraphiée : « Je suis heureux de donner le meilleur de moi-même pour le bien-être du peuple. »

Sa fille riait sans cesse, et ses petits-enfants riaient d'une manière un peu bizarre.

— Vous pouvez constater, dit le docteur Han Tsé, que les conditions psychologiques sont excellentes. Cette gaieté spontanée est tout à fait significative. Le petit bouquet de fleurs, bien sûr, est peut-être un peu déplacé... Évidemment, les circonstances ici sont particulièrement favorables. Les liens familiaux sont chaleureux ; le père est un responsable du Parti ; nous avons eu un hiver très rude et le vieillard est manifestement ravi à l'idée que son rendement énergétique va bientôt être recueilli pour servir au chauffage des siens. Il faut reconnaître que les liens de famille créent ici des conditions idéales.

L'ancêtre s'esclaffa soudain ; sa fille et ses petits-enfants riaient continuellement, au point qu'ils semblaient ne plus pouvoir arrêter cette étrange crise d'hilarité.

Pei arriva à la conclusion que le docteur Han

Tsé se trompait complètement — ou, chose plus grave, cherchait délibérément à le tromper.

Toute la famille, le grand-père, la femme, étaient manifestement dans un état proche de l'idiotie. La femme se tordait de rire, hystérique, et les deux enfants étaient en pleine crise nerveuse. Quant à l'ancêtre, à en juger par l'expression de ses yeux, il paraissait convaincu que c'était le récipient qui le dévisageait, et non l'inverse.

— Nous avons ici un cas intéressant : une bonne adaptation au progrès d'un représentant de la vieille génération.

C'est alors que tout se gâta. C'était presque incroyable, venant d'un homme de cet âge et dans un tel état d'épuisement, mais la vitesse et l'agilité avec lesquelles le vieux paysan moribond sauta du lit étaient phénoménales. Avec un cri haineux et bref, le digne ancêtre donna un coup de pied au récipient qui attendait de recueillir son essence, le saisit, le jeta contre le mur, puis relevant sa robe, sauta par la fenêtre et, quelques instants plus tard, Pei le vit galoper à toute vitesse dans la rue, et s'élancer à travers champs, jetant de temps en temps un regard en arrière, comme pour s'assurer que le récipient n'était pas sur ses talons. Il bondit par-dessus un mur et disparut quelque part dans la nature.

La femme se jeta sur le lit et éclata en sanglots.

Le docteur Han Tsé était devenu blême. Son visage paraissait s'être tordu.

— Je crains que nous ne puissions tirer de conclusion positive ou négative de cet incident. Il y a ici une relation de famille qui porte encore clairement la marque des influences bourgeoises néfastes, et d'un vieillard arriéré... Nous allons veiller à leur éducation.

— Je vous demande de ne pas y procéder, au contraire, dit Pei. C'est un cas intéressant, qu'il convient de préserver tel quel, afin de mieux l'étudier.

La jeune femme lui jeta un regard reconnaissant.

Pei savait à présent ce qu'il voulait voir : la section psychiatrique de l'hôpital, qu'on avait omis de lui faire visiter. Comme il s'approchait des bâtiments, le jeune général sentit croître son appréhension. En Corée, au combat, il avait vu tomber ses meilleurs camarades, et il avait souvent lu dans leurs yeux l'ultime appel, muet, implorant. Mais là, il n'y avait pas d'yeux qui le regardaient, et pourtant, alors qu'il traversait le système de contrôle et s'engageait dans la chambre de retraitement du surrégénérateur, tout son système nerveux se mit à frémir, comme s'il recevait un message angoissé. Il essaya de se dire qu'il était victime des déchets, de leurs effets, qualifiés de « spirituels » par les ennemis de classe, que c'était une hystérie d'origine purement chimique, une sorte de radioactivité qui affectait le psychisme, mais il ne pouvait s'empêcher d'éprouver la conviction réactionnaire que l'appel, le message, était bien là ; que cette énergie emmagasinée dans les compresseurs et les convertisseurs *émettait* ; qu'elle lui envoyait des signaux pour réclamer sa libération, son salut ; qu'il y avait en lui quelque chose qui agissait comme un récepteur interne ; comme si chaque homme et tous les hommes eussent été des gouttes d'un océan d'une dimension tout autre et d'une fraternité plus grande encore que celle de leur sang et de leur chair, immatérielle, indivisible et qui ne pouvait être captée, utilisée, exploitée ou menacée sans que la souffrance se propageât d'une goutte à l'autre jusqu'à ce que l'Océan balayât tout de sa colère, de son grondement, de son indignation irrésistible...

Il essaya de se ressaisir : mille siècles d'ignorance, de propagande obscurantiste.

Il se rendit compte qu'il se tenait immobile dans un corridor et que le docteur Han Tsé l'observait avec curiosité.

— Vous ne vous sentez pas bien, camarade général ?

Pei soutint son regard avec fermeté.

— Un peu d'émotion, bien compréhensible, dit-il. Je pensais au nouvel avenir que notre science au service de l'idéologie marxiste-léniniste ouvre devant nous.

Ils traversèrent la salle d'attente. Il y avait là une trentaine de personnes. Pei pensa d'abord qu'il s'agissait de malades venus en consultation. Il remarqua ensuite les capteurs que chacun tenait sur ses genoux. Ils étaient assis là, attendant, comme pour une distribution de vivres. Les récipients étaient tous de la même taille. Ils avaient la capacité d'un jerrycan d'essence d'environ dix litres.

— La chose vraiment remarquable est la convertibilité des batteries, dit le docteur Han Tsé. Ils se prêtent à n'importe quel usage. Il y eut des incidents, au début. Certains des récipients furent retrouvés dans des terrains vagues, couverts de marques, comme si des voyous avaient essayé de les ouvrir. Du vandalisme. D'ici quelques semaines tout l'éclairage de la région sera fourni par l'hôpital.

Pei regardait un jeune homme, le premier de la rangée, qui tenait son récipient sur les genoux. Ses yeux étaient fixés sur la lumière verte qui se trouvait au-dessus de la jauge. La lumière tourna soudain au rouge. Le capteur se remplissait.

Il songea à Lan.

Il sortit un mouchoir de sa poche et s'épongea le front.

Le jeune homme gardait les yeux fixés sur la lumière rouge. Enfin, il se leva de sa chaise pour partir.

Il semblait avoir quelque difficulté à marcher.

— Ah, cette jeunesse, dit le docteur Han Tsé. Encore un, sans doute, qui écoute la musique décadente occidentale. Je l'ai entendue moi-même, l'autre jour, mais je n'ai pas pu trouver d'où ça venait.

Il fit soudain un aveu inattendu :

— Cette nouvelle révolution scientifique risque de rendre les travailleurs plus vulnérables à la propagande occidentale.

Pei n'écoutait pas. Ils étaient entrés dans l'une des salles et marchaient entre deux rangées de lits.

Le docteur Han Tsé parut profondément embarrassé.

— Oui... Enfin... Ce sont des cas de... de choc nerveux...

Pei se tenait au milieu de la salle, s'efforçant de ne pas entendre. C'était plus qu'il ne pouvait supporter. Il s'était trouvé souvent au front dans des postes de secours ou à portée de voix de soldats blessés qui gisaient dans la boue avant que les brancardiers ne parviennent jusqu'à eux et leur fassent une piqûre. Mais cela n'avait rien de commun avec ce qu'il entendait maintenant. Il n'y avait pas de mots pour décrire ce silence qui était comme la fin de ce qui fut autrefois la voix humaine, et qui réussissait pourtant à hurler plus haut que tout ce qui, dans l'histoire des cris, avait exprimé l'honneur, la dignité et la souffrance d'être un homme.

— Où est le téléphone ?

— Dans le bureau du directeur.

Pei alla vers la porte, puis se retourna.

— Nous allons suspendre l'expérience à l'instant même, dit-il brièvement. À l'instant même, vous entendez ? Tous les collecteurs seront instantanément arrêtés. Dépêchez-vous, j'en prends la responsabilité. Je suis ici par ordre du président Mao Tsé-toung lui-même. Arrêtez tout, c'est compris ? Vous allez à cet instant même annoncer cela par haut-parleur. J'estime que la préparation et les études ont été menées par trop hâtivement et ont été marquées par une complaisance inadmissible. Vous serez tenu personnellement responsable de tout délai d'exécution.

Il se précipita dehors, entra dans le bureau du directeur qu'il invita à sortir et s'empara du téléphone. En quelques secondes, il obtint Pékin, et donna le code qui lui conférait l'autorité pour parler à Mao Tsé-toung en personne.

On lui annonça quelques minutes d'attente, ce qui lui donna le temps d'une réflexion plus froide.

Il savait qu'à cent kilomètres de là, les militaires mettaient au point une expérience sur une échelle beaucoup plus grande que celle de Fou-tsen. Il y

116

avait là une accumulation d'énergie dont la manipulation entraînait, de l'avis même des responsables, des risques considérables. Personne encore, ni en U.R.S.S. ni aux États-Unis, n'avait tenté une telle concentration de souffle. La menace d'un fonctionnement défectueux et d'une libération soudaine et imprévisible de carburant avancé par suite d'un contrôle excessif était réelle, et les savants n'avaient cessé de mettre les militaires en garde contre un tel excès de puissance.

Mais il eut également le temps de faire son autocritique. Il avait été informé des effets secondaires des déchets : déséquilibre affectif, hystérie, dépression, sentimentalisme larmoyant, confusion idéologique, pouvant aller jusqu'à provoquer des réactions morbides typiquement bourgeoises et décadentes — idéalistes, pseudo-humanitaires. Il sentait aussi que son amour pour Lan tendait dans son esprit à prendre la première place, au détriment des considérations marxistes-léninistes positives. La pensée que le souffle de Lan servirait à alimenter une machine lui était insupportable, mais il comprenait que ce n'était là qu'un héritage de l'obscurantisme millénaire qui montrait bien à quel point il subissait encore l'influence des ténèbres dans lesquelles le peuple chinois avait été maintenu pendant si longtemps.

Le général était profondément troublé, déchiré, incapable de se prononcer, et cette indécision indigne d'un membre du Parti augmentait encore son désarroi.

Mais le choix d'une décision lui fut épargné.

Le téléphone sonna. Il avait sa communication.

— Général Pei Hsin ?

Il reconnut immédiatement la voix sèche, le ton coupant.

— Général Tchang Lin à l'appareil. J'apprends que vous êtes à Fou-tsen pour une tournée d'inspection.

— C'est exact, camarade général.

— Vous êtes au courant, bien sûr, que le secteur est sous contrôle militaire ? Sous *mon* contrôle.

— Je suis ici par ordre personnel du président Mao, dit Pei, calmement.

Une note de sarcasme perça dans la voix du chef d'état-major.

— Je suis persuadé que l'armée sera ravie de savoir que le camarade Mao a manifesté de l'intérêt envers notre grand projet... *enfin*.

Les mâchoires de Pei se contractèrent. C'était un nouveau défi ouvert, délibéré, des chefs de l'armée à l'égard du Fondateur.

— Je ne manquerai pas de rapporter votre appréciation au Président, dit-il sèchement.

Il y eut un nouveau silence.

— J'en doute. J'ai le regret de vous informer que le président Mao vient de mourir.

XIV

Ce soir-là, il pleuvait. Mathieu avait passé une sombre journée au labo. Il y avait longtemps qu'il n'avait plus de réelle inspiration, pas trace de cette fièvre prémonitoire qui précédait invariablement le jaillissement d'une idée nouvelle, aucune lueur d'anticipation. Valenti et Chavez commençaient à le traiter avec un peu de condescendance. Il était en train de devenir, comme on dit en anglais, un « *has been* », un homme qui *fut*.

Sur le tableau noir, les formules couraient dans tous les sens, mais c'était de l'art pour l'art, une pure jouissance esthétique. Elles ne menaient nulle part, n'ouvraient aucun chemin dans les terres vierges. Le souffle demeurait indivisible. Le « craquage », c'est-à-dire la désintégration contrôlée indispensable à l'exploitation rationnelle, continuait à se dérober. La maudite unité refusait de se soumettre. Une sorte d'irréductibilité première, absolue. Il manquait une idée. Les signes sur le tableau n'étaient qu'un feu d'artifice mathématique, parfaitement gratuit. Ils ne laissaient même pas une égratignure au flanc de l'univers. L'audacieux conquistador devenait un simple rôdeur.

À dix heures du soir, Mathieu jeta son imperméable sur sa tête et traversa la rue en courant.

Comme il quittait le café sous la pluie battante, l'imperméable sur la tête, il fut saisi par-derrière à bras-le-corps, poussé en avant, soulevé et se retrouva, toujours empêtré, dans une voiture qui démarra aussitôt.

— Nom de Dieu ! Lâchez-moi !

Les écologistes, pensa-t-il. Il était fatal qu'ils en vinssent à enlever des savants. Ils allaient exiger la publication dans les journaux de la vérité sur l'affaire. Ou l'abattre, tout simplement, en tant que principal responsable.

Il n'avait pas pris assez de précautions. Il aurait dû faire comme les autres grands savants : signer des pétitions contre les conséquences de leurs propres découvertes. S'entourer ainsi de garanties morales, déontologiques.

— Lâchez-moi ! Au secours !

Il voulait vivre. Il y avait encore tant de possibilités qu'il n'avait pas explorées.

Il s'immobilisa. Il n'osait même pas se dépêtrer de l'imperméable qui lui cachait le visage. Il ne voulait pas les voir.

— Mais je n'y suis pour rien ! gueula-t-il. Je suis d'accord avec vous ! Au fond, je suis des vôtres ! Je suis *contre*, moi aussi ! Je suis le premier à protester contre moi-même ! Je suis un martyr de la science !

— Calmez-vous, monsieur le professeur...

Le colonel Starr était assis à côté de lui, un porte-documents sur les genoux. Il regardait droit devant lui, et son visage plat reflétait une tension intérieure qui prenait l'apparence d'une impassibilité excessive.

— Excusez-moi, mais je n'avais pas le temps pour les préliminaires.

— Où allons-nous ?

— C'est exactement ce que je souhaite que vous me disiez.

Il ouvrit le porte-documents et posa un paquet de photographies sur les genoux de Mathieu.

— C'est la série la plus récente de clichés — ils datent de trois jours — pris par notre satellite au-dessus de la Chine. Province du Sin-Kiang. Autant vous avouer tout de suite que le gouvernement américain est... enfin, « paniqué » est un mot indigne. Disons... un peu préoccupé.

Mathieu jeta un coup d'œil sur les photos. Cela ressemblait à des centaines de ruches. C'étaient manifestement des accumulateurs d'énergie, mais deux particularités retinrent son attention : ils étaient tous raccordés entre eux, et on distinguait, au centre, un édifice large et trapu, d'où pointait comme un canon la gueule béante d'un collecteur qui, à en juger par ses proportions, devait avoir une puissance d'aspiration plus forte que tout ce qu'on avait tenté jusque-là dans le domaine de la captation.

— Joliment orienté, dit Mathieu. Plein ouest.

La voiture filait sous la pluie torrentielle.

Mathieu avait toujours les yeux fixés sur les photos. Il n'y avait pas ombre de possibilité de manipuler une telle accumulation de souffle. Les Chinois tentaient une captation et une concentration de puissance bien au-delà de ce qu'ils pouvaient mesurer ou contrôler. C'était une culbute aveugle dans l'inconnu.

— Que voulez-vous savoir au juste, colonel ?

121

— Pas grand-chose de plus. Votre visage est suffisamment éloquent. Mais tout de même ?

Mathieu haussa les épaules.

— Comme au Cambodge, dit-il.

— Déshumanisation ?

Mathieu rit.

— Déshumanisation, hein ? Vous n'allez pas me dire que cela peut préoccuper le Pentagone ?

Starr essayait de se contrôler. C'était la première fois dans sa vie qu'il lui fallait *essayer*. La maîtrise de soi lui était jusque-là naturelle.

L'automobile filait le long du Louvre. Cinq millénaires de trésors artistiques, pensa Mathieu. Une civilisation très ancienne. Eh bien, bonne chance, et à la prochaine.

Il y avait des prostituées le long de la rue Saint-Denis.

— Vous savez, colonel, certaines de ces filles étaient vierges il y a encore quelques mois, dit Mathieu. Les proxénètes placent les débutantes dans les quartiers à bas prix et grande demande, afin qu'elles puissent bénéficier d'un apprentissage accéléré.

— Écoutez, Mathieu, vous vous foutez vraiment de ce qui peut advenir du monde libre ? Je crois presque que vous souhaitez le triomphe de ce nouveau « modèle socialiste ». Vous voulez vous retrouver vous-même à quatre pattes en train de bouffer de la merde ?

— Ça, c'est de la politique, dit Mathieu, avec dignité.

— D'après le professeur Kaplan, conseiller scientifique du Président, ce système chinois est, selon toute probabilité, un capteur à pouvoir d'attraction illimité.

Mathieu hocha la tête.

— Des gosses, dit-il. Des mômes de vingt mille ans. Et encore, en comptant seulement depuis les fresques de Lascaux.

— C'est orienté plein ouest. Si l'attraction du système est telle que nous le croyons — illimitée —, au lieu de capter dans le rayon de soixante-quinze mètres, comme le font nos accumulateurs, elle va littéralement aspirer — inspirer, plus exactement — le souffle de toutes les populations se trouvant sur son rayon d'action...

Mathieu réfléchissait profondément.

— J'ai une idée. Que diriez-vous d'une petite attaque préventive contre le système chinois, à l'aide de vos missiles nucléaires ? Hein ?

Starr décida de ne plus se laisser aller à la fureur noire qui lui donnait envie d'en finir avec Mathieu une fois pour toutes. Cela ne servirait à rien. Il y aurait quelqu'un d'autre.

— L'action normale d'un capteur s'exerce au moment où l'énergie s'échappe, au moment de sa libération naturelle, dit-il. Mais ici, selon Kaplan, nous sommes confrontés avec la possibilité — la probabilité — d'une véritable sur-puissance et donc, d'une sur-attraction, un *arrachement*. Cette fois, c'est les *vivants* qui seront vidés de leur...

— ... de leur âme, suggéra Mathieu. Allez-y, ne vous gênez pas.

— Tant que les Chinois alimentent leur système avec le rendement énergétique de leur propre peuple... enfin, ce que les Chinois font aux Chinois, les Africains aux Africains, ou les Tchèques aux Tchèques, ça ne nous regarde pas. Mais dans le cas présent, nous sommes directement menacés, et nous ne pouvons prendre le risque de « voir venir ».

— L'égoïsme sacré, dit Mathieu.

La voiture filait le long de la Seine. La pluie battait contre le pare-brise. La bonne vieille pluie du début des temps.

— Ils vont être en mesure de capter l'énergie du monde entier, trois cent soixante degrés à la ronde, dit Starr.

— Et alors ? Après tout, ce n'est rien de plus que ce que la N.A.S.A. appelle une « première technologique »... ou idéologique. Ça revient au même.

Starr gardait les deux mains enfoncées dans ses poches, essayant de maîtriser ses poings.

— Mais ne vous cassez pas trop la tête avec cette histoire, dit Mathieu. Bien sûr, il n'y a aucun moyen de vérifier l'efficacité...

— Charmante terminologie, grommela Starr.

— ... Oui, enfin, les chances de succès de cette petite expérience chinoise... Il n'y a pas de précédent.

— Il y a un précédent, dit Starr. Vous avez entendu parler de l'« implosion » de Merchantown ?

— Oui.

— Alors ?

— C'était un engin de première génération.

La pluie diminuait à présent. Notre-Dame apparut dans le brouillard. Pure coïncidence.

— Il me semble me souvenir que nous avions prévenu les gouvernements concernés du danger des multi-accumulateurs, dit Mathieu. De toute manière, je ne crois pas, pour ma part, que les Chinois puissent faire fonctionner leur capteur « illimité » dans un rayon de trois cent soixante degrés, pour la bonne raison qu'ils finiraient par le prendre eux-mêmes sur la gueule... Vous pouvez être sûrs qu'ils y ont pensé... Mais si le Pentagone s'inquiète... Pourquoi ne pas tout simplement détruire la Chine ? Attaque préventive, ça s'appelle, je crois... Tout plutôt que d'avoir un président des États-Unis déshumanisé. Pour l'instant, vous avez la trouille parce qu'ils ne savent pas ce qui va arriver. Bombardez la Chine. Vous saurez.

Starr remporta un des plus grands triomphes de sa vie : il sourit.

— Mais rassurez-vous, colonel. Les Chinois sont allés trop vite en besogne. Ils travaillent sur un principe déjà périmé. Il n'existe pas encore de système capable de contrôler une telle masse de puissance. Il manque une nouvelle donnée théorique fondamentale. Ce qu'on appelle une « idée de génie ».

— Et chez vous, ça va ? demanda Starr, poliment.

— J'attends l'inspiration, dit Mathieu.

La population entière de Ouan Sien mourut à 21 h 30, au moment où un des capteurs de portée moyenne entra en action, sans doute à la suite d'une pièce défectueuse. Les savants, techniciens et travailleurs dans un rayon de huit kilomètres périrent instantanément, ainsi que les trois équipes de secours envoyées sur les lieux. Mais il n'y eut aucun dommage matériel. Les bâtiments, le bétail et la végétation n'en souffrirent pas, et, dans toute la commune, il n'y eut même pas un carreau de cassé. Le dispositif de commande se trouvant dans le périmètre de la région sinistrée, il fut impossible de débrancher le circuit. L'aviation chinoise dut bombarder ses propres installations.

Les effets d'attraction — d'aspiration — se firent sentir bien au-delà de Ouan Sien. Dans un rayon d'environ quarante kilomètres, la population fut réduite à un état d'idiotie totale, quoiqu'on pût noter des différences de comportement : certains se mettaient à défiler en rangs serrés, scandant des slogans marxistes-léninistes, d'autres se trouvèrent plongés dans une sorte d'euphorie béate, comme si, dépouillés de toute caractéristique humaine, ils étaient du même coup libérés des problèmes inhérents à l'espèce. Tous, cependant, demeuraient capables d'obéir et de travailler, et même mieux qu'auparavant, mais seulement tant qu'il se trouvait quelqu'un pour leur donner des ordres. À cet égard, au moins, l'accident se révéla positif.

Des journaux muraux parlèrent de sabotage, exécuté par un « laquais de la bande des quatre ». Mais il y avait bel et bien une « pièce défectueuse » dans le système. Le corps du général Pei Hsin fut trouvé à côté des commandes.

XV

Toupov attendait May au Café de la Mairie, place Saint-Sulpice. Le Russe ressemblait à un patron de sex-shop. Un visage où quelques traits indistincts émergeaient d'une mare blafarde de graisse.

— Je m'excuse, je suis un peu en retard, monsieur Toupov.

L'homme du K.G.B. toucha son chapeau et débita une galanterie dans le goût du siècle dernier :

— Vous attendre fait déjà partie du plaisir, Miss Devon.

Il avait l'habitude de se lever légèrement quand il faisait un compliment, et son sourire en cul de poule faisait scintiller toute une joaillerie intérieure.

— Du nouveau ?

— Je crois.

Elle lui tendit la bande que Mathieu lui avait fait enregistrer : *Les Crimes de Staline*, de Bradski.

— Mais pourquoi...

— Le professeur Mathieu vous a promis de vous tenir au courant.

— Il informe aussi les Chinois et les Américains, dit Toupov, amèrement. Ce grand savant me semble totalement dépourvu de conscience politique. Mais pourquoi *Les Crimes de Staline* ?

— Il paraît qu'il y a là-dedans quelque chose qui concerne le fond de l'affaire. Je ne peux pas vous en dire plus, monsieur Toupov. Je n'ai reçu aucune formation scientifique. J'imagine qu'il y a quelque chose d'important dans ce livre. Sinon, pourquoi Marc l'aurait-il enregistré ?

— Mais pourquoi avoir choisi les élucubrations d'un vulgaire provocateur et agent de la C.I.A., un de ces traîtres que vous appelez « dissidents » ? Vous ne pensez pas qu'il se livre à une mauvaise plaisanterie antisoviétique ?

— Monsieur Toupov, le professeur Mathieu a le plus grand respect pour les réalisations de vos dirigeants dans le domaine du contrôle de l'énergie. Il vous considère comme des pionniers dans ce domaine.

Mathieu lui avait dit : « Tiens, va porter ça à cette ordure. J'ai d'abord pensé à lui donner le *Goulag*, de Soljénitsyne, mais il faut procéder dans l'ordre historique. »

Toupov était enfoncé dans son lourd pardessus noir, en pleine chaleur de juillet, fronçant sombrement les sourcils.

— Miss Devon, la dernière fois, c'était la Bible, et pendant des semaines, nous avons dû ingurgiter chaque mot...

May se mordit les lèvres. La Bible avait été son idée.

— Il n'y avait aucune information scientifique, là-dedans. Une littérature vraiment désuète, soit dit en passant.

— Peut-être devriez-vous réécouter les bandes.

— Et cette fois, nous sommes censés écouter *Les Crimes de Staline*. Ce n'étaient pas des crimes. C'étaient des erreurs.

— Je ne sais pas.

— Dites-lui que nous attendons les nouveaux renseignements scientifiques qu'il nous a promis.

— Ils sont contenus dans cet enregistrement, monsieur Toupov.

— Et, encore une fois, demandez-lui, s'il vous plaît, pourquoi il renseigne les services américains et chinois.

— Je lui ai posé la question. Il tient à ce que toutes les grandes puissances soient informées. Il dit que c'est nécessaire pour préserver l'amitié entre les peuples.

Le Russe ne cessait de la regarder en clignant des yeux, comme pour émettre des signaux de méfiance et d'inquiétude.

— Au revoir, monsieur Toupov. Voyez ça avec vos supérieurs. Vous pourriez également vous renseigner auprès de M. Soljénitsyne.

Toupov devint livide. Sur son visage déjà blême, cela donnait d'intéressants effets verdâtres.

— Qu'est-ce que ce traître vient faire là-dedans ? gueula-t-il.

May lui fit un petit signe de la main et s'éloigna. Elle avait hâte de rejoindre Mathieu, qui devait s'impatienter dans la voiture. Elle était toujours aussi émue de le retrouver, même lorsque leur séparation n'avait duré que quelques heures. Lorsqu'elle l'attendait à la maison et qu'enfin il venait, c'était chaque fois le même battement accéléré de cœur, le même coup d'œil anxieux au miroir, le même sourire confus qu'elle adressait à elle-même, consciente de sa puérilité.

Mathieu avait eu une journée éprouvante. Un des capteurs dont ils venaient de faire le plein à la Salpêtrière devait être défectueux, parce qu'il fut pris de tendances réformatrices, messianiques et humanitaires encore plus fortes que sous l'effet des retombées culturelles habituelles. Il se bourra de valium et les choses rentrèrent dans l'ordre, mais lorsqu'il se mit au volant de la Citroën, il se sentit à nouveau entouré d'une sorte de fureur océane, comme s'il y avait autour de lui quelque levée populaire qui se préparait.

— Qu'est-ce que tu as, Marc ? Marc !

— Rien. Laisse-moi tranquille.

— Tu fais une tête épouvantable !

— Fous-moi la paix, je te dis !

Il avait mis le moteur en marche, mais n'arrivait pas à appuyer sur l'accélérateur. Il parvint enfin à surmonter cette paralysie qui le gagnait, démarra et, se tournant vers May, vit qu'elle était à son tour prise de malaise. Elle se mit à parler d'une voix bizarre, qu'il ne lui connaissait pas, comme sous l'effet d'une force extérieure, de choses qui ne paraissaient jamais l'avoir préoccupée auparavant. En quelques minutes, toute la litanie écologique se déversa de ses lèvres. L'empoisonnement chimique des fleuves, mers et océans, la destruction de la faune, la mort des grandes forêts, des sources d'oxygène, l'élévation de la température du globe par suite de l'activité industrielle, qui menaçait la vie sur terre...

Lorsqu'il aperçut clairement, dans les airs, les victimes des camps de concentration — à leurs py-

130

jamas rayés, il reconnut qu'il s'agissait des victimes du nazisme et non de celles du Goulag soviétique, qui étaient habillées autrement —, Mathieu comprit ce qui se passait.

Albert fuyait. Enfermé depuis des années dans la Citroën convertie, le vieux fils du peuple s'était assagi, et donnait le meilleur de lui-même, résigné, apparemment, selon l'expression qu'il avait si souvent utilisée, à « passer à la casserole ». Mais à présent, il fuyait, à la suite, sans doute, de l'usure du système de rétention déjà périmé.

Mathieu sentait des mains invisibles qui lui serraient la gorge, il voyait autour de lui des poings prêts à cogner, et il avait beau savoir que c'était purement hallucinatoire, une peur abjecte le tenait aux tripes, car si on ne parvenait pas à contrôler scientifiquement ces déchets et leur effet subversif, dont aucun système ne réussissait à venir à bout, personne ne pouvait dire jusqu'où, jusqu'à quel chambardement, jusqu'à quelle révolution, cela pouvait aller.

May avait compris.

— Arrête cette voiture, salaud ! Arrête !

— Écoute, espèce de demeurée...

— Je veux descendre !

Elle appuya violemment son pied gauche sur le frein, et se jeta dehors dans un concert de klaxons et sous une pluie d'injures qui tombait dru et exprimait mieux que Montaigne l'esprit de la France surrégénérée.

Mathieu passa la tête par la portière.

— Tu n'es qu'une pauvre gourde réaction-naire ! Ku Klux Klan, va !

— *You son of a bitch !* Je refuse de monter dans une voiture qui marche à ÇA !

— *Tout* marche à ça, paumée !

Un flic sortit de la foule en sifflant.

— Circulez !

— Montez dans cette voiture et circulez vous-même ! hurla-t-elle. Elle vous conduira tout droit en enfer !

Ils durent subir un alcootest au commissariat. En sortant, Mathieu vit les derniers titres des journaux du soir. Vingt mille manifestants s'étaient attaqués la veille au site du surrégénérateur de Creys-Malville. Il y avait un mort et des blessés. « La dramatique journée de Malville », titrait *France-Soir*. L'éditorial parlait de craintes superstitieuses qu'inspirait l'énergie nucléaire. C'était incroyable, de quels débris archaïques le subconscient de l'espèce était encore encombré.

XVI

Le Cercle Érasme piétinait. Chavez se desséchait de frustration. Ses lèvres disparaissaient dans la minceur. Dévoré d'impatience, il accusait ses collègues de nullité idéologique, ce qui, selon lui, expliquait leur échec. Il militait dans une cellule du nouveau mouvement communiste qui se réclamait du stalinisme intégral.

Valenti, dont les magnifiques boucles étaient devenues toutes blanches et qui, plus que jamais, ressemblait à un gros chat repu et lustré, avait des moments de dépression et parlait alors d'abandonner la physique nucléaire.

— J'ai envie de tenter la recherche biologique, dit-il. Les gènes. Il y a là des possibilités immenses. La façon dont on parvient à les manipuler maintenant ouvre des perspectives fantastiques. Fan-tastiques ! On réussira un jour à faire un homme nouveau. Si on arrive à manipuler les gènes dans la bonne direction...

— Quelle bonne direction ? demanda Mathieu, avec intérêt.

— Il faudra d'abord s'entendre sur un programme politique, afin de l'inculquer aux gènes, dit Chavez.

Il venait de faire un stage dans un laboratoire en Tchécoslovaquie, et en était revenu enthousiasmé par l'efficacité des méthodes de contrôle du souffle qu'on perfectionnait là-bas chaque jour davantage, surtout en ce qui concernait la lutte contre les retombées culturelles.

En attendant, le gaspillage continuait. Des millions d'hommes mouraient de faim pour rien, alors que trois cents milliards de tonnes d'essence ordinaire avaient été consommés au cours de la précédente décennie.

Le 11 décembre, Mathieu était assis dans son bureau personnel, à côté du labo. Les quatre murs étaient couverts de tableaux noirs, et toute la journée, sur l'un d'eux, il avait vu une peinture de Klee. Il était très sensible à l'innocence et à la gaieté de ce peintre.

Il dîna d'un sandwich et d'un verre de vin, puis se remit au travail jusqu'à une heure avancée de la nuit. À deux heures du matin, il se rendit compte qu'il était tard et que May devait l'attendre anxieusement, mais, très vite, il oublia l'heure. Les quatre tableaux noirs étaient couverts de formules mathématiques, mais sur l'un d'eux, la peinture de Klee continuait à lutter.

Il n'arrivait à rien. Du gribouillage. Et pourtant, il se sentit soudain saisi d'une fébrilité, d'une intensité nerveuse qu'il n'avait plus connue depuis longtemps. Comme un pressentiment...

Trois heures du matin. Il était de nouveau devant le tableau noir, à des millions d'années-lumière de là, très loin hors de son corps fatigué, une cigarette au coin de la bouche, un œil fermé à cause de la fumée.

À trois heures et demie, May appela, inquiète. Il la rassura. Tout allait bien. Mais il ne pouvait s'interrompre : il venait d'entrevoir une nouvelle possibilité. Il fallait l'explorer, pour voir ce que ça donnerait.

— Jusqu'où, Marc ? Jusqu'où ?

— Je ne sais pas, ma chérie. Je ne suis pas mon maître. Je ne peux pas m'arrêter. Peut-être étais-je programmé ainsi. Je ne suis pas mon propre auteur, après tout. Excuse-moi, il faut que je te quitte.

À huit heures du matin, Chavez arriva ; il s'assit sans mot dire au bord de la table et ne quitta plus Mathieu des yeux, avec une sorte de jalouse fascination. Un voyeur.

Sa main courait de plus en plus vite sur le tableau, toujours plus loin, vers quelque chose qui n'existait sans doute pas ou ne serait peut-être jamais atteint. Le vieux nom polynésien qu'on lui avait donné pendant son épopée tahitienne, *ganef*, voleur, lui traversa l'esprit. C'était bien ça. Voleur. Il sourit, puis essuya la craie et la sueur qui lui couvraient le visage, et poursuivit sa tentative d'effraction.

La concentration absolue allait de pair avec un sentiment de pouvoir inouï, de pure joie aussi, et la fatigue avait disparu parce que son corps lui-même l'avait quitté. Le quêteur avait abandonné son enveloppe terrestre et traquait sa proie à travers l'infini. La beauté du chemin défriché et l'excitation de la chasse importaient presque autant que la proie elle-même. Et celle-ci échappait toujours, ne laissant derrière que ses défroques, des bribes, que qualifiaient de « nouveau bond en avant » de la science ceux qui pouvaient s'en contenter. Mais pas lui. Il lui fallait traquer la proie jusqu'à sa tanière même, et bien qu'il eût les mains vides, il devait toucher au but, et il n'était pas le seul à le sentir, à en juger par le regard fixe de Chavez qui se crevait littéralement les yeux à déchiffrer les symboles sur le tableau. À un moment, Mathieu s'était tourné vers le bureau pour jeter son mégot éteint et mouillé : il vit que Chavez prenait des notes.

Vas-y toujours, pensa-t-il.

Il retourna au tableau. Mais la vue de son collègue rendit Mathieu à la réalité sous son aspect le plus blafard ; il se sentit fatigué et affamé. Il se donna encore une heure, car il éprouvait toujours cette tension intérieure prémonitoire — signe qu'il n'avait pas encore épuisé ses pouvoirs.

Il recula de quelques pas pour mieux voir l'ensemble des symboles sur le tableau, rejetant en arrière la mèche de cheveux trempés qui lui collait à la figure — et c'est alors qu'il *vit* : c'était là, bien au-delà du dernier signe tracé, et pourtant bien là, sans aucun doute possible, à douze ou quinze mouvements à peine sur l'échiquier, évident, indiscutable.

Il la tenait. La proie essayait encore de s'éloigner, de ramper vers sa tanière, mais elle ne pouvait plus lui échapper.

Sa bouche et sa gorge s'asséchèrent brusquement et son cœur se mit à bondir comme s'il cherchait à s'arracher et à fuir, exactement comme le faisait cette force captée, asservie, qui animait la petite balle nacrée.

Il demeura immobile, reprenant son souffle, le morceau de craie à la main — un bout de craie dont on pouvait, à présent, dire qu'il était à la fois le plus petit et le plus énorme dans toute l'histoire éphémère de la craie.

Il leva la main pour transcrire les mouvements.

Puis il se souvint de Chavez. Il baissa les yeux et s'essuya les mains. La musique enivrante continuait en lui, sans cesse recommencée, jusqu'à la note finale, mais il refusait de la livrer à cet intrus. Il n'aimait pas cette façon de s'imposer, et de copier.

Il jeta encore un coup d'œil au tableau et refit mentalement tout le parcours, au-delà de ce qui était écrit, bien au-delà, pour s'arrêter à la note finale qu'il avait si clairement entendue.

Et puis...

Et puis, tout à coup, il y eut encore une note.

Elle semblait venir de nulle part. Elle n'était pas une simple suite de ce qui précédait. Elle se faisait soudain entendre au-delà de ce qu'il avait pris, il y a quelques secondes encore, pour la note finale.

Non. Ce n'était pas possible. Non ! *Je n'ai pas voulu cela.* Va-t'en, je ne veux pas de toi !

Son visage se vida de son sang.

Va-t'en. Ce n'est pas vrai. Tu mens. Va-t'en. Je ne veux pas de toi. Ce n'est pas possible.

Il tenta de réduire au silence cette nouvelle note *finale*, de la tuer, de la chasser de son esprit, mais elle s'obstina à retentir impitoyablement dans sa tête, triomphale, souveraine.

La proie saisie s'était traînée un peu plus loin — mais seulement pour mieux le saisir à son tour.

— Je n'ai pas voulu cela, murmura-t-il.

Il sentit la main de Chavez.

— Bravo, mon vieux. Tu es particulièrement bien inspiré, aujourd'hui. Tu fais un travail prodigieux. Admirable. J'appelle ça du génie... Oui, pour une fois, je ne crains pas de le dire : du génie...

— Mon Dieu, dit Mathieu. Mon Dieu... Il est maintenant possible... Et même...

— Qu'est-ce qu'il y a, mon vieux ?

Mathieu le regarda. Non. Pas lui. Il ne fallait pas qu'il sache. Personne. Jamais. C'était là, dans son esprit, bien sûr, mais il allait le chasser, et, au besoin, s'attacher une pierre au cou et jeter à l'eau sa tête coupable.

— Mais enfin, Marc, qu'est-ce qu'il y a ?

— Rien...

Il vomit. Puis il perdit connaissance.

Lorsqu'il revint à lui, il eut un bref moment d'espoir. *Il crut qu'il avait oublié.* Puis il se souvint, avec une clarté presque moqueuse et comme vengeresse, et s'évanouit à nouveau.

XVII

Ce furent d'abord Madrid et le musée du Prado, puis Bayreuth et Salzbourg, Venise, Rome, et encore Venise. De la musique avant toute chose, Spolète et le témoignage souverain de Florence. Regarde donc, bonhomme, ce que tu as aussi accompli, ce souffle qui t'anime n'est pas seulement criminel. Il fallait à Mathieu des alibis irréfutables.

Depuis cette nuit devant son tableau noir, où ce qui était désormais réalisable l'avait foudroyé de sa monstruosité, toute sa volonté était tendue vers un seul but : *oublier*. Il refusait de céder à la malédiction qui pesait sur la science : la tentation du possible. Mais c'était une rébellion qui sapait tout ce qu'il y avait de plus profond en lui-même.

S'il n'avait tant aimé faire l'amour, il se serait logé une balle dans la tête. Mais renoncer à la vie est une chose, et renoncer à la vie sexuelle une tout autre chose.

Il se demandait si Chavez, lui aussi, avait entrevu la possibilité. *Celle qui n'était pas sur le tableau.* Qui se situait au-delà, bien au-delà du dernier mouvement, de la dernière note écrite de sa symphonie mathématique inspirée. C'était peu probable. Chavez n'était pas un vrai créateur. C'était un profiteur. Un exploiteur, un *applicateur*. Il était celui qui détournait la recherche pure au nom du principe que « ce qui peut être réalisé *doit* être réalisé ». Comme il ne cessait de le répéter, il n'avait que faire des idées qui « ne pondent pas d'œuf. La science est une vache qu'il faut traire ».

Il ne pensait pas que Chavez pût avoir compris, ni même pressenti. Cela représentait un bond mental qui dépassait de loin ce qu'il avait pu lire sur le tableau.

Ils étaient descendus au *Danieli*, au-dessus de la lagune. Parmi les touristes, ils eurent vite fait de reconnaître quelques visages, toujours les mêmes. Les services secrets de toutes les puissances nucléaires devaient se faire un sang d'encre, durant les trois derniers mois, depuis que Mathieu avait quitté la France. Un « défecteur » potentiel : n'importe quel psychiatre aurait pu formuler le diagnostic. Un modèle typique de comportement névrotique. Alcool. Sexe. Haine. Paranoïa.

Il buvait beaucoup. Chaque fois que se mettait à résonner dans sa tête la note ultime, ce *nec plus ultra* de ce qui était à présent accessible, réalisable, et que défilait sous ses paupières fermées le cortège blanc des signes et des symboles, Mathieu se saoulait.

May croyait qu'il buvait parce qu'il avait échoué, et qu'il se sentait un homme fini, un raté.

— Je savais bien que Dieu ne permettrait pas ça.

— Quoi donc ?

— Oh, tu sais bien. La dégradation. C'est pourquoi tu as été obligé de renoncer.

Il hocha la tête, avec admiration.

— May, cette espèce de foi totale, aveugle que tu as en Dieu doit être une source d'énergie fantastique !

— Oui. C'est ainsi que nous autres, chrétiens, nous déplaçons des montagnes.

— Les montagnes n'ont fait que grandir depuis que vous vous êtes mis à les déplacer. Apparemment, c'est bon pour elles. Cela les rend encore plus hautes et plus lourdes.

Jamais elle n'avait été aussi belle. Souriante et heureuse, elle se grisait de lumière italienne qui semblait avoir dérobé leurs auréoles à tous les saints du monde. Elle était son seul refuge, sa seule tanière. Dans ses bras, il était gagné par une sorte de paix animale. Chaque instant de cette douceur qu'il goûtait était comme une piteuse défaite des millions d'années-lumière, battues à plate couture par quelques secondes et le poème de Hâfiz quittait les vieilles pierres persanes sur lesquelles il était gravé et venait se mêler à son souffle : *Lorsque je t'entends gémir ainsi, ma chérie, il y a chute de mille empires qui n'ont jamais rien accompli... Il y aura encore, bien sûr, de savantes encyclopédies, en mille volumes, car il faut bien prétendre qu'il existe autre chose que tes mains sur ma nuque, pendant que mes lèvres errent sur tes cuisses à la cueillette des soleils...*

— Marc...

— Oui ?

— Est-ce qu'il y a des moments où je te rends malheureux ? Dis-moi.

— Pourquoi cette question ?

— Parce que s'il y a des moments où je te rends malheureux, alors, tu m'aimes vraiment.

— Drôle de logique !

141

— Pas du tout. N'importe quelle coucherie peut rendre un homme heureux. Tu as connu beaucoup de femmes. Combien d'entre elles ont su te rendre malheureux ?

— Aucune, à part toi.

Elle parut radieuse.

— Alors, tu m'aimes vraiment.

Les yeux bleus, au regard si droit, la blondeur qui tombait du ciel et coulait sur ses épaules, les lèvres, un peu lourdes, où la sensualité et la tendresse jouaient gaiement, tout ce grand corps à la fois opulent et enfantin dans sa spontanéité et son abandon confiant... La vie, disent-ils, la vie, comme s'il y avait dans ce mot on ne sait quelle question sans réponse, on ne sait quel mystère, alors que rien n'en donne plus clairement et plus simplement le sens que ce sourire, ce mouvement de hanche, cette clarté de femme.

Mère de joie. Mère de joie. Il n'y a plus d'inconnu, il n'y a plus de quête, tu as réponse à tout.

Le 2 août, ils roulaient dans leur « Albert » à travers les oliveraies et les vignobles autour de Pérouse. May riait maintenant de ses inquiétudes passées. Elle savait qu'il ne s'agissait que de bonne vieille énergie nucléaire. Quant au nom d'« Albert » donné à la voiture, c'était un geste d'amitié à la mémoire du vieux résistant irréductible.

May était au volant. La Citroën convertie avait à présent une conduite exceptionnellement douce. Mathieu se disait que cela pouvait tenir aux quarante années d'expérience d'Albert comme chauffeur de taxi. Jamais de ratés, de heurts : c'était vraiment la plus grande réussite du Cercle Érasme à ce jour. Le taux de fuite à travers les compresseurs était négligeable. Le brave Albert, décidément, s'était soumis. Il s'était accoutumé, avait pris son parti, comme on dit. D'ailleurs la gauche avait enfin gagné les élections, ce n'était plus pour les capitalistes.

Mathieu riait. De la blague, tout ce qu'on raconte sur l'individualisme des Français, leur esprit soi-disant irréductible.

— Qu'est-ce qu'il y a de drôle, Marc ?

— C'est marrant, tu sais, toutes les métaphores de l'humanité finissent par devenir des réalités. Œdipe, Prométhée, Sisyphe..., tout ce qui a commencé comme parabole, mythe, fable, métaphore... se matérialise tôt ou tard. J'en viens parfois à me demander si le vrai but de la science n'est pas une validation des métaphores...

Le 4 août, ils visitèrent pour la dernière fois les environs de Pérouse, les vieux oliviers, les vieilles pierres et l'éternelle chapelle italienne jetée là comme par hasard parmi les fleurs.

Ils revinrent le lendemain à Venise, où ils louèrent une de ces gondoles avec cabine dite *amore*, surmontée d'un dais noir et or, pour amoureux qui veulent faire ça comme au XVIIIᵉ siècle. Après un déjeuner à Torcello, Mathieu s'apprêtait à descendre dans l'embarcation, lorsque May lui toucha doucement le bras.

Starr était assis sous le dais, vêtu de son hideux imperméable militaire vert épinard, en train de manger des cacahuètes. Son visage avait toute l'aménité d'un poing fermé. Les yeux étaient d'un bleu si pâle et si brillant qu'ils paraissaient rivaliser avec les chefs-d'œuvre du célèbre verre de Murano.

La première réaction de Mathieu fut un élan de sympathie. Il appréciait les gens qui le détestaient si cordialement. C'est toujours agréable d'avoir quelque chose en commun avec les autres.

May s'accrocha à son bras. La gondole se balançait doucement. Un *vaporetto* fila, avec son inscription : *Sauvez Venise de l'engloutissement*. Tiens, pensa Mathieu. Pourquoi seulement Venise ?

Starr décortiquait une cacahuète.

— Je peux en avoir une ? demanda Mathieu.

Starr lui tendit le sac.

— Écoutez bien, professeur. À l'heure actuelle, la France, l'Amérique, la Russie et la Chine ont, au total, quelque chose comme vingt agents qui se consacrent entièrement à votre surveillance. Votre petit tour en Italie coûte ainsi au seul contribuable américain dans les cinquante mille dollars. Mais vous n'en demeurez pas moins un risque potentiel. Il n'y a aucun moyen de deviner ce que vous allez faire maintenant et pour *qui*. Jusqu'à présent, vous avez tenu toutes les grandes puissances au courant de votre travail. Parfait. J'appelle cela instinct de conservation. Mais maintenant, tout à coup, vous avez cessé de nous communiquer le résultat de vos recherches et vous mijotez quelque chose. Nous ne savons pas de quoi il s'agit, mais tout votre comportement névrotique en témoigne : nous vous connaissons depuis longtemps. Nous présumons que vous avez réussi quelque chose de gros. Tôt ou tard, nos meilleurs physiciens sauront bien vous rattraper, mais pour l'instant, le pays pour lequel vous choisirez de travailler prendra un avantage immense sur tous les autres. Cela ferait, bien entendu, pencher immédiatement la balance de puissance — ou l'«équilibre de la terreur», comme on dit — en faveur de l'Ouest ou de l'Est, selon votre bon plaisir... Aucun d'entre nous ne peut se croiser les bras et attendre... *Vous êtes parvenu à désintégrer le souffle, professeur.* Nous en sommes convaincus.

— Où allons-nous, *per piacere ?* appela la voix du gondolier.

Starr croqua une nouvelle cacahuète. Mathieu sentit la main de May se glacer dans la sienne. Il lui jeta un regard : elle avait l'air d'une noyée. Le salaud, pensa-t-il. Il avait si bien réussi à apaiser ses craintes « métaphysiques », et à présent...

— May, murmura-t-il.

— Ça va, dit-elle. Je n'ai pas besoin de soutien moral. Notre ami, ici présent, semble avoir encore des choses à te dire.

— Et comment ! dit Starr.

Il se leva du siège recouvert de velours grenat.

— Je ne sais si vous continuez à informer les Russes ou les Chinois, mais je suis venu vous parler franchement. À moins que vous ne choisissiez *maintenant* votre camp, monsieur le professeur — et vous auriez intérêt à faire le bon choix —, vous serez sans aucun doute liquidé. Ni la France, ni la Russie, ni la Chine, ni nous autres, Américains, ne pouvons accepter les risques que nous fait courir votre tempérament imprévisible. Pour tout dire, nous préférerions tous vous voir mort plutôt que de dépendre de vos impulsions névrotiques ! Vous pouvez parier votre... souffle, mon vieux, que le facteur inconnu représenté par votre cerveau sera éliminé, de façon à préserver l'équilibre mondial, si chancelant soit-il. Vous avez également de fortes chances d'être kidnappé. L'Ouest et l'Est vous surveillent, et se surveillent entre eux, comme des rapaces, mais c'est un jeu qui ne peut pas durer longtemps. Je ne sais pas lequel d'entre nous va vous dégommer — je n'ai encore reçu aucune instruction de ce genre — mais j'ai là un avion qui attend, et s'il vous reste une once de bon sens, vous accepterez l'invitation officielle dont je suis porteur de continuer votre travail dans quelque coin tranquille et agréable, par exemple en Californie, au soleil...

— Où, *per piacere* ? répéta le gondolier.

— On retourne au *Danieli*, lui dit Mathieu. À propos, pour votre information personnelle, colonel, j'ai fait mieux que désintégrer l'élément. *J'ai fait un pas au-delà.*

Les mâchoires de Starr se serrèrent.

— Et qu'avez-vous réussi exactement, cette fois ?

— Vous êtes un soldat, colonel. Un type du Pentagone, de surcroît. Vous devriez être capable de deviner. Ça crève les yeux. Adieu, colonel. Vous savez, chaque fois que je vous vois, il y a une chose que j'ai envie de vous demander : cette gueule que vous avez, c'est de la chirurgie esthétique, ou est-ce que c'était encore pire auparavant ?

Ils le quittèrent près du Rialto, debout, grignotant toujours ses cacahuètes, avec des siècles de trésors artistiques sur son dos.

XVIII

Les 6 et 7 août, ils parcoururent une fois encore l'Ombrie. C'était l'Italie préférée de Mathieu. La lumière et la terre étaient d'une beauté gaie et heureuse, comme si la nature avait choisi ce pays pour lui confier un message, qui n'était autre que le bonheur.

Ils s'arrêtèrent à l'*Albergo Gozzi* pour la nuit. Comme toujours, ils étaient suivis et observés, « protégés », et avec certains de leurs gardes du corps, ils en étaient même à se saluer poliment. Mathieu crut remarquer un ou deux nouveaux, de type méditerranéen : peut-être des Israéliens. Les Juifs étaient résolument opposés à une seconde Crucifixion.

Le 8 août, ils partirent pour Assise.

À six heures du soir, le 9 août, Mathieu laissa May seule dans la chambre et sortit acheter des journaux français. Il venait de traverser la rue et se trouvait sur le trottoir d'en face, lorsqu'il entendit une explosion en même temps que son souffle le jetait à terre ; toutes les fenêtres de l'hôtel volèrent en éclats ; à l'étage où ils logeaient, une partie du mur s'était ouverte ; par le trou béant, il aperçut la chambre qu'ils habitaient ; il hurla, se précipita, tomba, se releva, grimpa l'escalier parmi les décombres : il trouva May inconsciente, inerte, étendue à côté du lit renversé ; son peignoir blanc était couvert de sang.

Il ne se souvint que plus tard du hurlement des sirènes, de la police, de l'ambulance, des visages indistincts, confus, parmi lesquels il crut reconnaître celui de Starr ; il se souvenait aussi qu'il s'était battu, qu'on l'avait maintenu ; sous l'effet du choc, du crime, de la monstruosité, les déchets affectifs qui avaient marqué son psychisme se manifestèrent avec une intensité, une force, qu'il n'avait encore jamais connue auparavant ; il vit le visage couvert de boue d'Érasme qui regardait ses mains ensanglantées ; il vit le Christ, avec les ordures qu'on lui enfonçait dans la gorge, et sa Croix se dressait sur un tas de cadavres squelettiques d'Auschwitz que dévoraient des chiens à figure humaine et des hommes à gueules de chiens, ce qui revenait au même, cependant que Montaigne se faisait sodomiser en pleine réunion internationale des savants de Pugwash, qui échangeaient des informations scientifiques sur la meilleure façon de perfectionner le Goulag, afin que son rendement pût continuer à titre posthume, pour éviter le gaspillage d'énergie. Paranoïaque, paranoïaque ! Et la folie des grandeurs, incontestablement, car il s'imaginait que c'était inhumain, et non tout simplement humain. Il fut pris d'une telle haine que ce fut à ce moment-là, sans aucun doute, comme Starr devait l'écrire plus tard dans son rapport, qu'il prit sa décision ; les terroristes allemands fonctionnaient à une échelle minuscule, leur dé-

sespoir se manifestait par des meurtres infinitési-
maux ; leurs crimes passionnels manquaient de
moyens ; ce qu'il y avait de criminel n'était pas seulement dans la société, mais dans la nature même
de l'homme, c'est son âme qu'il fallait châtier. Il
gueulait tout cela dans son délire, et Starr n'en
perdait pas un mot, malgré son désarroi, car il
n'avait aucun moyen d'identifier la Puissance qui
avait cherché à supprimer Mathieu pour éviter que
la balance du progrès et l'équilibre nucléaire ne
penchent, par un coup de génie de ce fou imprévisible, du côté de l'adversaire qu'il aurait choisi de
servir.

Il reprit conscience dans le couloir de l'hôpital,
parmi des hommes et des femmes en blanc, et il
écoutait avec stupeur leurs voix calmes, d'un calme
professionnel ; il y eut un nouveau vide, des gants
de caoutchouc, du plasma, des bouteilles de sang,
une rangée de chaises vides, et quelqu'un le prit
par le bras, le secoua, et lui dit :

— Venez. Elle vous réclame.

Il entra et se pencha sur elle, retenant sa main
à quelques centimètres de sa joue, n'osant pas la
toucher. C'est alors qu'il vit l'expression de terreur
dans ses yeux agrandis ; ses lèvres remuèrent ; elle
essayait de parler :

— *La voiture... la voiture...*

Il la regarda sans comprendre :

— *La voiture... Je t'en supplie... Éloigne-la... La voiture... Je sens qu'elle... qu'elle est là... Je ne veux pas...*

Il poussa un cri bref, étranglé, se jeta dehors ; il
avait laissé la voiture dans le parking de l'hôpital,
à moins de soixante-quinze mètres ; il bondit au volant,
mit le moteur en marche, démarra, regarda l'ai-

guille d'essence du capteur. Elle était toujours à 1.
Vivante. Elle est vivante. Il était encore temps... *Sauvée.* Il ne se rendait guère compte de toute la portée de ce mot, de son sens archaïque, absurde, périmé. Il conduisit la voiture à tombeau ouvert et l'abandonna près de la rivière. L'aiguille d'essence était toujours immobile. *Sauvée.*

Elle survécut.

Ceux qui, pendant des semaines et des mois, s'appliquèrent à rédiger des rapports aux chefs des services secrets, pour expliquer les raisons qui avaient poussé Mathieu à déserter au profit du pays le plus inattendu de tous, s'accordaient unanimement à attribuer ce geste à la tentative d'assassinat qui l'avait visé mais dont la femme qu'il aimait passionnément fut la victime. Starr, quant à lui, avait des idées plus précises sur la question. « Je crois que Mathieu était aussi incapable de renoncer et de s'empêcher d'aller jusqu'au bout du *réalisable* que le furent Oppenheimer, Fermi, Niels Bohr, Teller, ses prédécesseurs. Sans doute avait-il essayé de résister, de renoncer même, comme il l'avait déjà fait une fois, au moment de la bombe thermonucléaire française, mais le "feu sacré", comme on dit, ce besoin impérieux de repousser toujours plus loin les limites du possible, avait trouvé dans la tentative d'assassinat une excuse et lui permettait de se justifier à ses propres yeux. Il y avait, certes, la rancune, la haine des grandes puissances qu'il voulait "punir", mais la motivation profonde était, comme chez tous les grands chercheurs, le goût du chef-d'œuvre. Je me permettrai, pour conclure, une remarque fort peu militaire. Si

150

jamais le monde est détruit, ce sera par un créateur. »

May avait passé un mois de convalescence sur le lac de Côme. Elle avait refusé de parler à Starr. Elle rejoignit Mathieu à Trieste le 2 novembre. Selon les premiers renseignements, au début de l'enquête, après la disparition du couple, le 23 novembre, ils avaient loué un bateau pour une croisière le long de la côte dalmate. Trois jours après, les pêcheurs effrayés racontèrent à la police qu'à trente milles de Trieste, leurs deux passagers avaient été pris à bord par l'équipage armé jusqu'aux dents d'un chalutier albanais.

Dix-huit mois plus tard, les premières installations commencèrent à apparaître sur les clichés des satellites russes et américains, au nord de Tirana, dans la Vallée des Aigles.

DEUXIÈME PARTIE

La Vallée des Aigles

XIX

Depuis que John Carrigan, l'étudiant de Berkeley, après avoir fabriqué dans sa petite chambre au *campus* une grenade nucléaire, avait fait sauter la Maison-Blanche pour protester contre la bombe à neutrons, les bureaux, les centres vitaux et les appartements du Président et de ses collaborateurs se trouvaient à trente mètres sous terre, protégés par un bloc de plomb de dix mètres d'épaisseur. C'était une sorte de « mur de la honte », comme celui de Berlin, qui séparait, autant que l'autre, les aspirations élevées du génie humain de ce qu'elles devenaient au ras du sol, hors des musées, des salles de concert et des bibliothèques.

Le Président se penchait sur le « cochon » avec une expression de suprême dégoût. Descendant d'une longue lignée de fermiers, il était indigné par le nom de code que les militaires avaient choisi pour cette nouvelle saloperie technologique : ce nom était une insulte à tous les braves cochons de par le monde.

— Ça vous donne envie de vous boucher le nez, grogna-t-il. Certaines de nos « réalisations » devraient être conçues de manière à avoir l'odeur de ce qu'elles sont. Les nôtres, les leurs.

155

Il avait quitté les leaders du Congrès une demi-heure auparavant, avait eu une nouvelle conférence avec les Russes, et se trouvait maintenant dans le secteur de la Salle des Opérations où l'on déterminait les objectifs prioritaires éventuels dans tous les pays, aussi bien ceux des pays alliés que des autres, sites de lancement, bases nucléaires, usines expérimentales et laboratoires de biologie et de chimie. Depuis six semaines, le « cochon » albanais se trouvait en tête des objectifs prioritaires, en position « rouge absolu », au sommet du tableau électronique qui donnait des estimations de risques, en fonction des informations recueillies, des progrès de la science et de la technologie, de la stratégie générale et de la situation politique dans différents pays. Ces priorités étaient déterminées par l'ordinateur E.G. — Estimations Générales —, mieux connu des initiés sous le nom de Joe Egg. Le Président n'allait jamais se coucher sans un coup d'œil au tableau des priorités opérationnelles, lesquelles étaient d'humeur changeante et lunatique.

Quelques mois auparavant, peu après son élection, le Président avait eu droit à une jolie surprise : il s'était trouvé nez à nez avec un « objectif prioritaire potentiellement dangereux » situé à l'intérieur même des États-Unis. Il s'agissait du département de biologie de l'université de Stanford, où l'on procédait à des manipulations de gènes, dont les conséquences, de l'avis même des savants qui s'y livraient, étaient imprévisibles et risquaient de provoquer des épidémies imparables à la suite d'une création accidentelle de microbes nouveaux.

156

Il y avait déjà plus de six semaines que le « cochon » albanais se maintenait impudemment en position de priorité absolue. Souvent, incapable de trouver le sommeil, le Président descendait dans la Salle des Opérations, le cœur plein d'espoir. Mais le « cochon » n'avait pas bougé et se trouvait toujours au sommet.

— Je me demande ce que dirait le peuple américain s'il se doutait qu'en cet instant de crise grave — l'« heure H », je crois, est l'expression consacrée — toute l'énergie de leur Président est concentrée vers un seul but : ne pas prendre une cigarette, parce que son docteur lui a interdit de fumer...

Son assistant personnel, Russel Elcott, et le général Franker, plus connu comme le « Pentagone de poche » du Premier Magistrat des États-Unis, sourirent tous les deux. Chez Elcott, c'était plus ou moins spontané, mais chez le général, ce sourire s'accompagnait de la pensée pénible que, étant donné les circonstances, telle était l'unique et piètre contribution que l'armée pouvait apporter à l'histoire.

Les professeurs Skarbinski et Kaplan, le général Franker, Russel Elcott, Gardner, le premier Noir à la tête de la C.I.A., Roden, le patron du Pentagone, regardaient avec le Président le modèle réduit qui trônait sur la table. Le « cochon » était un bâtiment bas, trapu, coiffé d'un dôme nacré, et campé sur des pattes costaudes et massives.

— Jamais vu une ordure pareille, dit le Président. Où en sommes-nous de notre propre « cochon » ?

— Un peu à la traîne des Russes, dit Kaplan. Pas

question de prendre le moindre risque, ce qui veut toujours dire lenteur. Et les Soviétiques ont Dieu sait combien d'espions en Albanie.

— Et nous, qui avons-nous sur place ?

— Une fille américaine, dit Russel Elcott. La petite amie de Mathieu.

— Béni soit son petit cul, dit le Président.

— Et des reconnaissances aériennes quotidiennes, satellites et avions, dit Franker.

— Béni soit le tien, dit le Président.

— Il nous manque encore certains éléments, fit remarquer Kaplan. Nous sommes incapables de définir avec certitude les conséquences de la désintégration du nucléon. D'une part, ainsi que l'ont montré les accidents de Merchantown, il peut y avoir... déshumanisation.

Il n'aimait pas ce mot, un peu trop littéraire.

— ... Ou, si l'on préfère, destruction des caractéristiques humaines du psychisme. Plus exactement encore, la désintégration pourrait agir comme une bombe à neutrons qui ne tuerait pas, mais supprimerait toutes les facultés spirituelles.

— Je croyais que d'habitude, ce genre de résultats s'obtenait par des moyens idéologiques, dit le Président, presque haineusement. Je me souviens, figurez-vous, de M. Hitler. Et Staline se débrouillait tout aussi bien. Voulez-vous que je vous dise, mes amis ? Utiliser la science et la technologie pour déshumaniser les peuples, c'est reconnaître l'échec de la politique dans ce domaine !

— Il y a une autre possibilité, dit Kaplan.

Le professeur Kaplan était encore un jeune homme. Mince, les cheveux crépus, en broussaille ; ses yeux avaient, derrière les lunettes, une expres-

158

sion rêveuse, qui allait assez mal avec ses titres scientifiques : depuis 1977, on lui devait la transformation du laser de Kastler en rayon capable de « brûler » les satellites à n'importe quelle distance.

— Une autre possibilité ? Allez-y, mon vieux, dit le Président. Je la préfère, sans même savoir ce qu'elle est.

— Il se peut que la désintégration du souffle ait pour résultat une explosion directionnelle dont la portée et les limites pourraient être évaluées. Il suffirait de construire un nouvel ordinateur.

Le Président s'assit lourdement sur une chaise.

— Je suis heureux que Jimmy Carter n'entende pas ça, dit-il. S'il avait appris que l'âme humaine était capable de nous réduire tous à l'état de bêtes et se révélerait d'une puissance aussi destructrice, il aurait probablement cessé d'écouter du Bach et du Haendel, ainsi qu'il le faisait toute la sainte journée. Mais continuez, continuez. Je veux savoir toute la vérité, même si elle soulève un problème qui n'est pas de mon ressort. Je veux dire par là...

Il soupira et se frotta les paupières.

— Le problème de... de la nature véritable de l'âme humaine. On en a fait plutôt grand cas, jusqu'à présent, vous savez.

Ils évitaient de le regarder. L'élection de ce fermier du Nebraska était due, ainsi que l'avait écrit le *Washington Post*, au besoin profond de simplicité du peuple américain. « Les électeurs semblent avoir estimé que, face à la complexité des problèmes du monde, il fallait un président des États-Unis qui ne fût pas un homme compliqué lui-même. »

Le Président contemplait ses pieds. Depuis plusieurs décennies — depuis le miracle Harry Truman — on tenait pour acquis que lorsqu'on exerce la plus haute autorité du pays, « la fonction fait l'homme ». Dans le court laps de temps où il avait détenu le pouvoir, il s'était fait une vue légèrement différente de la question : la fonction fait le Président, c'est entendu, mais l'homme change ou même se perd entièrement dans le processus. Le résultat était que les gens couraient le risque de se trouver avec un président qui, au fil des jours, devenait de plus en plus différent de l'homme pour lequel ils avaient voté.

Il leva les yeux.

— Il me semble que nous n'avons pas le choix, hein ?

Kaplan fut sur le point de dire : « Non, monsieur le Président », mais se rattrapa à temps. Le Président se posait la question à lui-même. Et personne, ici, n'avait l'autorité requise pour donner un conseil si lourd de conséquences.

— De combien de temps disposons-nous ?

— D'après ce que nous savons, les Albanais comptent procéder à leur « première technologique » dans deux mois environ, dit Franker. Mais notez ceci, monsieur le Président...

Il s'approcha de la carte d'Albanie qui occupait tout un mur.

— Le « cochon » se trouve au centre d'un secteur très populeux. Habitations, hôpitaux, maisons de retraite... Tous équipés de collecteurs, ce qui résout le problème de fournitures énergétiques. On pourrait donc se demander comment diable peuvent-ils réaliser une désintégration du souffle dans un lieu si peuplé, sans se détruire eux-mêmes ? Mais c'est penser en termes de bombe thermonucléaire *conventionnelle.* Je vous rappelle, monsieur le Président, que la force est *ascensionnelle.* Elle est analogue à un rayon laser, si bien que toute cette puissance libérée fuse à une vitesse incroyable dans le cosmos...

— Ne me dites pas que les Albanais visent le Bon Dieu, grogna le Président.

Le général Franker rit. Les autres aussi. Cela détend un peu l'atmosphère, pensa Elcott, qui avait la nausée.

— Remarquez, dit le Président, même ce que vous appelez la bombe thermonucléaire « conventionnelle » vise le Bon Dieu, que nous le voulions ou non. Carter l'a fort bien dit.

— Je pense que l'humanité doit attendre encore un peu, si elle veut causer ce genre de dégâts, dit Franker.

— Dieu merci.

— Cela explique pourquoi l'expérience peut être menée dans un secteur si peuplé. Le danger est qu'ils pourraient orienter la force libérée différemment. À leur gré, j'entends. Si vous regardez la carte, vous remarquerez qu'il n'y a rien entre le site du « cochon » et la frontière yougoslave — et je n'ai pas besoin de vous rappeler que l'Albanie d'Imir Djuma hait les Yougoslaves « déviationnistes » presque autant qu'elle hait les Russes. La grande inconnue est : sont-ils vraiment parvenus au contrôle directionnel ? Parce que, si la réponse est affirmative, comme tout semble l'indiquer... Regardez.

Il promena son doigt sur la carte.

— ... Si vous continuez selon ce vecteur, le fais-

ceau balaie l'Europe et nous arrive droit dessus...
Si nous prenons pour base les travaux de notre
ami, le professeur Kaplan, sur le laser, le rayon, en
s'élargissant deviendrait un faisceau qui couvrirait
un cinquième des États-Unis environ...

— Merci, dit le Président. Je vais encore passer
une bonne nuit !

— Ce n'est qu'une hypothèse de travail, dit
Kaplan.

Le Président le regarda avec une certaine anti-
pathie.

— Pas d'*hypothèse*, s'il vous plaît. Je veux une *certitude*. À quel moment cette nouvelle merde sera-
t-elle prête à puer ?

— Nous sommes en contact permanent avec
notre agent en Albanie.

Le Président contempla le « cochon » encore
quelques secondes, avec une expression de haine
absolue.

— C'est bon, faites entrer le peuple.

« Le peuple » était son expression favorite lorsqu'il parlait des membres du Congrès.

Il les avait tenus au courant au jour le jour, mais
cette fois, il les visa vraiment dans leurs tripes. Il se
sentait incertain, désorienté et n'arrivait pas vraiment à saisir lui-même toute l'énormité de la
chose et à prendre une décision. Aussi s'efforça-t-il
de paraître calme, sûr de lui et déterminé. Russel
Elcott trouvait qu'il ressemblait à un vieux bouti-
quier d'une petite ville du Middle West, debout,
les mains dans les poches, devant son magasin. Il
se demanda aussi ce que feraient les Giotto et les
Masaccio de l'avenir de ces hommes en complet-
veston, avec leurs lunettes d'écaille et ces visages si

peu inspirés — à supposer, bien sûr, qu'il y ait une Renaissance...

Il sortit, se rendit dans la salle d'enregistrement et croisa le regard fatigué, caverneux, de l'ingénieur du son. Chaque parole était enregistrée et tous le savaient : aucun d'eux ne pourrait éluder sa part de responsabilité devant l'histoire. Cette fois, les Écritures ne seraient pas fondées sur les ouï-dire, sur la seule tradition orale. Elles se nourriraient de paroles vivantes irréfutables, soigneusement enregistrées et enfouies à cent mètres sous les silos à fusées nucléaires.

Russel Elcott s'assit dans un coin et mit les écouteurs.

Il reconnut la voix du sénateur Bolland, de l'Utah.

— Au diable le verbiage scientifique, professeur. Ce que vous nous dites là, c'est que l'âme humaine est une arme dévastatrice, d'une puissance de destruction illimitée...

— Il n'y a là rien de nouveau, sénateur, disait Kaplan. Nous savions cela bien avant Hiroshima. Mais mon rôle n'est pas de me livrer à des considérations philosophiques aussi vieilles que Caïn. Je m'adresse à vous en tant que savant. Je parle le langage des quanta.

— Permettez !

Ted Quillan, du Michigan, pensa Elcott. Le républicain le plus réactionnaire du Sénat.

— Voilà où nous ont menés quarante ans de lâcheté et de fuite devant le communisme ! Le retrait du Vietnam, de Corée, Helsinki... Nous avons fui nos responsabilités ! Résultat : un minuscule pays, le plus furieusement, le plus haineusement stalinien de tous, souffrant d'un complexe d'infériorité et de manie de la persécution, se trouve en possession de l'arme absolue, celle dont nous avons été incapables de nous doter par simple imprévoyance et pour avoir toujours rogné les crédits militaires...

Russel Elcott ôta les écouteurs. Des boîtes de bandes magnétiques hermétiquement scellées traînaient par terre.

— Écoutez, Bert, je vous rappelle que ces enregistrements doivent être acheminés vers les silos toutes les demi-heures. On ne vous l'a pas dit ?

L'ingénieur du son leva les yeux.

— Pourquoi ? Qu'est-ce que vous attendez ? La fin du monde ? Cela a déjà eu lieu il y a longtemps. Ce monde-là, c'est un nouveau.

— La postérité aura besoin de tous les témoignages disponibles, mon vieux.

— Les explorateurs venus des autres galaxies et faisant des fouilles, pour voir ce qui s'est passé, comment nous en sommes venus là ?

— Il y aura beaucoup de curiosité dans les siècles à venir, Bert. Vous pouvez parier là-dessus.

Il remit les écouteurs. Le Président parlait.

— Sénateur Bolland, nous ne pouvons pas raser tout un pays de la carte, quelles que soient nos légitimes... appréhensions.

— Appréhensions ! C'est une *certitude* !

— Je suis aussi soucieux que vous de notre survie spirituelle. Provoquer un effondrement total de la civilisation technologique, comme le voudrait une certaine jeunesse, cela implique un gigantesque holocauste. Le genre d'arguments qui mèneraient à supprimer les trois quarts de l'humanité pour laisser au quart restant une chance de repartir dans une nouvelle direction. Détruire la civilisation, pour assurer la survie spirituelle de l'homme... Le seul ennui avec cette manière de penser est que des centaines de millions de morts pour assurer la survie spirituelle de l'homme, cela signifie la mort spirituelle de l'homme...

Russel Elcott écoutait. Il reconnaissait chaque voix et les connaissait bien tous : des hommes intègres qui faisaient de leur mieux mais qui *n'avaient pas été programmés pour ça.* C'étaient des hommes « conventionnels », au sens où l'on dit des « armes conventionnelles ». L'intendance n'avait pas suivi l'avance foudroyante de la science. L'éthique et tout ce qui, dans le psychisme, doit veiller sur la fonction intellectuelle pure, celle qui ne s'occupe ni de morale ni de l'« âme », étaient restés à la traîne.

— Et la Chine, monsieur le Président ? Car enfin, l'Albanie n'est qu'une succursale de la Chine en Europe !

— Je vous ai tenu au courant de mes efforts auprès de la Chine, sénateur. Ils en reviennent toujours au même refrain : l'Albanie est un pays souverain et indépendant et cetera et cetera... La non-ingérence dans les affaires intérieures des autres pays, et tout ça. La vérité est que Pékin a tout à gagner dans cette affaire. Ou bien l'expérience réussit, et ils ont une arme « absolue » à leur disposition, ou bien les Russes ou nous-mêmes intervenons pour l'empêcher, et nous serons discrédités et présentés aux yeux des peuples comme des « agresseurs impérialistes »... Et je pense aussi qu'ils ne mesurent pas entièrement les conséquences de cette affaire. Nous non plus, d'ailleurs. *Nous ne savons pas.* Et c'est pourquoi, une fois de plus, je demanderai maintenant au général Franker de donner le point de vue des militaires...

— Vous l'avez dit, monsieur le Président. *Nous ne savons pas.* Et nous vous serions obligés de faire le raisonnement suivant : *Ce qui nous est connu est suffisamment inquiétant pour que nous puissions accepter de courir le risque de l'inconnu.*

Il y eut un silence, puis la voix du sénateur Eklund, de l'Oregon, dit :

— C'est un raisonnement d'ordinateur, général.

— En effet, sénateur. Seulement, il y a une chose, avec les ordinateurs : *ils se trompent rarement.*

Russel Elcott se leva. L'ingénieur du son alla vers le distributeur et se versa un gobelet de café.

— Je crois que j'irai voir un film porno, ce soir, dit-il. J'ai envie de quelque chose de propre, pour changer.

Ils furent à nouveau convoqués dans la Salle des Opérations à deux heures du matin. Ils trouvèrent le Président en pyjama et pantoufles, un verre de lait à la main, assis devant le « cochon ».

— Désolé de vous avoir réveillés, dit-il. Foutu métier, hein ?

Ils attendaient.

— Pour ce truc albanais...

Il but une gorgée de lait.

— Je veux qu'il soit rayé de la carte avant cinq semaines.

— Oui, monsieur, dit Franker.

Il était blême.

— J'ai encore parlé avec Pékin. Ils ne veulent rien savoir. Alors... Comment avez-vous dit déjà, général ? *Ce qui est connu est suffisamment terrifiant pour que nous puissions accepter de courir le risque de l'inconnu...*

— Oui, monsieur.

— Cinq semaines. Nous acceptons la proposition des Russes. Un raid de commando, comme ils le suggèrent. Un sabotage. Si nous pouvons le réussir discrètement... enfin, « discrètement » est ici une notion relative... tant mieux. Si cela échoue... nous allons oblitérer le secteur entier, le rayer de la surface du globe. L'annihiler. Un accident de missile nucléaire qui s'est dévié de sa trajectoire. N'importe quoi.

— Oui, monsieur.

— Autre chose...

Ils attendaient.

— Il va falloir que nous prenions des mesures en ce qui concerne la science, dit le Président. Nous ne pouvons plus la tenir : c'est elle qui nous tient. Nous avons besoin d'une nouvelle génération d'ordinateurs, un genre d'ordinateur *spirituel*, que votre Président pourrait consulter chaque soir avant d'aller dormir, afin de déterminer d'un seul coup d'œil si, en ce qui concerne l'espèce humaine, il marche aux côtés de Judas ou bien aux côtés du Christ.

Il y eut un éclair dans ses yeux fatigués et sombres et ses lèvres esquissèrent un sourire.

— Dans le cas qui nous intéresse, il s'agit peut-être d'une deuxième chance donnée à Judas : celle de sauver le Christ. Excusez-moi. Il paraît que ce truc-là a des effets bizarres. Bonne nuit. Et n'oubliez pas : je vous donne cinq semaines.

XX

La Vallée des Aigles : tel était le nom que lui avaient donné les Turcs, il y avait dix siècles, mais depuis la construction de nouveaux surrégénérateurs, des centrales de retraitement et la mise au point du « cycle complet », par un système de contrôle qui évitait définitivement toute déperdition et tout gaspillage d'énergie, avec ses milliers de collecteurs alimentés par le souffle des travailleurs albanais, le nom avait été changé pour celui de « Vallée du Peuple ».

Mathieu était assis sur le petit balcon en bois qui courait autour de la maison. Il regardait l'emplacement du complexe énergétique, et la terre encore nue, que l'on apercevait ici et là entre les usines et les stations d'alimentation.

La vue était magnifique. Les montagnes, des deux côtés, dominaient l'œuvre de l'homme, couvertes de forêts d'où les oiseaux avaient disparu. Les aigles, auxquels la vallée devait son nom ancien, l'avaient quittée. Ils s'étaient réfugiés vers les sommets des montagnes environnantes.

D'un regard, Mathieu pouvait embrasser tout ce qu'il avait accompli. Qu'un des plus petits et, du point de vue technique, des plus arriérés des pays du monde, mais dont la rigueur idéologique était peut-être la plus « pure et dure » de tous les systèmes tournés vers l'avenir, ait pu élever en trois ans son niveau technologique à celui de son idéologie, témoignait de ce que la volonté des dirigeants est capable d'accomplir, lorsqu'elle est mise au service des masses populaires.

Il restait cependant un certain nombre de problèmes à résoudre. Ils étaient mineurs, mais contrariants.

Ainsi, le matériel non humain mis à sa disposition était médiocre. Le rendement du peuple albanais était pourtant d'excellente qualité : son souffle avait une puissance exceptionnellement élevée et la pureté indispensable pour qu'un carburant se prête à un retraitement particulièrement aisé. Là encore, c'était le résultat de trente-cinq ans d'excellente préparation idéologique. Mais certains matériaux faisaient défaut et la « stalinite », ainsi qu'on avait surnommé ici l'alliage de rétention, manquait de l'élasticité nécessaire. Il était « sale » et la pression intérieure avait des effets secondaires plus déplaisants que la normale. Le souffle filtrait, fuyait d'une façon déchue et presque rampante, ses déchets ayant perdu toute trace de force ascensionnelle. Le taux des maladies mentales et des dépressions nerveuses était élevé et l'effet des retombées particulièrement nocif. Le comité culturel local du Parti se plaignait constamment à la police et lui signalait que « quelqu'un joue de la musique bourgeoise dans les habitations, des compositeurs occidentaux décadents, comme Bach et Haendel. La surveillance doit être renforcée, car il ne fait pas de doute que certains des travailleurs écoutent des stations de radio des pays impérialistes ». Bien entendu, personne ne jouait de musique et les postes de radio n'y étaient pour rien, mais on ne pouvait nier qu'elle se faisait entendre, autour des centrales énergétiques, s'en échappant furtivement. Les responsables du Parti harcelaient Mathieu, qui n'y pouvait rien — personne n'y pouvait rien, c'était dans la nature même de l'élément, et il allait falloir beaucoup de temps et beaucoup d'efforts pour remédier à cette caractéristique. Quelques vieux paysans orthodoxes se plaignirent d'avoir vu des « icônes qui marchaient », dans la vallée, et signalèrent même à la police les noms des deux saints qu'ils avaient identifiés, saint Cyrille et saint Philarète, qu'ils prirent pour des agents américains déguisés. Aux heures de pointe, dans les centrales, les couleurs autour et au-dessus brillaient d'une manière extraordinaire. Tout se mettait à rayonner dans la vallée, s'irradiant d'une lumière à la fois douce et exaltante ; le bleu du ciel prenait une intensité presque insupportable à l'œil nu. Mathieu expliquait aux représentants du comité qu'il s'agissait d'illusions d'optique mais que cet effet, pour contrariant qu'il fût, n'avait pas de conséquences dangereuses sur l'organisme ; il allait disparaître avec l'accoutumance, l'immunité ne pouvait être réalisée actuellement par des moyens scientifiques ; pour le moment, le meilleur moyen de combattre ces intoxications demeurait une formation idéologique renforcée, dans les écoles, les universités et les cellules du Parti.

Un des problèmes techniques qui demeuraient

était celui de la limite d'alimentation des collecteurs. Des capteurs plus puissants pouvaient être construits, mais ils devenaient incontrôlables. On en était donc toujours réduits à installer les capteurs à moins de soixante-quinze mètres des sources éventuelles d'alimentation. Toute nouvelle habitation ou usine dans la vallée était donc automatiquement dotée de collecteurs d'énergie, comme de plomberie. Les gens s'étaient habitués à s'asseoir autour de ces tuyaux blanchâtres, béants, ainsi qu'ils avaient coutume de le faire jadis autour de l'âtre.

Plus d'une centaine d'immeubles, au flanc de la montagne, abritaient les vieux travailleurs retraités que l'on transportait ici des autres régions. Ils disposaient de clubs, de bibliothèques, et pouvaient occuper agréablement leurs loisirs, en attendant.

Le surrégénérateur central atteignait maintenant une capacité de cent vingt mille souffleshomme, stockés dans les quatre compresseurs où s'effectuait la concentration, sur le lieu même où devait se dérouler le « craquage ».

Au fur et à mesure que l'heure approchait, les techniciens chinois qui supervisaient le travail de préparation se montraient de plus en plus nerveux. Ils infligeaient à Mathieu d'interminables séances devant le tableau noir. Mais ils étaient incapables de le suivre. Il leur fallait du temps et de nouveaux ordinateurs. Il n'y avait pas de temps, car les Américains et les Russes travaillaient d'arrache-pied, eux aussi, et il n'y avait pas de nouveaux ordinateurs.

Lorsque fut connue la décision du « Staline albanais », le maréchal Imir Djuma, d'avancer la date de l'expérience, Mathieu eut une séance de travail éprouvante avec les deux savants chinois venus de Pékin pour une ultime entrevue avec lui. C'étaient les fameux frères Mung, des citoyens américains qui étaient retournés en Chine en 1962. Les frères Mung étaient jumeaux. Mathieu trouvait que cela les rendait plus communistes que nature. Impossible de les distinguer l'un de l'autre.

Il y avait quelque chose de franchement obscène à écouter des jumeaux chinois communistes vous parler avec un accent américain si prononcé.

— Nous ne pouvons vous suivre, monsieur Mathieu. Il y a là une notion qui nous échappe, une inconnue. Pour parler franchement, il nous semble que vous ne nous communiquez pas toutes les données. Notre opinion est qu'il convient de vérifier sur ordinateur votre théorie des effets limités, directionnels — en fait, toute votre théorie de convergence. Nous ne sommes même pas sûrs que le « stripage[1] » puisse être pratiqué sans propagation. Selon nous, il y a un risque de libération incontrôlable, dont les conséquences seraient imprévisibles. Au degré de compression et de concentration que nous atteignons, la désintégration peut provoquer une explosion dont il est impossible de prévoir la force destructrice. Il n'existe pas de mathématicien ou de physicien qui puisse, à partir de votre énoncé, et sans ordinateur, évaluer avec certitude la masse critique. À quelle distance commence la diffusion du rayon en fais-

1. « Stripage » : réaction par laquelle un nucléon est arraché au noyau principal et est capté par le noyau cible.

ceau ? Quelle est la limite concentrationnaire de l'énergie ? Et doit-on craindre une réaction en chaîne ?

— On a très bien réussi à éviter une réaction en chaîne du « printemps de Prague », dit Mathieu.

— Monsieur Mathieu, s'il vous plaît... ce genre de plaisanterie... Il nous faut une clarification.

— Eh bien, allez donc demander au Parti. Il a réponse à tout.

Deux sourires pincés, las, patients. Ils avaient vraiment l'air de deux vieilles pommes ridées.

— Ou alors, renoncez. Laissez les Américains et les Russes prendre toute l'avance qu'ils veulent. Restez à la traîne. La dégradation de l'élément est la condition *sine qua non* de la réussite des deux systèmes, capitaliste ou marxiste. Je rendrai compte au maréchal Djuma de votre tentative d'obstruction. Depuis la mort de Mao, les rapports entre l'Albanie et la Chine ne sont plus ce qu'ils étaient. Peut-être vous a-t-on envoyés pour... retirer vos billes ?

Deux sourires douloureux, tordus...

Mathieu exigea une nouvelle réunion avec les délégués du Parti. Merde, pensa-t-il, après tout, le biologiste russe Lyssenko avait fait approuver une théorie scientifique imbécile et totalement fausse pour des raisons *idéologiques*.

Mathieu passa sept heures devant le tableau noir.

Les jumeaux et tous les autres experts, assis là, sous les yeux des plus hautes instances politiques venues spécialement de Tirana, firent ce qu'ils avaient toujours fait lorsque le Parti les surveillait.

Ils prirent une décision idéologique et non scientifique. Ils présentèrent un rapport optimiste.

Mathieu reçut le feu vert.

Un jaillissement de lumière rose illumina l'intérieur de la maison, puis la lumière étincela de toutes les couleurs du spectre avant de disparaître.

— Ne fais pas ça, nom de Dieu ! gueula-t-il.

Il bondit de sa chaise et se précipita dans le
living.

Elle recommençait, cette conne.

May était debout, manifestement très satisfaite
d'elle-même. Sur la table, les trois collecteurs portatifs qu'il avait ramenés à la maison pour l'usage
domestique gardaient encore le reste des déchets
et brillèrent un moment d'un rose plus tendre que
le teint de la Madone de Raphaël.

— Tu ne peux pas faire ça ici, putain de
merde ! Et si la police l'aperçoit ? Tu te rends
compte de ce que cela veut dire ici, libérer le souffle ? Du sabotage ! Comportement antisocial, tendances messianiques, influences des idées bourgeoises obscurantistes et réactionnaires... Ça peut
aller chercher dans les trois années de tôle ou, au
mieux, l'internement dans un asile psychiatrique !
Tu dilapides délibérément les ressources énergétiques du peuple albanais, tu détruis la propriété
publique et Dieu sait quoi encore !

— Oui, Dieu sait !

— C'est une façon de parler, pauvre demeurée !

Elle avait croisé les bras et le regardait avec défi.

— Tu es un grand homme, Marc. Tu as prouvé

174

que Dieu existe et que l'âme n'est pas seulement une métachose.

— Une métaphore, espèce d'illettrée.

Il se calma. Les enfants seront toujours les enfants, quoi. Il fallait, chez cette irréductible, faire la part de l'innocence et de la naïveté foncière des enfants. C'était un cas assez touchant de régression psychologique.

— Pourquoi fais-tu ça, May ?

— J'aime les couleurs, pour commencer. Elles sont tellement belles, quand ça s'échappe. Elles ont quelque chose de très artistique, tu ne trouves pas ? Peux-tu imaginer ce qu'en aurait fait un grand peintre ?...

— La Renaissance a déjà fait ça. Tiens-toi tranquille. Les voisins vont te dénoncer.

Mais c'était sans espoir. Il avait affaire à un être d'une naïveté invincible. Une espèce de Douanier Rousseau de la foi chrétienne.

— Tu ne peux pas faire ça ici. Ces gens-là essaient de construire quelque chose. Ce que tu viens de laisser échapper aurait pu servir à faire marcher un bulldozer à perpétuité, jusqu'à usure des pièces. Ils ont besoin de toutes leurs ressources.

— *Screw them*. Qu'ils aillent se faire foutre.

— Et suppose que le gars qui était là-dedans n'ait désiré rien tant que de donner le meilleur de lui-même pour l'édification du socialisme ? Tu as réduit au néant le rêve d'une vie, peut-être.

— Je me fous de ce qu'il pense, chéri. Je sais ce qui est bon pour lui.

— C'était peut-être un membre du Parti. Tu ne crois pas que c'est vache de faire ça à un militant ?

175

— Il a sûrement été heureux de se retrouver dehors et libre, sinon il n'aurait pas fait de si belles couleurs. Rose, orange, bleu, blanc... On l'entendait presque dire merci.

— C'est un phénomène parfaitement naturel. Les couleurs du spectre.

— La liberté aussi est un phénomène naturel.

— Enfin, ne recommence pas. Ils te traîneront devant les tribunaux populaires.

— Je me fiche bien de ce qu'on peut m'infliger *ici*, chéri. Là-haut, on me bénira pour ça.

— Une sainte, maintenant ! gueula Mathieu. Il ne manquait plus que ça ! Une nouvelle sainte américaine, sainte May d'Albanie ! Je vois d'ici l'icône !

Elle tirait en arrière ses cheveux, se souriait à elle-même dans le miroir.

— De quoi aurais-je l'air en icône ?

— Baisable.

— Pourquoi n'y a-t-il jamais de blondes, dans les icônes ?

— Je n'en sais rien. Fais attention, May. L'autre jour, tu es allée derrière l'hôpital libérer un accumulateur de trente souffles. La police a raflé un tas de gosses ; ils appellent ça, comme en Russie, du hooliganisme.

— Mais c'était si beau, Marc ! Si beau ! Et tu sais quoi ? Ils sont montés au ciel en chantant.

— Et qu'est-ce qu'ils chantaient, ces connards ?

— *Ave Maria.* Je l'ai entendu distinctement.

— Évidemment, c'est le seul morceau de musique classique que tu connais.

— C'était merveilleux.

176

— Écoute, espèce de pute artistique, tu n'as pas le droit de t'exprimer, toi, sur le dos des gens !

— Et toi donc ! C'est exactement ce que tu fais, *toi*. Tu t'exprimes scientifiquement sur le dos des gens. Peu t'importent les conséquences. Tous ces vieux ouvriers fatigués, assis là, à attendre, devant les tuyaux béants ! C'est ignoble ! Quelqu'un devrait leur dire !

Dieu merci, elle ne parlait pas encore albanais. Mais elle s'y était mise. Elle passait des heures à apprendre la langue et l'histoire du pays, les siècles de servitude et de lutte de son peuple contre les Turcs.

— Combien de temps allons-nous rester ici, Marc ?

— Je n'en sais rien. Mercredi prochain, Imir Djuma sera là, tout le gouvernement et l'état-major albanais. Drapeau, discours et tout.

— Et qu'est-ce qui va se passer quand Imir appuiera sur le bouton ? La déshumanisation ?

— C'est ça, parle-moi du massacre des bébés phoques en Norvège et au Canada, ou de celui des éléphants en Afrique. Rappelle-moi le nombre de chiens que les Français laissent crever chaque fois qu'ils partent en vacances. Il y avait longtemps... Ah oui, et les baleines ! J'ai oublié l'extermination des baleines ! Ou les cinq millions de Juifs partis en fumée... Vas-y, parle-moi de la pollution irréversible du milieu marin ! Qu'est-ce que tu attends ! La déshumanisation, tu parles ! La déshumanisation, c'est humain !

Il s'interrompit. Ce qu'il y avait d'extraordinaire, dans tout ça, c'est que toutes les preuves accumulées ne prouvaient rien. L'illusion lyrique demeurait, comme si l'homme ne pouvait mettre fin à sa foi qu'en mettant fin à lui-même.

— Ce n'est qu'une expérience de dégradation à toute petite échelle, May. Nous voulons tous savoir exactement où nous en sommes, avant d'aller de l'avant. Ne te tracasse pas. C'est du nucléaire. Bien sûr, cela revient au même, mais là nous entrons à nouveau dans les métaphores.

Il remarqua une traînée blanche à peine perceptible dans le ciel. Les avions de reconnaissance américains ne se gênaient même plus et survolaient la vallée deux fois par jour.

— Regarde, dit-il. L'ombre du soir.

Elle ne leva pas les yeux.

— Promets-moi de ne jamais me haïr, dit-elle d'une petite voix presque brisée.

XXI

Le camp d'entraînement était situé dans la République soviétique de Lettonie, à quelques kilomètres de la mer Baltique.

Starr adorait l'endroit. Le vent de la mer parmi les sapins, l'herbe agitée des dunes, ce paysage vallonné de sable, de forêts et de vagues, les vols des oies sauvages et les nuées qui couraient vers quelque rassemblement orageux, la lointaine sirène d'un vieux vapeur russe qui poursuivait laborieusement sa course vers le nord...

Starr avait perdu toute trace d'appréhension. Il avait foi dans le dénouement, comme s'il y avait dans la nature secrète du souffle quelque chose qui portait déjà en soi une certitude de victoire.

Ils étaient sept, et l'« entraînement » consistait surtout à faire connaissance. Le Canadien, qui portait le nom étrange de Dieuleveut-Caulec, était un spécialiste du sabotage qui avait fait ses preuves au moment des grandes explosions « accidentelles » des puits de pétrole en Libye. C'était un homme mince et dur, d'une endurance à toute épreuve ; des yeux sombres et tranquilles, une courte barbe soigneusement taillée à l'espagnole, et une apparence de détachement légèrement dédaigneux, distant, qui se teintait parfois d'un soudain éclat d'humour inattendu. Il leur montra une caméra miniaturisée plus petite que le pouce qui pouvait envoyer des grains de cyanure à une distance de vingt mètres et prendre une photo en même temps.

— Je ne vois pas l'intérêt de votre truc, lui dit Starr. À quoi bon un tel raffinement ?

— C'est très commode, lorsqu'on doit agir vite, expliqua Caulec. La photo vous permet de vérifier ensuite si vous avez bien tué le gars qu'il fallait, ou si vous vous êtes trompé, dans le feu de l'action. On ne prend jamais assez de précautions.

Le major Grigorov, un des deux Russes, avait un joli visage rose, des cheveux blonds bouclés et des yeux bleus. Le visage idéal pour un tueur, pensa Starr, une physionomie franche, ouverte et gaie, qui inspirait confiance et sympathie.

Le Yougoslave, Stanko, était un montagnard serbe de haute taille, large d'épaules ; il avait d'énormes mains, un nez en bec de rapace, des sourcils épais qui se rejoignaient et les yeux en meurtrières. Insouciant et grande gueule, buveur, aimant chanter et rire, il avait fait ses premières armes à quatorze ans comme partisan, dans les montagnes de Bosnie, et s'était élevé jusqu'à une haute position de responsabilité dans le K.O.S. yougoslave. À dix-sept ans, il avait fait partie du peloton d'élite qui avait fusillé le rival de Tito, le général Mihajlovič.

Starr se disait que les membres du commando avaient été choisis non seulement parce qu'ils étaient les meilleurs hommes possibles pour le coup de main, mais aussi parce qu'ils étaient représentatifs. Il ne cherchait pas à savoir ce qu'il entendait exactement par « représentatifs ». Peut-être y avait-il là une notion qu'il valait mieux ne pas approfondir. On pouvait en venir à se demander si Hitler ou Staline étaient bien des « monstres » ou si au contraire ils étaient « représentatifs », eux aussi.

Toutes ces méditations aussi mal venues que possible puaient les retombées du souffle. Ses effets semblaient avoir une portée à peu près illimitée. Ils induisaient un état de doute et d'examen de conscience obsessionnel, fort peu compatible avec l'absence d'hésitation et de scrupules exquis indispensable, si on voulait sauver la civilisation.

L'autre Russe, Komarov, était sibérien ; le visage plat et tout en largeur ronde, le nez épaté, les yeux bridés et sans cils — on voyait immédiatement qu'il avait dans les veines du sang tartare. Starr connaissait son dossier par cœur, y compris le meurtre de deux agents américains, dont l'un, John Velik, était le meilleur exécutant que Starr eût jamais eu sous ses ordres. Il était bon d'avoir à ses côtés un type aussi hautement compétent, du point de vue professionnel.

Ils parlaient anglais entre eux, Grigorov avec un accent américain si parfait qu'il n'y eut plus de doute dans l'esprit de Starr quant à l'identité de cet agent soviétique opérant aux États-Unis qu'on n'avait jamais réussi à pincer.

Le plus pénible était de ne pas pouvoir se saouler la gueule. Il fallait rester en forme pour donner le meilleur de soi-même.

L'homme le plus étrange du groupe était certainement le Polonais. Son nom, Mnisek, était le patronyme d'une très vieille famille aristocratique de Pologne. Après l'une de leurs longues nages dans la Baltique, comme ils émergeaient des grosses vagues qui déferlaient sur les dunes, Starr poussa Caulec du coude :

— Dis donc... Est-ce que tu vois ce que je vois ?

Le capitaine Mnisek était accroupi dans le sable, essuyant ses cheveux avec une serviette.

Une chaînette avec un crucifix en or pendait à son cou.

— Eh bien, pour un marxiste pur et dur..., murmura Starr.

Caulec haussa les épaules.

— Oh, les Polonais sont des gens compliqués, c'est bien connu !

Starr ruminait la chose.

— Écoute bien : je l'ai aperçu la nuit dernière par la fenêtre. Tu sais ce qu'il faisait ? Il s'était mis à genoux, un chapelet à la main, et il priait. Oui... il *priait*.

Le Canadien tirait sur sa pipe.

— Eh bien, quoi ? Si l'on songe à l'opération que nous sommes censés exécuter et à la nature de l'objectif à détruire...

— Nous ne le détruisons pas, dit Starr, sèchement. Nous le *libérons*. Nous ne détruisons que les installations... le Goulag, en quelque sorte. Je parie que ce type, Mnisek, a été un bigot toute sa vie. Un croyant. Et pourtant c'est un agent de sabotage communiste hautement qualifié. Les Polonais disent qu'ils nous ont donné leur meilleur homme, et il se trouve que c'est un aristocrate et un dévot ! Comprends pas. Nous avons un sacré boulot à faire.

Nous devons former une équipe. Cela signifie que nous sommes censés nous connaître et nous comprendre. C'est pourquoi on nous a réunis ici.

— Pourquoi ne pas lui dire tout ça ? Va lui parler.

C'est ce que Starr fit.

Le capitaine Mnisek avait un visage long et étroit, une moustache fine sur un mince sourire, et le regard calme, droit, d'un homme entièrement sûr de lui-même. Il écouta la question de Starr, et ne parut ni surpris ni irrité par sa franchise brutale.

— Oui, je viens d'une vieille famille catholique, profondément croyante. Et je suis moi-même un catholique pratiquant.

— Voilà une bien curieuse profession de foi pour un homme qui a fait ses preuves au service de...

Il faillit dire « de la subversion ». Une vieille habitude.

— ... au service du marxisme-léninisme, se rattrapa-t-il poliment.

Le Polonais leva sa belle main aristocratique.

— Eh oui. Il s'agit d'un règlement de comptes, cher camarade. Les États-Unis et l'Angleterre ont trahi la Pologne catholique à Yalta. Ils l'ont vendue, livrée, comme Judas a livré Jésus. J'avais douze ans à cette époque et, depuis, j'ai été un agent communiste dévoué. J'ai travaillé avec acharnement pour la victoire du communisme sur l'Occident. Le Parti le sait bien. Je leur ai donné... oh ! de très nombreuses preuves de zèle — sans quoi je ne serais pas ici, comme vous pouvez l'imaginer.

183

J'espère que cette explication vous satisfait pleinement. Cigarette ?

Il ouvrit son étui en or, et le tendit à Starr.

— Merci, dit ce dernier, et il sortit de la pièce, un peu troublé.

Le septième membre du groupe, Lavro, frisait la soixantaine : un homme gigantesque, une vraie tour ; chauve et barbu, une longue barbe bien fournie à peine grisonnante ; personnage mystérieux, distant, silencieux, il ressemblait à un moine du mont Athos ; un des hommes de main du Komintern en Macédoine, il avait conduit les partisans au combat contre les Allemands et les Oustachis, sous le nom devenu légendaire de Vladika. Depuis la rupture de Tito avec Staline, ses rapports avec le maître de la Yougoslavie avaient eu des hauts et des bas. Il connaissait, mieux qu'aucun autre homme, la montagne, de l'Albanie à la Bosnie, de Salonique à Zagreb. Il y avait dans son apparence quelque chose d'archaïque, et Starr l'imaginait très bien sur les icônes de l'avenir, où tous ils figureraient un jour, lorsque la gratitude et la foi populaires s'empareraient de ces professionnels qui avaient sauvé l'âme humaine du pire des périls, celui que la conférence des savants réunis à Istanbul le 20 septembre 1977 dissimulait si habilement, en disant que « l'énergie nucléaire seule ne pourra même pas fournir cinquante pour cent de la demande mondiale d'énergie d'ici à l'an 2020, sans employer certains des cycles de *carburant avancé* ». Starr n'avait jamais oublié cette jolie expression. *Carburant avancé* était une admirable mise à jour du vocabulaire. Les termes de *surrégénérateur* et de *retraitement* paraissaient, par comparaison, des aveux maladroits, avec leurs relents d'univers concentrationnaire.

Le 17 août, ils furent emmenés par avion en Angleterre et envoyés dans un camp au pays de Galles. Là, pendant six jours, il n'y eut ni entraînement ni ordres, et Starr s'imaginait fort bien les tensions et dissensions et ultimes hésitations qui devaient se manifester au plus haut niveau des responsabilités, à la veille d'une décision qui dépassait de très loin dans son importance et ses conséquences ce que les États-Unis avaient tenté de faire au moment de l'affaire de la « Baie des Cochons », conçue par la C.I.A. et approuvée par Eisenhower et Kennedy. C'était la première fois que la C.I.A. et le K.G.B. agissaient ensemble, ce qui posait évidemment une question éthique dont on ne pouvait surestimer l'importance historique : il y avait là un rapprochement entre deux puissances qui témoignait enfin d'une profonde compréhension réciproque.

Il avait adopté un chien, un bâtard énorme, à longs poils touffus, issu d'une longue suite de croisements inextricables, et Starr s'était pris d'une vive amitié pour lui. Il se sentait moins seul.

Le septième jour, un colonel rigide et désapprobateur, qui, manifestement, n'était au courant de rien, mais trouvait tout cela d'autant plus répréhensible, vint les chercher en camionnette, et les conduisit à un petit bâtiment gardé par un détachement de la R.A.F. Ils furent accueillis par un civil anglais d'aspect aussi peu civil que possible, le physicien Kaplan, un général américain et deux officiers russes constellés de décorations. On les fit passer dans une salle de conférences où ils furent

185

invités à s'asseoir. Le civil anglais alla au tableau noir et les dévisagea. Il avait des cheveux rouquins, une courte moustache en brosse et des yeux d'un bleu vitreux. La peau de son visage était une succession de taches rouges et blanches, dans lesquelles Starr reconnut les traces indélébiles de l'explosion de puits de pétrole en Arabie Saoudite, un sabotage qui avait eu son heure de gloire en 1976. Ils étaient en présence du fameux major Little qui, durant vingt-cinq ans, par son activité de mercenaire dans tous les points chauds du globe avait comblé le vide nostalgique laissé dans le psychisme anglais par la chute de l'empire, la fin de la puissance britannique et la disparition de Lawrence d'Arabie. L'aspect le plus intéressant de sa personnalité était ses oreilles : un travail de dentelle au couteau exécuté avec un art exquis sur ses lobes festonnés par un artiste d'Amin Dada.

Debout entre la carte d'Albanie et le tableau noir, l'homme qui méritait plus que tout autre, parmi les professionnels présents, l'épithète de « légendaire » les observa longuement, les uns après les autres, en silence. Il se tenait très droit, les mains dans les poches de son veston étriqué, les coudes serrés contre son flanc, une épaule légèrement levée, le stick d'officier anglais sous le coude, et s'il n'y avait eu ce regard fanatique, presque meurtrier dans son éclat de bleu fixe et glacé et quelque chose d'aussi implacable dans son aura physique et son immobilité intense qu'un couteau de commando sur la veine jugulaire, on l'aurait pris pour un de ces débris comiques que l'armée britannique des Indes avait laissés sur les rivages de l'histoire en se retirant.

— Vous m'excuserez, messieurs, de vous dévisager ainsi, rien de mélodramatique, vous comprenez — pas mon genre —, mais je fais partie de l'expédition et même... Hm... Brrm... Hoff...

Il toussota d'un air gêné, la main devant la bouche...

— Autant vous le dire tout de suite : c'est moi qui donne les ordres. J'assume le commandement. La confirmation est dans cette enveloppe, signée par vos supérieurs respectifs... Il s'agit de faire un peu connaissance, l'esprit d'équipe, et tout ça... Naturellement, je connais vos dossiers... Excellent... Excellent... Rien à dire... Irréprochables... Je sais donc parfaitement que chacun de vous aurait pu prétendre à exercer le commandement de cette unité... Désolé, mais il se trouve que c'est moi... Hm... Brrm... Houff...

Il marmonnait, se raclait la gorge, toussotait, mais Starr connaissait trop le personnage pour se laisser prendre à cette mimique. Little était bien connu des services secrets des grandes puissances comme un des exécutants les plus sûrs de la profession. Il avait disparu pendant quelque temps, à la suite des révélations de la presse anglaise sur le recrutement des mercenaires pour l'Angola, au moment de l'exécution de douze d'entre eux, après l'arrivée des Cubains. Il n'était pas question de mettre en cause ses titres, mais au cours des jours suivants, Starr bombarda néanmoins ses supérieurs hiérarchiques de messages dont on peut seulement dire qu'ils fulminaient de rage. Il estimait avoir des titres au moins aussi éclatants et n'admettait pas d'avoir été privé du commandement qui lui avait été promis.

Le major Little paraissait confus à souhait.

— Oui, je sais. Je comprends vos sentiments — à titres et grades égaux. Mais, que voulez-vous, il semble qu'on se soit un peu chamaillé au sommet sur le choix de celui d'entre nous qui devait exercer le commandement. Eh bien, il se trouve que c'est moi. J'ai été choisi un peu comme un compromis. Pas exactement ce que j'appellerais prendre le meilleur homme pour le boulot, ha, ha, ha...

Toute cette petite comédie, cette apparente timidité, c'était de la pure provocation, pensa Starr. L'Anglais se délectait à le faire bouillir. Une petite vengeance personnelle contre tout ce que les États-Unis et l'U.R.S.S. représentaient en tant que puissance, et ce que la Grande-Bretagne ne représentait plus. Il suffisait de croiser le regard de ses yeux froids, légèrement moqueurs, où la mort était chez elle, obéissante et apprivoisée.

— Le professeur Kaplan, ici présent, vous fera quelques amphis indispensables dans les jours à venir, du point de vue scientifique. C'est trop fort pour moi. Nous allons étudier les terrains un peu plus tard. Commençons par un petit aperçu préliminaire de l'objectif. Si vous voulez bien me suivre...

Ils se levèrent dans un brouhaha impatient de chaises bousculées et suivirent le major dans la pièce voisine.

— Qu'est-ce qu'elles ont, ses oreilles ? demanda Caulec à Starr dans un murmure.

— De l'art nègre, grommela Starr. Très apprécié.

Le « cochon » trônait au milieu d'une maquette

de montagnes, avec des villages blancs à toitures rouges : un édifice trapu, court sur pattes, coiffé d'un dôme sphérique.

Le major Little contempla un instant le dispositif avec un dégoût manifeste, comme pour indiquer qu'il n'avait encore jamais eu affaire à quelque chose d'aussi peu anglais. Ce fils de pute est en train de se délecter, pensa Starr. C'est le bonheur. Il a dû l'attendre et l'espérer toute sa vie.

— Ainsi que le professeur Kaplan vous l'expliquera en détail, il s'agit, messieurs, d'un nouveau bond en avant de la science. Je ne vais pas vous faire ici un historique : plutonium, fission, désintégration, retraitement, prolifération, cycle complet... Tout cela fait partie aujourd'hui de la culture générale et je n'ai pas à m'étendre là-dessus. Le fond de l'affaire consiste, à ce que j'ai compris, dans ce que les physiciens appellent « carburant avancé », et dans une première technologique qui risque de dépasser les prévisions les plus optimistes des savants, et que nous devons empêcher coûte que coûte. Il s'agit d'une « flèche » de déflagration orientable à volonté, selon les besoins et l'humeur idéologique. Trois cent soixante degrés, tous azimuts : comme le laser... Bref, une nouvelle arme absolue... Hem... Beuh... Ouah... Aouah...

Il se racla la gorge avec délices.

— ... Les choses deviennent plus absolues de jour en jour. Nous allons étudier tout cela à loisir dans les jours à venir. Je vous résume tout de suite notre mission : *a)* Pénétrer à l'intérieur du dispositif et nous y maintenir pendant un laps de temps suffisant pour recueillir le maximum d'informations qui nous manquent ; *b)* Libérer l'énergie accumulée qui se trouve dans les pattes du « cochon » que vous voyez ici... Cette énergie, ainsi que vous le savez, est mesurée, comme pour la bombe thermonucléaire, en unités de « souffle », ou, en jargon de ces messieurs...

Il pointa son stick vers le professeur Kaplan :

— ... en « âmes », en raison, je suppose, de la puissance de destruction... Hou... Ha... Haou...

Ce salaud-là en remet, pensa Starr. Jamais vu un type aussi heureux de ce qui arrive. La justification de toute une vie.

— Nous devons enfin : *c)* Mettre le « cochon » hors d'état de nuire, et revenir... vivants. C'est toujours préférable.

— Je voudrais poser une question, intervint Caulec.

Little le fixa d'un regard amusé.

— C'est toujours la même vieille question, je suppose. Il y a un bout de temps qu'on se la pose. Je crains qu'elle ne soit pas de mon ressort, mais allez-y.

— Je veux simplement demander à quoi cela peut-il servir de vider le dispositif albanais de son énergie ou même de détruire tout le système ? Ils en construiront un autre, exactement identique.

— À recueillir d'abord sur place les informations qui nous manquent, mais surtout à gagner du temps. Ce qui permettra à nos pays respectifs de construire leur propre « cochon ». Un « cochon » de dissuasion, bien entendu. Ah... Haou... Herr... Ou, si vous préférez, un « cochon anti-cochon ». Je continue. Nous reviendrons sur tout cela plus tard. Ainsi que je vous l'ai dit, il s'agit simplement de faire connaissance...

Il ôta le dôme de la sphère.

Il n'y avait rien à l'intérieur.

— Rien n'est visible, bien sûr. C'est immatériel. De l'énergie. Descendons...

Il fit tomber une paroi avec le bout de son stick.

— C'est là que réside le génie de la chose.

L'intérieur du « cochon » avait l'aspect d'entrailles électroniques, un entrelacs de tuyaux et de souffleries tordus, torturés, et de bouches béantes, voraces, comme des gueules de requins. Plus bas, il y avait un autre enchevêtrement tabulaire, rouge et vert, enserrant des centaines de sphères brillantes, d'un blanc nacré, répliques miniatures de la tête sphérique qui couronnait le tout.

— Hrr... Hrr... Grrou... Les appareils de contrôle se trouvent ici, dans le secteur central, là où vous voyez tous ces cadrans et tous ces leviers. Cet équipement électronique, apparemment, vient de Chine. Leurs techniciens sont sur le terrain. Ainsi que je vous l'ai dit, nous devons pénétrer à l'intérieur du contrôle et libérer cette énergie « populaire »... Tout, là-bas, est « populaire ». Hrroun... Brroum... Khroum... La manœuvre de libération comporte à elle seule soixante-douze opérations. C'est la phase initiale de notre mission. À partir de là, ça devient plus compliqué. Le professeur Kaplan vous l'expliquera tout à l'heure, mais l'énergie déjà accumulée dans la tête du « cochon » ne peut pas être libérée. On ne pourrait pas contrôler son échappement et ce serait effroyable. Nous devons donc la « tuer » — c'est un terme et un procédé bien connu, qui signifie la transformation de

191

l'énergie en matière. Permettez-moi de vous présenter la chose en deux mots, comme le professeur Kaplan me l'a lui-même expliquée hier — de façon remarquable, monsieur, si j'ose formuler une opinion...

Kaplan inclina légèrement la tête, en guise de remerciement.

— Il s'agit d'un procédé d'inversion. En dehors de ce... Mathieu, nos experts nucléaires ne sont pas encore parvenus à désintégrer le nouvel élément, mais leurs efforts incessants pour le transformer en matière inanimée ont été couronnés de succès. Ça se fait couramment dans le monde. C'est pourquoi la partie la plus importante de notre mission, la partie finale, consiste à tuer l'« âme » de la chose, c'est-à-dire le souffle qui ne peut pas être libéré et qui attend là dans la tête du « cochon » le moment d'être désintégré. À ce propos, un petit avertissement... Hrroum...

Il se caressa pensivement la moustache du bout des doigts, regardant à ses pieds.

— Pour une raison que j'ignore complètement, il est recommandé, dans la mesure du possible, de ne pas se faire tuer à l'intérieur d'une distance de soixante-quinze mètres des pattes du « cochon » et de tous ses petits capteurs de... Haou... Haou... Haou... de carburant avancé, que vous voyez là.

Il indiqua avec son stick les pattes du « cochon » et les obélisques qui s'élevaient un peu partout dans la région, dans les villages, autour des jolies maisons à toits de tuiles rouges.

— Apparemment, ce serait une fin très déplacée pour un gentleman et un officier. Donc, souvenez-vous : ne vous faites pas tuer dans un rayon de soixante-quinze mètres. C'est considéré comme hautement dangereux.

— Un instant, interrompit Stanko avec véhémence. Que diable voulez-vous dire ? Qu'est-ce qui est hautement dangereux ? De se faire tuer ? Ça, au moins, c'est du nouveau !

Il se mit à rire, en se tapant sur les cuisses. Starr se rendit compte que les Russes et les Yougoslaves *ne savaient pas*, ne pouvaient pas savoir. Un triomphe du matérialisme historique intégral. Leur psychisme était entièrement blindé contre tout effet de retombées spirituelles, contre toute notion de transcendance et de « charge d'âme ». Immunisé contre les métaphores. Ils étaient mieux préparés et mieux équipés que quiconque pour le boulot.

Il regarda le Polonais, Mnisek. Les bras croisés, un fume-cigarette en ivoire au bout des doigts, il paraissait amusé. Il était impossible de deviner ce qu'il pensait, ce qu'il ressentait. Mais après tout, les trente-cinq dernières années écoulées avaient démontré qu'il n'y a pas d'incompatibilité entre la foi chrétienne et la bombe thermonucléaire.

— Le danger n'est pas seulement d'être tué ; ça, c'est de la routine, dit l'Anglais. Mais d'après ce que j'ai cru comprendre, celui qui se ferait tuer à moins de soixante-quinze mètres de ces capteurs d'essence risque d'avoir des ennuis... posthumes... Heu... Ham... Hrroum ! Excusez-moi. Ce que je veux dire, c'est qu'il peut y avoir une souffrance supplémentaire et d'assez longue durée au cas où l'on se ferait tuer trop près. Je vous rappelle donc : soixante-quinze mètres. Alors, faites attention.

— Merci, dit le Yougoslave. Voilà un fameux conseil !

— En fait, aucun de nous ne devrait être tué, continua Little. Nous disposerons d'un bouclier à toute épreuve. D'un bouclier qui, d'ailleurs, n'a pas été conçu uniquement pour nous protéger, nous, mais pour assurer le succès de l'opération. Je vous en dirai plus long là-dessus un peu plus tard. Ce n'est qu'un premier aperçu... et une première prise de contact, dont je suis, quant à moi, enchanté. Je connaissais quelques-uns d'entre vous de réputation, bien sûr, et il m'est d'autant plus agréable de vous rencontrer. J'ai oublié de vous dire que nous disposons d'une aide précieuse dans la place, en Albanie même. Je crois que le colonel Starr, ici présent, sait tout sur cette admirable personne. Nous recevons un flot ininterrompu d'informations, des cartes, des plans et des microfilms, que nous allons étudier soigneusement, bien entendu.

Ils eurent trois semaines d'instruction : aspects théoriques et pratiques de désamorçage. Le professeur Kaplan s'appliqua à rendre le sujet plus abordable, à l'humaniser, en quelque sorte. Le gros chien bâtard, noir, et le poil couvert de boue, ne quittait plus Starr et dormait auprès de lui. Un soir, Starr, qui avait été convoqué à Londres, demanda à Komarov de nourrir le chien pendant son absence.

Le Russe parut étonné.

— Quel chien ? Je n'ai jamais vu de chien ici.

Starr n'insista pas. Il ne faisait pas de doute que sa fibre morale avait été fortement entamée.

Ils furent transportés en Yougoslavie le 6 septembre et emmenés directement en camion militaire à Dviga, à vingt kilomètres de la frontière albanaise, où ils reçurent leur équipement. Ils dormirent dans le camion, et Starr fit un rêve qu'il qualifia de « grec orthodoxe », un rêve plein d'assassins, de saints barbus à visages olivâtres, avec des inscriptions en caractères cyrilliques au-dessus de leur auréole : ils avaient tous les traits de Lavro. Celui qu'ils avaient surnommé le « patriarche » s'était pris d'amitié pour Starr et lui parlait des montagnes de Macédoine avec une tendresse d'amant ; il parlait comme s'il avait erré sur tous les sentiers des Balkans depuis des siècles et en connaissait chaque pierre. Un visage sombre, sauvage, comme érodé de l'intérieur par la passion, et qui semblait appeler le compagnonnage des loups et des aigles.

À quatre heures du matin, ils passèrent à pied en Albanie, dans les solitudes rocheuses, à l'est de Stopiv, en file indienne derrière Lavro, se dirigeant vers le point d'appui, à six kilomètres à l'intérieur du territoire ennemi, où ils devaient recevoir les dernières informations transmises de Belgrade par radio. Ils marchaient en file indienne dans un amoncellement chaotique de rocs qui évoquaient quelque ruine prodigieuse du ciel. Starr éprouvait un sentiment étrange : ils étaient en retard de mille ans ; le commando aurait dû accomplir sa tâche il y a longtemps, parmi les oliviers de Judée. Ils portaient chacun trente kilos d'équipement sur le dos, mais, sur ce terrain, c'était plus un problème d'équilibre que de poids. Le professeur Kaplan se comportait remarquablement bien et Starr se rendit compte pour la première fois que le savant devait bien avoir une dizaine d'années de moins qu'eux tous, excepté Grigorov. Dans le ciel, quelques aigles tournoyaient sans cesse, ou peut-être était-ce un seul, toujours le même, qui les suivait. Vers le sud, la montagne s'entrouvrait parfois sur le bleu paisible de la mer, puis se refermait ; la lumière était déjà celle de la Grèce, mais les ruines environnantes qui les entouraient ne devaient rien à la chute des civilisations et étaient l'œuvre de la nature. On apercevait parfois quelques forêts au fond des vallées, taches vert sombre ; et de temps à autre le vert, plus profond, d'un lac. Lavro n'avait pas déplié la carte depuis le départ ; il marchait sans hésitation, sans même chercher son chemin, et Starr fut frappé par l'air de bonheur qui animait le visage de l'homme : il était de retour au pays. Ils progressaient trop rapidement et durent s'arrêter dix minutes pour respecter l'horaire prévu. Pour une raison qui lui échappait sur le moment, mais dans laquelle il vit plus tard un signe prémonitoire, Starr ne pouvait détacher ses yeux du visage du patriarche ; il y percevait une impatience, un orgueil et une touche d'humour cruel, moqueur, et parfois une expression de triomphe qui l'inquiéta. Il se méfiait d'un professionnel qui prenait un plaisir si évident à ce qu'il faisait : cela risquait de le rendre imprudent. Les premiers reflets du soleil mettaient des taches fauves dans sa barbe. L'air de famille avec les vieilles icônes byzantines était si frappant que Starr se surprit à chercher les plaques d'or et d'argent écaillées autour du visage.

— Qu'est-ce qu'il y a ? demanda Caulec, qui l'entendit rire.

— Nous entrons tout droit dans l'histoire, la mythologie, la légende, et qui sait, peut-être dans quelque Bible de l'avenir, lui dit l'Américain. Si nous réussissons, le fait que nous sommes tous des tueurs professionnels sera noyé sous un flot d'amour et de reconnaissance éternelle.

Pour l'instant, en tout cas, la seule auréole autour de leur tête était celle que leur tissait la lumière du matin. Mais dans toutes les églises à venir, on ménagerait des niches pour ceux qui avaient sauvé la chrétienté. Starr regarda ses compagnons, se demandant dans quelle posture ils seraient immortalisés.

Le capitaine Mnisek épluchait une banane ; à la surprise de Starr, il détacha la chair blanche du fruit pour ne manger que la partie noire, pourrie. Bon, après tout, se dit Starr, j'ai bien le même goût en matière de fromages.

Stanko sifflotait, tout en scrutant le ciel pour apercevoir les rapaces, essayant de distinguer les aigles des vautours.

Grigorov, sa tignasse blonde lui tombant sur le visage, sondait du regard le canon de son Kalachnikov, avec un sourire tendre, comme si tout au fond il y voyait l'image de sa mère. Caulec était couché sur le dos, les mains derrière la nuque, un brin d'herbe aux lèvres. Le major Little se *reposait*. Il se reposait délibérément, consciencieusement, emmagasinant des forces pour la tâche à venir.

Starr, quant à lui, était très occupé à détester le major. Ce faux accent éduqué d'Oxford, soigneusement entretenu, mais sous lequel perçait parfois le *cockney* du faubourg londonien, l'imitation, jusqu'à la caricature, de l'officier bien né d'un corps d'élite de Sa Gracieuse Majesté, ces marmonnements, raclements de gorge et tous les clichés du comportement très britannique, avaient sur la fibre américaine de Starr à peu près le même effet qu'un grincement de couteau sur une plaque de verre. Ça va, ma vieille, ça va, pensait-il. On te connaît. Il se trouve que ta fiche chez nous est soigneusement tenue à jour, parce qu'un « pro » comme toi mérite d'être suivi attentivement. Tu sors du rang, et non d'Eton et de Sandhurst, et tu es le fils d'un caporal et d'une pute de Paddington à trente shillings la passe. Tu as eu ton grade d'officier en Malaisie, grâce à Templar, qui t'avait remarqué pendant la lutte contre la guérilla communiste, là-bas, et tu t'étais fait les dents sur les Mau-Mau du Kenya, avant l'indépendance, où tu travaillais au couteau. Tu devrais savoir que nous savons et ne pas faire tant d'efforts, avec tes « *rrright* », et ton petit air de discrète supériorité. Je sais bien que chaque homme a un idéal dans la vie, et que le tien, c'est Lawrence d'Arabie, mais tout ce que tu as de commun avec lui, c'est l'homosexualité. Alors, laisse tomber. Tu peux même te laisser aller à dire *okay*, de temps en temps.

Mais Starr n'était pas dupe de son ressentiment. L'homme était impressionnant, peut-être parce que personne, si ce n'est le mercenaire Guy Chapman, n'incarnait mieux que le major les trente dernières années de l'histoire du monde. Il fallait d'ailleurs un vrai fils de pute pour assumer un caractère aussi représentatif. Ces lobes d'oreilles soigneusement sculptés en dentelle étaient à eux seuls un hommage à l'Afrique d'Amin, de Bokassa et de Nguema de la Guinée équatoriale, et aux joies du pouvoir. Le regard pâle et fixe, d'un éclat impitoyable, était celui d'un fanatique de l'*exécu-*

tion. Quelle rancune profonde, quelle plaie secrète et indélébile du psychisme avaient poussé cet homme à se trouver partout où la cruauté et la bestialité se donnaient libre cours au service des « causes sacrées ? » Que sa mère fût une pute n'était pas une explication suffisante, pensait Starr : après tout, nous sommes tous les enfants de notre mère-civilisation.

Le professeur Kaplan, son intéressante chevelure électrique dans la tradition de celles de Harpo Marx-Arthur Rubinstein-Einstein, hérissée pratiquement à la verticale sur sa tête — sans doute l'air des montagnes —, suçait sa pipe vide, en admirant le paysage.

Komarov était assis, l'air préoccupé, avec sa gueule de Tartare qui aurait perdu son cheval.

Lavro mangeait un morceau de fromage de chèvre, son couteau à la main.

— Je me suis bien bagarré, par ici, dit-il, désignant de son couteau les rochers environnants. Une centaine d'Oustachis, des assassins à la solde d'Ante Pavelić, s'étaient aventurés dans ce coin pour nous chercher. Ils nous ont trouvés, ça, on peut le dire ! Mais on ne leur a pas arraché les yeux, comme ils le faisaient aux nôtres. On a laissé cette besogne aux vautours. Il paraît qu'Ante Pavelić a vécu confortablement aux États-Unis jusqu'à sa mort. Comment expliquez-vous ça, colonel Starr ?

— La vie est très agréable aux États-Unis, voilà comment je l'explique, dit Starr. Je suis content que vous autres, communistes, commenciez à vous en rendre compte.

Ils rirent. De l'humour professionnel.

199

— Quelqu'un veut un morceau de fromage de chèvre ?

Starr accepta.

Ils repartirent. Après une nouvelle escalade d'une demi-heure, ils aperçurent le dernier point d'appui et les cinq silhouettes qui les attendaient. Il y avait là le général yougoslave Popović, assisté d'un colonel, un capitaine chargé de transmissions, un jeune gars à l'allure sympathique, et un civil indéfinissable, en chapeau mou et chaussures de ville, qui aurait pu appartenir à n'importe quelle gestapo du monde. Ils étaient tous armés, excepté le général. Dix minutes plus tôt, ils avaient été en contact avec Belgrade : l'ordre de poursuivre l'opération était confirmé. Les prévisions météorologiques étaient excellentes ; les derniers rapports des agents de Ziv n'indiquaient aucun changement du dispositif militaire dans le secteur du « cochon ». Ils se penchèrent sur les cartes et discutèrent un moment. Les avant-postes albanais et les premières patrouilles se trouvaient à trente-cinq kilomètres à l'est, dans la chaîne de Brada.

Starr ne perçut aucune tension dans l'atmosphère, n'éprouva pas la moindre prémonition, et pour une fois, son sixième sens lui fit défaut. C'était tout aussi vrai pour Lavro. À peine venaient-ils de se séparer du groupe, Lavro prenant la tête de la file, que la mitraillette dans les mains du civil crépita brièvement. Lavro se retourna, le regard fixe, demeura un instant debout, ses yeux féroces foudroyant le tireur de leur haine, puis il tomba, face contre terre.

Personne ne bougea. Little toussota en manière de réprobation.

— Je ne doute pas que vous ayez une bonne raison pour faire ça, monsieur, dit-il, mais je ne pense pas qu'il soit très prudent de faire feu ici. Les montagnes, l'air léger... l'écho, vous savez...

— Il n'y a personne à des dizaines de kilomètres à la ronde, dit le général. Nous n'avions pas le choix.

Il regarda le corps de Lavro et haussa les épaules.

— L'homme de Pékin, dit-il brièvement.

Une drôle d'expression, pensa Starr. L'homme de Pékin, le vrai, était l'un des ancêtres de l'espèce humaine, vieux de quelque cinq cent mille ans, dont les ossements fossilisés avaient été déterrés près de Pékin par Teilhard de Chardin, dans les années trente.

— C'était un agent albanais, dit Popović. Nous procédions aux dernières vérifications auprès de nos agents à Tirana ; ils venaient tout juste de le démasquer. Quand on a été stalinien, on reste stalinien.

— Si nous autres, Américains, ne pouvons même plus faire confiance à un brave communiste, dit Starr, alors où allons-nous ?

Le général n'eut pas l'air de goûter la plaisanterie.

— Comme vous le savez, colonel, il y a en ce moment certaines dissensions — toutes temporaires — au sein du monde communiste, se crut-il obligé de préciser.

— Vous me fendez le cœur, lui dit Starr.

— Il vous aurait livrés aux Albanais dès que vous auriez atteint la vallée. Dieu merci, nous l'avons eu à temps.

« Dieu merci », la formule consacrée, pensa Starr. Il serait intéressant de savoir ce que l'intéressé en pensait.

Il regarda pour la dernière fois la vieille icône byzantine brisée qui gisait sur le sol. Il revit en esprit Lavro jetant un coup d'œil sur sa montre, lui disant qu'ils seraient en avance au rendez-vous, mangeant le fromage de chèvre avec son couteau. Starr espéra que le fromage de chèvre était bon, que c'était le meilleur fromage de chèvre que le vieil homme eût jamais mangé.

— Ce jeune homme va prendre sa place, dit Popović. Il connaît bien la montagne.

Little dévisagea le gosse.

— Et qu'est-ce qu'il connaît d'autre ?

— Il exécutera vos ordres.

— Désolé, général, mais cela ne suffit pas. Mes hommes ont été triés sur le volet, ils ont subi un entraînement très poussé ; on les a mis au courant de l'opération dans ses moindres détails. Ce sont des professionnels éprouvés, les meilleurs au monde. Il est impossible de confier une part de responsabilité dans le succès d'une action qui doit être menée minutieusement à quelqu'un qui arrive au dernier moment et qui se contentera d'« exécuter les ordres ».

— Vous ne pouvez pas vous passer d'un guide ici, dit Popović.

Les yeux du jeune homme riaient. Une bonne tête, se dit Starr, une de ces têtes viriles, graves, d'ici. Il avait des cheveux noirs et bouclés, des traits rudes, et le sourire assuré de celui qui n'a jamais pris encore la mesure de lui-même dans une vraie épreuve. Il avait déjà enlevé la combinaison électronique du corps de Lavro et était en train de l'enfiler. Elle lui allait bien : les trous ensanglantés venaient se placer juste à l'endroit du cœur.

— Parfait, dit-il en anglais, tout en finissant de se harnacher.

Le visage de Little marquait une désapprobation glacée.

— C'est de l'improvisation, dit-il. Je ne crois pas que cela suffise pour ce genre de boulot. Il me faut confirmation de l'État-major.

— Impossible. Le temps manque.

Le général yougoslave avait l'air furieux.

— J'en prends la responsabilité, dit-il. Il a été là-bas plusieurs fois. Il parle albanais. Sa mère est albanaise. C'est mon fils.

— Très bien, dit Little. Je suppose qu'il sera utile comme premier homme à se faire descendre. Ça réduira nos pertes !

Il salua sèchement Popović et indiqua l'horizon avec sa cravache.

— C'est bon, allons-y !

— Accordez-moi une faveur, major, lui dit Starr, comme ils s'ébranlaient. Je souhaiterais vous entendre dire O.K., parfois, juste par pure amitié et courtoisie, au lieu de « très bien » ou « *right* ». Savez-vous quel est l'homme qui représentait autrefois à la perfection le vrai gentleman anglais, à l'écran comme sur la scène ?

— Le vrai gentleman anglais de l'écran et de la scène n'existe pas, lui dit Little. Ce sont tous des acteurs. Il y a incompatibilité, vous savez.

— Leslie Howard, un juif hongrois. Et vous-même, d'où diable sortez-vous pour faire si anglais ? Père irlandais, mère roumaine ?

Pour la première fois depuis qu'ils se connaissaient, il y eut dans l'expression de Little une trace d'humour.

— O.K., dit-il, allons-y !

Ils grimpèrent pendant plus de trois heures, et c'était de la vraie escalade cette fois. Si une chèvre de montagne avait un jour vécu par là, se dit Starr, elle avait dû mourir de faim il y a cent mille ans au moins. Un chaos grandiose, la solitude géologique immémoriale. Il y avait encore deux vallées et deux chaînes à franchir, dont la dernière de nuit, pour éviter les avant-postes albanais. La lumière était dure, l'air sentait le roc incandescent ; il n'y avait pas un mètre de surface plane sous leurs pieds, et avec ce poids sur le dos, ils se sentaient gauches et comme étrangers à leur corps, luttant pour s'habituer à la charge et acquérir un nouveau sens de l'équilibre.

Ils atteignirent le sommet de la chaîne de Goro à midi et attendirent le crépuscule.

Leur matériel de son et le nouvel « œil » infrarouge, encore perfectionné depuis le Vietnam, leur conféraient un maximum de sécurité de mouvements dans l'obscurité. Ils voyaient le moindre détail à un kilomètre à la ronde. La nuit était rouge : rouges les montagnes, le ciel et la lune. Ils pouvaient également percevoir tous les bruits dans un rayon de deux kilomètres. Durant leur entraînement en Angleterre, ils avaient été à même de capter chaque soupir d'un couple qui faisait l'amour dans les bois, à plus de deux kilomètres du point où ils se trouvaient. Dans leurs appareils auditifs, leurs propres pas résonnaient avec un fracas de tonnerre ; une pierre qui roulait, un sifflement de marmotte dans la vallée, un crissement d'insecte, prenaient brusquement une dimension sonore monstrueuse. La nature se livrait à eux dans ses plus secrètes besognes. À leurs oreilles mal exercées, cela résonnait souvent comme une musique démentielle, une symphonie de la peur, sans mélodie ni sens. À un moment, tous, ils entendirent une lamentation déchirante, comme si quelque monstre enfant, vestige de la préhistoire, avait soudain expiré dans un sombre repli de la terre. Ce n'était qu'un aiglon qui rêvait dans son nid. Et comme ils faisaient halte pour consulter la carte — il y avait un avant-poste albanais et des patrouilles à deux kilomètres vers l'est —, ils perçurent tout à coup une succession de soupirs terrifiants, puis la terre tout entière se mit à glapir et à gronder.

— Un garde albanais qui rit, leur expliqua Little. Ces appareils sont trop sensibles.

Starr diminua le volume du son et le rire devint humain.

Ils poursuivirent leur marche sous les étoiles qui paraissaient flotter à la surface d'un océan rouge, comme autant de fleurs aquatiques penchées sur un monde englouti, dont ces huit immortels noyés fouleraient les fonds rocailleux par on ne sait quel miracle.

XXII

La table du déjeuner officiel, prévu pour vingt-trois personnes, avait été dressée dans les nouveaux locaux du siège du Parti, construits à la hâte à proximité de la centrale, à l'ombre bienfaisante et conjuguée des drapeaux albanais et chinois. L'endroit sentait encore le ciment et le plâtre frais, bien qu'on eût fait marcher le chauffage tous ces derniers jours. C'était le second voyage que faisait le gouvernement albanais dans la vallée. Mathieu regardait attentivement les traits fiers de ces « chefs » aux visages sévères, impavides. Le maréchal Djuma était assis au bout de la longue table de bois, l'éternelle table fruste qui semblait être là depuis la première Cène et n'en avoir, depuis, manqué aucune. Mathieu se trouvait à la gauche du maréchal ; à la droite du chef de l'État se trouvait le général Tchen Li, qui commandait les militaires et les techniciens chinois dans la vallée.

La forte odeur de plâtre frais imprégnait la nourriture. La chaleur était fournie par la nouvelle usine qui fonctionnait déjà depuis plus de six mois. Le souffle du peuple albanais faisait de son mieux pour lutter contre l'humidité et pour réchauffer les pieds et les fesses des dirigeants du Parti, et Mathieu était certain que le slogan inscrit sur les banderoles qui flottaient allègrement sur la vallée, parmi les drapeaux albanais, disait la vérité : « Nous souhaitons nous consacrer entièrement à la construction du socialisme et au Parti de Lénine, Staline et Imir Djuma. »

Hip, hip, hip, hourra.

La réussite du système était complète.

Les seuls irréductibles, ici, étaient les aigles, mais on les trouvait souvent morts, tués par les émanations.

On avait bâti dans la vallée des hôpitaux et des foyers pour tous les vieux travailleurs du pays, qui y venaient finir leurs jours. Leur rendement énergétique était recueilli au fur et à mesure et était maintenant à l'œuvre dans chaque centimètre de tube métallique, dans chaque canalisation, drainé vers des tâches précises, dans l'ensemble du pays ; les importations de pétrole étaient devenues négligeables, faisant l'envie des régimes capitalistes, où l'on était obligé de se « presser lentement », depuis la manifestation de quarante mille protestataires autour du Super-Phénix en Allemagne, le 24 septembre 1977, et celle de Creys-Malville en France. Le surplus de souffle albanais avait été stocké dans les relais des surrégénérateurs, que Mathieu appelait des « ruches » — des centaines de structures de onze mètres de haut qui servaient en même temps de capteurs, ou collecteurs d'énergie. Ils ressemblaient à des obélisques nacrés et phosphorescents : la nuit, ils brillaient par pulsations de lumière intérieure, pour le plaisir de l'œil.

À la conférence d'Istanbul qui s'était tenue quelques années auparavant et avait réuni toutes les jeunes et vieilles gloires du nucléaire, les savants avaient trouvé une merveilleuse excuse pour justifier l'utilisation dans les centrales du « carburant avancé » : ils expliquaient que l'on pouvait à présent fabriquer des armes thermonucléaires à partir de l'uranium ordinaire. Il n'y avait donc plus aucune raison de se gêner.

Hip, hip, hip, hourra.

La haine : c'était ce que Mathieu avait le plus de mal à contrôler, à cacher. Le grondement perpétuel d'une colère qui emplissait ses veines de fureur océane. En tant qu'un des grands responsables, il était content de se trouver là. Il était enfin à sa place, parmi ses pairs.

Il était venu en Albanie pour se débarrasser une fois pour toutes du ver Érasme en lui, ce vieux ver de l'humanisme qui le rongeait si douloureusement. Pour rompre avec tout ce qui était encore en lui tendresse humaine. Mais le ver Érasme paraissait presque aussi puissant que le souffle lui-même, et à présent, il le dévorait vivant.

Il se tourna vers May à la recherche de secours, et se calma, rassuré, car il avait encore une raison d'être, un lien heureux avec la vie. Il aimait la manière dont elle portait maintenant ses cheveux, noués en un chignon de lumière. Elle lui sourit et lui envoya un baiser, un signe discret, que les statues de pierre qui les entouraient étaient bien incapables de déchiffrer. C'était trop tendre. Ces gens-là n'avaient d'yeux que pour l'acier et le granit.

On avait une bonne vue du village à travers les fenêtres : un minaret montant au-dessus des toits

et, tout près, sur la droite, les ruines d'une chapelle grecque orthodoxe. La mosquée avait été
transformée en musée antireligieux. Les dernières
maisons s'étalaient sur les deux rives du fleuve,
entourées de fil de fer barbelé ; des routes militaires convergeaient de toute part vers le site
expérimental situé à trois kilomètres au nord, en
amont de la vallée, et des centaines de capteurs
jonchaient le paysage.

Mathieu avait proposé de peindre les sinistres
obélisques aux vives couleurs traditionnelles de
l'Albanie. Il voulait donner une apparence folklorique, joyeuse, optimiste, à l'énergie populaire qui
y était concentrée. Mais le Parti avait jugé cette
idée frivole et elle ne fut pas retenue. On se
contenta de marquer chaque obélisque d'une
étoile rouge et d'un portrait de Karl Marx.

Il suivit des yeux un paysan qui circulait à dos
d'âne parmi les relais, avec sa calotte rouge et
jaune de Bektachi et sa longue barbe blanche. On
ne pouvait s'empêcher de recourir à un cliché : le
vieux monde à la rencontre du nouveau. Toute la
vallée n'était qu'un dédale de tuyaux et de câbles
de transmission qui acheminaient l'énergie vers la
centrale : un bâtiment trapu, assis sur de lourdes
pattes que l'on apercevait clairement à l'horizon,
entre deux flancs de montagne, profilé sur le ciel.
L'absence de tout souci esthétique était affligeante.
La vue du système de captation et d'alimentation
évoquait des égouts et l'évacuation des ordures, plutôt que ce qui avait porté l'humanité vers de tels
sommets et promettait davantage encore.

Le chef de l'État avalait un verre de vodka après
l'autre, avec une belle résistance à ses effets, ce qui

semblait démentir la rumeur selon laquelle Djuma souffrait d'une grave maladie des reins. Le maréchal avait revêtu pour la circonstance une stricte tunique militaire grise, sans décoration. Ses traits, bien qu'empâtés, avaient gardé une certaine joliesse, sous des cheveux grisonnants, soigneusement coiffés en arrière ; il avait des lèvres charnues et sensuelles ; l'ascendance turque était perceptible dans les hautes pommettes et les yeux en amande, dont la sombre dureté contrastait bizarrement avec des cils longs et presque féminins ; il y avait des teintes jaunâtres autour des pupilles et l'ensemble faisait penser Mathieu au vers fameux de Georges Fourest, que le poète avait prêté à Chimène : « Qu'il est joli garçon, l'assassin de papa ! » C'était le dictateur le plus « pur et dur » du monde communiste ; un ennemi acharné de la Yougoslavie « révisionniste », haï des Russes, soutenu à fond par les Chinois. L'Albanie était la seule base militaire dont Pékin disposait en Occident. Djuma avait fait ses études à Paris et parlait couramment le français. Il avait posé à Mathieu quelques questions précises ; on le sentait à la fois légèrement inquiet et passionnément intéressé par le projet. Il voulait savoir si l'essai pouvait être réalisé dans une semaine, comme Mathieu le lui avait promis. Les techniciens chinois semblaient buter encore sur certains problèmes théoriques. La « gâchette » nucléaire les inquiétait et la désintégration du souffle ne pouvant être réalisée que par le souffle lui-même, ainsi que cela était connu depuis longtemps, il y avait là un appel de puissance dont il fallait être entièrement sûr, du point de vue du contrôle directionnel. Dans le rapport présenté au maréchal le matin même, ils demandaient un nouveau délai de réflexion.

— Ils veulent être sûrs qu'il n'y aura pas de danger pour la population locale, dit Imir. On a procédé à une expérience similaire il y a quelques années, en Chine, et les conséquences, comme vous savez, ont été désastreuses.

— Nous avons fait d'énormes progrès depuis, le rassura Mathieu. Les Japonais ont réalisé une explosion à l'intérieur d'un rubis, grâce au laser. La déflagration est rigoureusement directionnelle et « monte », en quelque sorte, à la verticale... comme l'âme de nos ancêtres. Il y a toujours un petit noyau de vérité dans les légendes.

Le maréchal cherchait à attraper des petits pois graisseux avec le bout de sa fourchette. Mathieu n'avait jamais pu comprendre cela : plus les pays sont pauvres, plus leur nourriture baigne dans la graisse et l'huile.

— Dites-moi, pourquoi, exactement, avez-vous choisi de travailler pour nous, monsieur Mathieu ? demanda Djuma. Vous n'êtes pas marxiste.

Pour me débarrasser du ver Érasme, pensa Mathieu.

— J'aime votre manière réaliste, rationnelle, de bâtir une nouvelle civilisation. Une civilisation *vraie*, sans fard, sans camouflage. Il y a aussi que vous êtes un très petit pays, et j'en avais assez des grandes puissances.

Le maréchal voulut encore savoir à quelle vitesse, selon Mathieu, les Américains pouvaient convertir leur industrie au carburant avancé.

— Il y a une préparation psychologique très délicate à faire, expliqua Mathieu. Les media y travaillent et les savants ont déjà réussi à surmonter les préjugés quasi superstitieux qui se manifestent dans tout le domaine du plutonium et du nucléaire en général. Ils sont obligés d'avancer prudemment et de convaincre, pour ainsi dire, à chaque pas. Mais ça avance. Au fait, j'ai ici un petit échantillon tout récent. Je l'ai eu par des amis et je serais heureux de vous l'offrir.

Il prit le paquet par terre et l'ouvrit. Le respect des dirigeants communistes de l'Est pour les gadgets américains l'avait toujours amusé. Devant un machin bien conçu et bien fabriqué, leurs yeux brillaient du même éclat que ceux des hommes de la Renaissance devant la Vierge de Raphaël. Le visage d'Imir Djuma s'éclaira lorsque Mathieu lui tendit l'objet. C'était un appareil portatif à cirer les chaussures, vendu aux États-Unis pour quinze dollars et quatre-vingt-dix-sept *cents*.

Le maréchal repoussa sa chaise, se pencha et appliqua la brosse sur ses chaussures. Elle se mit à œuvrer avec un ronronnement agréable, amical, bien américain. Le chef de l'État albanais souriait avec satisfaction.

— Ce n'est pas encore sur le marché, lui dit Mathieu. Une réalisation du Cercle Érasme. Cela finira bien par être commercialisé.

Il prit la cireuse, l'ouvrit et retira la pile phosphorescente, à peine plus grande qu'une tête d'épingle.

— Elle peut servir à n'importe quel usage, bien sûr... On peut tout lui demander.

Le maréchal examinait attentivement la batterie.

— C'est un Noir ? demanda-t-il.

Mathieu ne comprit pas immédiatement.

212

— Noir ou Vietnamien ? insista Imir.

— Non, pas du tout, dit Mathieu, avec un bon sourire. C'est le souffle d'un Américain blanc, d'excellente origine. L'élite. On les appelle des W.A.S.P., là-bas, ce qui signifie *White Anglo-Saxon Protestant*. Qualité supérieure.

Mathieu remit la cireuse en marche et le maréchal l'appliqua à ses chaussures avec un plaisir évident.

XXIII

Les Russes furent sur l'écran à 14 h 30, heure américaine, alors que le Président faisait une petite sieste. Il n'y eut aucune indication préalable d'une situation critique de la part de Moscou ou de la Yougoslavie. Le commandement opérationnel se trouvait à Belgrade et la liaison était assurée d'heure en heure dans des conditions normales. Tout semblait se dérouler selon les prévisions, et les responsables des transmissions s'étaient installés dans la routine. L'opération avait toutes les chances de réussir. En cas d'échec, deux solutions avaient été mises en réserve : une attaque aérienne du « cochon », à la suite d'un « accident » de missile qui se serait dévié de sa trajectoire — ce sont là des choses qui arrivent — ou un bombardement de l'aviation à partir des bases américaines en Grèce, ce qui pourrait s'arranger ensuite aux Nations Unies, lesquelles sont là pour ça. Le refus obstiné des Albanais de surseoir à leur expérience, qui devait avoir lieu dans dix jours, ne laissait pas d'autre choix à ceux qui voulaient éviter à l'humanité un désastre sans précédent dans une histoire pourtant faite de précédents. Une description détaillée et solidement étayée du point de vue scientifique avait été préparée par les spécialistes américains et russes. Pour la première fois, les « accidents » de Merchantown et de Ouan Sien étaient portés à la connaissance de l'opinion. Jusqu'à présent, toutes les rumeurs propagées à la suite de ces accidents par les écologistes n'avaient été ni confirmées ni démenties. Les milieux écologistes étaient notoirement irresponsables ; leur « névrose du plutonium » les situait du côté de ces sectes qui ne cessent d'annoncer la fin du monde. Leur tentative pour placer la question du « carburant avancé » sur le terrain des droits de l'homme, et leur manière de parler du retraitement des déchets et du « cycle complet », comme si l'on pouvait passer du terrain scientifique à l'on ne sait quel terrain éthique et même métaphysique, les avaient depuis longtemps discrédités.

La situation diplomatique mondiale était favorable. Nouveau conflit armé entre l'Égypte et la Libye et toute l'Afrique à feu et à sang, au nom de la rectification des anciennes frontières coloniales. Il y avait une nouvelle lutte pour le pouvoir entre l'armée et la bureaucratie du Parti en Chine.

— Qu'est-ce qu'il y a encore ? demanda le Président, mal réveillé.

Russel Elcott avait le visage défait. Il ne comptait plus ses nuits sans sommeil.

— Nous ne savons pas encore, monsieur le Président. Les Russes ont l'air complètement paniqués. Ils nous ont d'abord bombardés pendant dix minutes de signaux « importance extrême décision immédiate » et maintenant, ils sont là.

La première pensée claire du Président fut que

son teckel adoré, Chuck, était mort. Mais il était peu probable que cette nouvelle pût affoler à ce point les Russes. Il se leva un moment, assis sur le lit, la tête lourde.

— La Chine, probablement...

Il émit cette hypothèse presque avec espoir. Au point où en étaient les affaires du monde, il avait besoin de quelque chose de simple et de prévisible. Une guerre entre les Chinois et les Russes était depuis longtemps inscrite au programme, en tête des « scénarios » possibles, établis par le Pentagone.

— Je ne crois pas, monsieur le Président, dit Elcott. Nos satellites de surveillance n'ont transmis aucune indication de ce genre. Les Chinois sont trop occupés par leurs problèmes intérieurs.

— Eh bien, l'armée cherche peut-être une diversion à l'extérieur, pour établir autour d'elle l'unanimité nationale, dit le Président. Hein ?

Il a besoin d'espoir, pensa Elcott.

— Le signal russe est « péril immédiat absolu ».

— *Shit*, dit le Président, et il mit ses pantoufles.

La Salle des Opérations avait été remise à neuf conformément à l'accord conclu avec les Russes au début de l'affaire albanaise. Transmis par satellites, leurs visages étaient déjà sur l'écran et la lueur bleuâtre leur donnait des têtes de noyés.

Le Président dut faire un effort pour se rappeler que les Russes le voyaient aussi et se reprocha d'avoir gardé son pyjama. Ça manquait un peu de dignité. Et puis, qu'ils aillent se faire pendre, pensa-t-il, et son humeur devint vraiment massacrante.

Il avait à ses côtés une équipe réduite. Le général Franker se trouvait à Belgrade. Son assistant

216

pour les affaires intéressant la sécurité nationale se remettait à l'hôpital d'une crise cardiaque. Les appels automatiques du code d'alerte continuaient à être diffusés dans toutes les directions. La plupart des leaders du Congrès étaient en tournée électorale. Il y avait là le professeur Skarbinski, le général Hallock, chef de l'État-major, les patrons du Pentagone et de la C.I.A., Roden et Gardner, les principaux responsables de tous les services d'alerte, et Hank Edwards, qui n'avait aucune fonction officielle et n'était expert en rien, sinon en amitié et en loyauté. Il était l'homme le plus proche du Président depuis trente ans. Tous les membres du gouvernement arrivaient les uns après les autres, et cela faisait beaucoup de mains à serrer.

Dès qu'il vit les Russes sur l'écran, le Président éprouva un sentiment de soulagement, comme s'il se retrouvait enfin parmi de vieux amis. Ce sentiment, nouveau pour lui, l'envahit de façon si imprévue et, à ses yeux, indigne, qu'il dut lutter pendant quelques instants contre lui-même pour retrouver sa méfiance et son hostilité naturelle envers ces gens-là. Il n'avait pas à chercher un quelconque réconfort auprès d'eux. Sa force et sa sécurité étaient là, tout autour de lui. C'était le peuple américain.

Il se tourna vers les siens : plus de soixante personnes, responsables de chaque nerf vital du pays, et les techniciens du réseau des transmissions, de traduction, d'enregistrement et de liaison directe avec chacune des trois mille quatre cents bases américaines et sites de lancement de missiles nucléaires dans le monde. Il suffisait de composer un ordre en code sur sa « boîte noire » pour réduire en cendres n'importe quel point du globe. En 1977, le temps nécessaire à cette « réponse » foudroyante avait été estimé à quatorze minutes. Aujourd'hui, il était de neuf minutes et demie. Les missiles antimissiles étaient « éveillés » automatiquement par chaque petit frère ennemi qui prendrait son vol en direction des États-Unis. Le temps de décision laissé au Président était de cinq minutes. Dans un tel contexte, toute l'affaire du « carburant avancé » devenait un pléonasme et faisait intervenir une donnée dont le principe aussi bien scientifique qu'éthique était depuis longtemps acquis. Depuis 1977, le laser pouvait intercepter et brûler tout satellite d'observation, ou chargé d'ogives nucléaires multidirectionnelles, en un temps qui se chiffrait en secondes. La Chine et l'U.R.S.S. pouvaient être « *incapacités* » — trois cents millions de morts en Chine et les deux tiers de la population soviétique — avec un dixième seulement de la force de frappe américaine. Pour annihiler la totalité des États-Unis, les Soviétiques avaient besoin de trois minutes de plus que les États-Unis pour pulvériser le peuple soviétique. Ces trois minutes étaient appelées « marge de sécurité » par le Pentagone et, pour les maintenir coûte que coûte, les États disposaient d'un budget militaire qui eût suffi à nourrir tous les sous-alimentés du globe pendant un siècle. Heureusement, la mise au point de la bombe à neutrons permettait désormais de limiter les dégâts en ne tuant que les populations et en laissant intactes, debout, et pouvant continuer à servir, les assises matérielles de la civilisation.

Le Président eut soudain l'impression que le « cochon » était là, devant lui, et qu'il le dévisageait avec un sourire particulièrement répugnant, un sale sourire historique. Bon Dieu, pensa-t-il. Ce n'est pas le moment de se laisser aller à des « états d'âme ». Il ne pouvait pas se permettre un tel luxe. Il fallait vivre avec le « cochon » et le regarder droit dans les yeux. Il était là et personne n'y pouvait rien. La seule attitude possible face à sa présence inéluctable est de s'efforcer de l'avoir de son côté.

Un seul coup d'œil aux visages des Russes qui occupaient six des sept écrans lui avait suffi pour comprendre que le « cochon » avait encore fait de son mieux. L'expression du visage du maréchal Khrapov, par exemple, était celle d'un homme qui vient de manger son chien et qui souffre à la fois d'indigestion et de remords. Les lèvres d'Ouchakov étaient tiraillées par des spasmes et Romanov gardait la bouche ouverte, comme s'il manquait d'air. Les autres membres présents de la « direction collégiale » s'efforçaient si visiblement de garder une apparence de sang-froid que l'on avait envie de leur offrir des sucettes.

— Monsieur le Président...

La voix brisée d'Ouchakov fut relayée par celle de l'interprète, ce qui valait mieux pour le prestige du chef du Présidium.

— ... Nous fûmes en mesure, il y a quelques instants, d'évaluer exactement les effets éventuels de l'explosion directionnelle albanaise...

À droite, sur le sixième écran, le Président remarqua un sixième visage, un visage très jeune. Le septième écran de télévision était vide.

219

— Le professeur Anatoli Kapitza, ici présent...

— Un instant, monsieur Ouchakov.

Le Président passa sur le circuit intérieur, de façon à se couper des Russes, et se tourna vers Skarbinski.

— Qui est-il, celui-là ?

— Le neveu de Peter Ka...

— Peu importe de qui il est le neveu !

— Le physicien à la tête du « cochon » soviétique. L'un des plus grands experts du nucléaire...

Le Président revint sur le circuit extérieur.

— Bon, monsieur Katz...

— Kapitza, souffla Skarbinski.

— Bon, monsieur Kapitza, je vous écoute.

— Il ne s'agit pas seulement d'une désintégration directionnelle contrôlée, monsieur le Président, mais d'une *réaction en chaîne*...

Le Président commençait à perdre patience.

— Monsieur... Heu... Je suis désolé, mais j'appartiens encore à la génération du modèle Ford T, si ça vous dit quelque chose... C'était un truc encore un peu primitif, monsieur, avec quatre roues... Enfin, peu importe. Est-ce qu'on ne pourrait pas parler ici en termes plus simples ?

— Si vous permettez, monsieur le Président...

Skarbinski parla avec son collègue soviétique pendant au moins dix minutes. Le Président n'écoutait pas, il regardait le visage de Skarbinski qui avait viré au gris : c'était tout ce qu'il avait besoin de savoir. Ce langage-là, il le comprenait immédiatement.

— Mauvais, hein, fils ? Mais jusqu'à quel point ?

— Il semble bien que ce soit une *réaction en chaîne*, monsieur le Président, bégaya le physicien.

— J'ai bien entendu. Qu'est-ce que cela veut dire, bon sang ?

— L'annihilation, murmura Skarbinski. Pas l'annihilation physique, mais psychologique, mentale, spiri...

— Je sais, coupa le Président. La déshumanisation, hein ? Eh bien vraiment ! Quand ce n'est pas une chose, c'en est une autre !

Il se tourna vers les Russes.

— Eh bien, monsieur Ouchakov, je ne vois pas ce qui vous inquiète, là-dedans. Vous êtes mieux placé que quiconque pour savoir que la déshumanisation n'a jamais empêché un pays de prospérer. Les droits de l'homme... Enfin, excusez-moi. J'avoue que je ne me sens pas disposé à courir partout où la déshumanisation menace. Nos prédécesseurs sont déjà tombés d'accord là-dessus à Helsinki. Nous avons pris la décision d'empêcher l'explosion nucléaire albanaise parce que leurs assurances « directionnelles » ne nous paraissaient pas convaincantes — pas convaincantes du tout. À partir du moment où ils peuvent orienter leur « flèche », nous ne pouvons être sûrs de rien. Ce qui nous était connu dans ce domaine ne nous permettait pas de prendre le risque de l'inconnu. Nous avons toujours su que la désintégration d'un élément de carburant avancé allait avoir une puissance de destruction monstrueuse. Les Albanais prétendent pouvoir la contrôler et même l'orienter... comme nous le faisons pour le rayon du laser. Vous me dites à présent que les conséquences de l'expérience albanaise sont désormais scientifiquement établies et qu'il y a là une probabilité d'annihilation psychologique, spirituelle... enfin, morale,

221

pour les Albanais de la région, comme ce fut le cas en Chine. Je vous avoue que je ne me sens pas particulièrement concerné par ce que... tel ou tel régime communiste... ou autre... fait à son peuple. Je m'en tiens à notre accord d'Helsinki, toujours valable, que je sache : pas d'intervention dans les affaires intérieures des pays. Si le régime d'Imir Djuma veut prendre le risque de réduire la population autour du « cochon » à un état « déshumanisé », ça ne nous regarde pas. Cela relève du problème des droits de l'homme, mais il est couvert par le principe de non-ingérence... ainsi que vous le savez. Nous n'allons pas nous mêler de... du « Goulag » albanais... ou autre. Je propose donc qu'on mette fin immédiatement à l'opération en cours, s'il est encore temps, puisque nous savons maintenant que les effets « déshumanisants » ne touchent que la population locale...

Skarbinski lui toucha le bras.

— Ce n'est pas une situation locale, monsieur le Président. C'est une réaction en... une propagation *illimitée*, d'un bout du monde à l'autre... D'après les dernières données reçues par les Soviétiques d'Albanie... il semble qu'il y ait là une sorte d'unité fondamentale, première... Je veux dire que l'on ne peut pas désintégrer le souffle sans déclencher une désintégration du souffle partout où il existe...

Le Président serra les dents.

— Ça, c'est de l'idéologie, fils, dit-il.

— Non, monsieur le Président. C'est de la *science*. Il semble qu'il y ait là une sorte d'unité et...

— Laisse tomber le « il semble », fils.

— Les techniciens chinois ou, plus probablement, Mathieu lui-même, ont fait une erreur de calcul. Il est impossible de désintégrer un seul nucléon de carburant avancé sans provoquer une déshumanisation chez tous les porteurs...

— Les porteurs, hein ? répéta le Président. C'est quand même étonnant qu'on ait eu besoin de deux mille ans pour arriver à cette conclusion... Vous autres, savants, vous ne semblez pas lire les bons livres...

Les Russes s'impatientaient.

— Monsieur le Président...

— Un instant encore, monsieur Ouchakov.

Il serra les poings et les fourra dans la poche de son pyjama.

— Je ne crois pas en votre truc.

— D'après les estimations effectuées par notre ordinateur, la chose est certaine.

Le Président baissait le front. Les jambes écartées, les mains dans les poches de son pyjama, il faisait face aux Russes avec une expression de défi rageur.

— *Votre* ordinateur, hein ? lança-t-il. Skarbinski, où en sommes-nous avec *notre* ordinateur ? Au moins, il est *chrétien*, celui-là !

Skarbinski le regarda avec ahurissement.

— Je répète, gueula le Président. Où en est notre ordinateur ? Nous étions censés y travailler d'arrache-pied.

— Il n'est pas encore prêt, monsieur, dit Skarbinski.

— Ce sera intéressant d'entendre ce qu'il aura à dire quand il sera prêt, gueulait le Président, et surtout, à *qui* il le dira. Si j'ai bien compris, nous ne serons plus en mesure de le comprendre. Pro-

223

fesseur, je veux une réponse précise. Réduits à l'état de bouffe-merde, c'est ça ?

— Je ne pense pas, monsieur. Pas entièrement...

— Oui ou non ? glapit le Président.

Skarbinski s'appuyait contre la table.

— Pas entièrement, monsieur le Président. Je pense que seules les facultés affectives seraient atteintes. Les facultés purement intellectuelles demeureraient peut-être intactes.

— Ce qui veut dire que la science, la technologie et l'idéologie pourraient enfin progresser vraiment, sans être gênées par des considérations affectives... Hein ?

— C'est une sorte de... démoralisation complète, bégaya Skarbinski.

— *Une sorte* ? Quelle sorte, exactement ?

— À Merchantown...

— Monsieur le Président...

— Permettez, monsieur Ouchakov. Le « cochon » ne perdra rien à attendre, je vous le promets. Remarquez, il est peut-être déjà entré en action depuis pas mal de temps, sans qu'aucun de nous s'en soit aperçu...

Il posa la main sur l'épaule de Skarbinski.

— Je veux savoir l'étendue des dégâts prévisibles, fils.

— Il est difficile de définir les degrés de déshumanisation, monsieur. Cela dépend des critères...

— Des critères, eh ? répéta le Président.

— Il est par exemple évident que nos critères à cet égard ne sont pas du tout ceux en vigueur en U.R.S.S... Nous n'avons que deux précédents : l'accident de Merchantown, chez nous, et celui du collecteur à aspiration illimitée des Chinois, il y a neuf ans... Aucune des victimes n'avait perdu la vie mais...

— C'est un drôle d'espoir que tu me donnes là, fils, dit le Président. Si j'ai bonne mémoire, on les a trouvés à quatre pattes en train de bouffer de la merde...

Le sentiment d'impuissance se mua soudain en indignation et il fut pris d'une telle rage qu'il se mit à taper du pied.

— Ce que je veux savoir, c'est pourquoi *notre* ordinateur n'est pas prêt ! rugit-il. Est-ce que vous vous rendez compte, bande de nullards, que je me trouve maintenant obligé de me fier à ce que raconte un putain d'ordinateur communiste ?

Il ne s'était même pas donné la peine de couper le circuit extérieur. La voix de l'interprète s'étrangla ; il y eut un silence pendant qu'il cherchait une version légèrement édulcorée.

— Vous vous êtes débrouillés pour mettre le Président des États-Unis dans une situation où il est obligé de se fier aveuglément à une saloperie d'ordinateur communiste — excusez-moi, monsieur Ouchakov, ce n'est pas personnel — et sur une question qui met en jeu — si je me trompe, dites-le-moi ! — l'existence même de notre âme chrétienne... euh... et juive. Et cela a coûté au contribuable américain des milliards de dollars ! Beau résultat ! Je vais exiger une commission d'enquête !

— Monsieur le Président, dit Ouchakov, d'une voix qui tremblait distinctement. Il s'agit ici d'une question purement scientifique et technologique, et non d'idéologie. Les ordinateurs ne sont pas orientés idéologiquement.

Le Président le regarda fixement.

— Monsieur Ouchakov, votre ordinateur croit-il en Dieu ? Je veux dire, **est-ce** qu'on lui a fait avaler cette information-là ?

Il y eut un silence de mort au cours duquel les icônes russes prirent l'air de gens qui essaient désespérément de communiquer avec les habitants d'une autre planète.

— Eh bien, monsieur Ouchakov, reprit le Président, notre ordinateur américain, lui, croit en Dieu. Ou plutôt, il y croira. Nous lui ferons avaler ce petit bout d'information. Faute de quoi, ce qu'il aura à me dire et rien, c'est la même chose. Et c'est pourquoi je ne crois pas aux résultats de votre ordinateur. Ce n'est pas un ordinateur borné et mal informé, monsieur Ouchakov, qui me dira que l'homme a le pouvoir de désintégrer notre âme, laquelle appartient à Dieu. Pour moi, votre ordinateur ne sait tout simplement pas de quoi il parle, parce que vos savants l'ont privé d'une information essentielle. Ils se sont abstenus de lui faire digérer l'information la plus importante et la plus pertinente de toute cette affaire, de l'affaire du « cochon », j'entends, un fait dont on doit tenir compte lorsqu'il est question de désintégrer notre souffle immortel, et ce fait qui lui manque, c'est Dieu, et pour votre gouverne personnelle et celle de vos savants, cela s'écrit DIEU !

Les Russes parlaient rapidement entre eux sur leur circuit intérieur.

Le Président avait à présent le sentiment hautement satisfaisant qu'il venait de les rayer de la carte. C'était une satisfaction purement morale, mais vu les circonstances, cela aidait.

C'est ce moment que choisit Hank Edwards, avec un sens certain de l'à-propos, pour entrer avec un plateau de café et de sandwichs, et, de nouveau, les Russes eurent l'air ébahi. Le Président s'assit, prit une tasse de café et se brûla. Il se tourna vers les écrans.

— Messieurs, je regrette de ne pas pouvoir vous offrir une tasse de café et des sandwichs. Mais il semble qu'il y a encore des limites à ce que la science peut faire pour nous.

Il reprit sa tasse et but une gorgée. Skarbinski consultait ses quatre collègues de M.Y.T. et de Caltech.

— Monsieur le Président, il ne fait pas de doute pour nous que ceci est le plus grand péril que...

— Oui, oui, je sais, fils. Tu m'as brossé le tableau. Pas la peine de me l'encadrer.

Il leva les yeux vers les écrans.

— Monsieur Ouchakov, je ne crois pas un mot de tout cela.

— Monsieur le Président, l'ordinateur...

Le Président posa sa tasse.

— Que l'ordinateur aille se faire foutre, dit-il, et il y eut un silence de mort d'un bout à l'autre du monde.

Le Président se rasséréna. Il était convaincu qu'il venait de dire quelque chose que le pays souhaitait l'entendre dire.

— Il y a une erreur quelque part, murmura-t-il.

— Bien sûr, ce sont les techniciens chinois et ce... ce savant français qui l'ont commise, dit Ouchakov.

— Je ne parle pas des savants chinois, albanais ou autres, l'interrompit le Président. Je parle d'une erreur antérieure à tout ça, à vous, à nous tous... Je ne sais pas quand elle a été commise, et par qui, mais c'est une erreur de taille, messieurs...

Les Russes échangeaient des regards. On leur avait dit que le nouveau Président des États-Unis était un peu excentrique, et il fallait faire preuve de patience.

— Depuis trois heures, nous sommes en contact constant avec les Albanais, dit Ouchakov. Nous essayons de leur expliquer l'erreur d'estimation qu'ils ont commise. Ils ne veulent rien entendre. Ils refusent de faire machine arrière. Ils ont travaillé, disent-ils, avec le plus grand spécialiste de l'âge nucléaire vivant. Ils se sont entourés, affirment-ils, de toutes les garanties de sécurité. Ils se déclarent certains que la désintégration est entièrement maîtrisée, directionnelle, sans autre effet qu'ascensionnel, vectoriel, « en flèche » verticale, pour ne former un faisceau que dans l'espace, à mille kilomètres de la terre. Ils ont écouté tout ce que nous avions à leur dire et nous ont informés qu'ils ne céderaient pas devant notre « tentative d'intimidation ».

Le Président mâchait son sandwich.

— Vous ne m'avez pas laissé terminer, monsieur Ouchakov. Dès le départ, dans cette affaire du « cochon », nous étions tombés d'accord sur un principe. Un principe de survie, je l'ai appelé. Rappelez-vous : *Étant donné ce qui nous est déjà suffisamment connu, nous ne pouvons nous permettre de prendre le risque de l'inconnu.* C'est pourquoi je vais donner l'ordre de bombarder cette saloperie immédiatement. Cela peut se faire en... voyons...

Il se tourna vers le général Hallock.

228

— ... Vingt-deux minutes, dit le général Hallock. Toutes nos bases sont en état d'alerte.

— Je ne suis pas sûr que nous puissions prendre ce risque, dit le maréchal Khrapov.

— Et pourquoi cela ? Les Nations Unies vont éponger, comme d'habitude. Elles sont là pour ça.

— Il y a un risque, monsieur le Président, répéta Khrapov. Dès que les bombardiers se trouveront sur le radar albanais, ceux-ci déclencheront immédiatement le dispositif.

Le Président eut brusquement conscience du septième écran. Celui-ci était vide.

Il se surprit à le regarder et... *à attendre*. Et si Dieu en personne y était soudain apparu pour lui dicter la conduite à tenir, il n'en aurait pas été le moins du monde surpris.

Mais l'écran demeurait vide, d'un vide au plus haut point éloquent, presque impitoyable.

Cela n'arrivera pas, pensa le Président, car si cela pouvait arriver, l'écran ne demeurerait pas vide, non, pas à un moment pareil.

— Combien de temps faut-il pour armer nos missiles de bombes à neutrons ?

— Impossible, dit Hallock. Ils n'ont pas été conçus pour ça.

Le Président lui jeta un regard et le général sentit qu'il venait de perdre ses étoiles.

— De combien de temps disposons-nous ?

— Monsieur le Président, je ne crois pas qu'à l'heure actuelle nous puissions jouer avec le temps, dit Hallock. Notre agent en Albanie nous a informés que la « cérémonie » doit avoir lieu dans une semaine. Mais ils peuvent avancer la date. D'autre part — et je viens de m'en assurer auprès

229

de nos spécialistes — il est exclu que les Albanais puissent déclencher l'opération dans les quelques minutes — trois, exactement — dont ils disposeront à partir du moment où nos avions apparaîtront sur leur radar. En dehors même des considérations techniques, et de nos calculs antérieurs, cela me paraît entièrement contraire à l'esprit de bureaucratie des...

Il allait dire « des régimes communistes », mais s'arrêta à temps.

— L'effet de surprise jouera en notre faveur. Je suggère un bombardement immédiat.

— Je ne pense pas que nous ayons tellement le choix, dit le Président.

Il eut soudain le sentiment très net que l'écran vide le regardait. Mais il était le Président élu des États-Unis et il ne pouvait se permettre de compter sur quelqu'un d'autre que lui-même.

— Monsieur Ouchakov, il est impossible de tout faire dépendre du commando seul. C'est impensable. L'enjeu est trop important. Trop *inconnu* — devrais-je dire, ce qui du reste revient au même. Je vous propose la solution que nous avons envisagée antérieurement. Une « erreur » de missile soviétique dévié de sa trajectoire à la suite d'un défaut de fonctionnement.

Ouchakov prit un air hargneux. Tous les Russes paraissaient indignés.

— Nous ne pouvons accepter cela, monsieur le Président. C'est une question de principe. Le bon renom de notre technologie serait atteint. Notre matériel est considéré — et à juste titre — comme le meilleur du monde. Cette suggestion, sans vouloir vous offenser, monsieur le Président, vise à discréditer la technologie et l'armée soviétiques. Nous ne l'accepterons jamais. Si une « erreur » doit être commise, elle ne peut l'être que par un missile américain. Je vous en avais prévenu dès le début. Lorsque nous avions envisagé cette alternative, il s'agissait d'un mauvais fonctionnement d'un de *vos* missiles. Nous n'accepterons pas de ternir délibérément l'honneur de la science et de la technologie soviétiques. Je ne puis transiger sur ce point.

Le Président était devenu blême.

— Et l'honneur et la fiabilité de la science et de la technologie américaines, qu'est-ce que vous en faites ?

— Je demande quelques minutes de réflexion, déclara Ouchakov.

Les Russes disparurent de l'écran.

Le Président était hors de lui.

— Ils veulent nous faire porter le chapeau ! Il avait été convenu dès le début que les responsabilités seraient équitablement partagées et je n'admettrai pas qu'il en soit autrement !

Lorsque les Russes revinrent, leur attitude s'était assouplie. Une destruction du « cochon » à la suite d'une « erreur » de missile leur paraissait inacceptable du point de vue éthique. Ils estimaient qu'il y avait tout à gagner en se présentant devant l'opinion mondiale à visage découvert, étant donné les circonstances historiques. En cas d'échec du commando, ils proposaient une intervention immédiate, qu'ils qualifiaient de « franche et ouverte », comme ils en avaient autrefois pris la responsabilité en Tchécoslovaquie, dans l'intérêt sacré de tous les peuples du monde, les Albanais ayant refusé d'entendre le langage de la raison pour s'engager sur le chemin de la folie criminelle. Il serait mis fin une fois pour toutes à la prolifération des armes thermonucléaires et une nation qui tenterait de fabriquer une bombe se placerait automatiquement au ban de l'humanité. Responsabilité pleine et entière serait assumée par les États-Unis et l'U.R.S.S. devant l'Assemblée extraordinaire de l'O.N.U. dans les vingt-quatre heures qui suivaient cette « action de salut ».

L'atmosphère dans la Salle des Opérations se détendit considérablement. Les techniciens soviétiques étaient tombés d'accord avec les techniciens américains : les Albanais seraient dans l'impossibilité de déclencher le dispositif du « cochon » dans le laps de temps dont ils disposeraient entre l'apparition des bombardiers sur le radar et leur arrivée sur la cible. Leurs radars n'étaient pas assez avancés : ils se trouvaient sur le territoire albanais.

Le Président était ennuyé. Il se trouvait dans une situation d'infériorité par rapport aux Russes, et les enviait secrètement. Il ne pouvait donner son accord définitif à la solution qu'ils proposaient sans consulter les leaders du Congrès. La plupart étaient encore en route, revenant de leurs circonscriptions, et Russel Elcott était suspendu au téléphone. Les Russes, eux, n'avaient à consulter personne. La démocratie commençait à poser des problèmes à peu près insolubles à ceux-là mêmes qui se souciaient le plus de sa survie.

— Je suis d'accord sur le principe, sous certaines réserves. Les bombardiers décolleront immédiatement mais il est entendu qu'ils attendront hors de portée des radars albanais et qu'il s'agit là d'une simple précaution, en cas d'échec du commando. Je ne puis prendre de décision définitive sans consulter le peuple américain...

L'interprète traduisit, automatiquement, « peuple » par « leaders du Congrès ».

— Le commando sera sur place quand, exactement ?

— Six heures, heure locale, dit Hallock. Vingt-quatre heures, heure américaine.

— Est-il possible d'entrer en contact avec eux ?

— Oui, bien sûr, monsieur le Président, par l'intermédiaire de Belgrade.

— J'aimerais leur parler, dit le Président. Quel genre de types ?

— Tous des professionnels. Les meilleurs. Une élite.

— Je ne vois pas ce que nous pouvons faire d'autre que de compter sur eux... et de garder l'autre solution en réserve, dans des conditions que je vous ai précisées, monsieur Ouchakov.

— Je propose que nous restions en contact permanent jusqu'à ce que cette affaire soit liquidée, monsieur le Président, dit Ouchakov.

— Je peux vous assurer que je n'ai aucune intention de quitter cette salle. Avec votre permission, je vais maintenant parler à ces hommes...

— Nous ne pouvons les contacter directement, dit Hallock. Nos gens, à Belgrade, vont enregistrer votre message et le transmettront immédiatement.

Le Président fit enregistrer le message par le commando et Ouchakov y ajouta quelques mots à l'intention des Russes. Il était alors 20 h 18, heure américaine.

XXIV

Un martèlement sourd, profond, régulier emplissait la vallée. Parfois, il avait l'impression qu'il
s'agissait de son propre cœur. Il lui arrivait aussi,
en l'écoutant, d'être saisi d'inquiétude — ou d'espoir —, il ne savait trop lui-même. La concentration d'énergie et la pression intérieure étaient
telles qu'il était presque impensable, malgré la
perfection du système de contrôle, que le souffle
demeurât captif, qu'il ne se libérât pas lui-même
partout où il était « retraité ».

— S'il te plaît, Marc, éteins la lumière...

Il éteignit.

— Je ne peux pas la supporter.

— Pourquoi ? C'est de la main-d'œuvre. *Man-
power.* Et la moins chère qui soit.

— J'ai encore du mal à m'y faire, tu le sais bien.

— Tu ne peux pas bâtir le socialisme sans quelques sacrifices, May. Ce que tu ne comprends pas,
c'est l'enthousiasme avec lequel ces gens donnent
le meilleur d'eux-mêmes.

Il tendit la main et alluma.

— Une flamme admirable de foi et de dévoue-
ment. Tu crois que cela brillerait d'un tel éclat, s'il

234

n'y avait pas de la joie, là-dedans, le bonheur de servir une grande cause ? Et il y aura bientôt la possibilité démocratique de choisir son emploi. Je sais bien qu'il faut jusqu'à quatre ans, en U.R.S.S., pour avoir une automobile, mais c'est encore une période de rodage. Ce qui est scandaleux, c'est que l'on parle de « liberté », lorsque ça se passe en Amérique, et de l'« exploitation de l'homme par l'homme », lorsque ça se passe dans les démocraties populaires. Toute l'histoire des civilisations a été une histoire de fournitures énergétiques à la Puissance, et aujourd'hui, enfin, on culmine, on culmine...

Il se tut. À quoi bon ? Il n'y avait pas de voix humaine capable de parler au nom de l'homme. Il fallait une tout autre colère, un tout autre grondement.

Peut-être en raison de la rigueur du système de contrôle, l'effet des retombées était particulièrement nocif dans la vallée. Ses gènes eux-mêmes paraissaient contaminés et les doses massives de déchets auxquelles il était continuellement exposé venaient s'ajouter à celles que l'histoire avait accumulées dans le subconscient collectif de l'espèce. La veille encore, en se promenant dans les montagnes avoisinantes, il avait eu des hallucinations. À un tournant du chemin, il avait vu apparaître, à demi caché derrière les buissons, un individu qui cachait sa nudité sous un drap ensanglanté. Il était d'une maigreur effrayante et paraissait épouvanté.

— Ah, c'est vous ! dit-il à Mathieu, et celui-ci fut tout étonné de comprendre l'hébreu. Continuez. Je vous promets que, cette fois, je ne vais pas m'en mêler.

Il avait des plaies sur tout le corps, son front saignait, et il y avait, dans son regard, cette expression de souffrance et d'indignation qui avait déjà donné les plus hauts chefs-d'œuvre de la Renaissance, mais qui pouvait encore servir à l'art.

— Vous n'auriez pas de vêtements à me prêter ? demanda-t-il. Un jour, je vous le rendrai au centuple.

— Qu'est-ce que Vous foutez là, à poil ? Vous venez encore poser pour un peintre, ou quoi ?

L'Autre soupira.

— Ne m'en parlez pas ! Il y a des siècles qu'ils m'attendaient, alors, dès qu'ils m'ont vu arriver, ils m'ont organisé un comité d'accueil !

Il saignait de partout.

— Avec mon portrait dans tous les musées, je n'avais aucune chance de m'en tirer. Je n'aurais pas dû revenir. Mais qu'est-ce que vous voulez, j'étais curieux de voir ce que ça a donné, après deux mille ans. Je me disais que vingt siècles, c'était assez pour qu'ils changent.

Mathieu fut pris de pitié.

L'Autre soupira.

— Eh bien non, figurez-vous. C'est encore pire qu'avant. Si j'avais pu le prévoir, je serais resté juif.

Il essuya une larme.

— C'était pour rien. Ça n'a rien donné du tout.

— Alors là, je ne suis pas d'accord, lui dit Mathieu. Sans Vous, il n'y aurait eu ni les primitifs italiens, ni le roman, ni le gothique. Ça valait quand même la peine, non ? Rien que la chapelle Sixtine...

— Écoutez, monsieur Mathieu...

— Vous me connaissez ?

— Évidemment que je vous connais. Avec vous et les autres... Comment déjà ? Oppenheimer, Fermi, Niels Bohr, Sakharov, Teller... Avec vous, c'est devenu scientifique.

— Quoi ? Qu'est-ce qui est devenu scientifique ?

— La Crucifixion. J'ai fait un petit tour, vous savez. En Tchécoslovaquie, en Afrique, en Amérique du Sud, à Seveso, un peu partout... Ça se passe partout. Je n'aurais jamais cru que la Crucifixion allait entrer dans les mœurs. Personne n'y fait même plus attention.

— Ça ne Vous fait rien d'avoir été le premier ? Un précurseur. Vous avez eu l'honneur d'une « première spirituelle ». Mais, dites-moi, comment ça se fait que, cette fois, Vous ayez pu leur glisser entre les doigts ?

— J'ai encore des moyens, figurez-vous. Mais ça a été de justesse. Quand ils m'ont vu arriver, ils ont tout de suite sorti une croix énorme, c'est à croire qu'ils la tenaient toute prête en attendant mon retour... J'ai hésité un moment — le réflexe de Pavlov, vous savez — et puis je me suis dit non, tout ce que cela donnerait, c'est encore quelques commandes pour les musées.

— Vous avez eu tort. La peinture, aujourd'hui, atteint des prix astronomiques.

Le visage de l'Autre s'assombrit. C'était un visage assez dur, sévère, très beau dans sa rudesse un peu archaïque, celle qu'il avait sur les icônes byzantines et grecques de la haute époque, avant d'être tombé aux mains des Italiens.

— Il y a un portrait de Vous pas Masaccio qui s'est vendu un million de livres à Londres, dit Mathieu. Vous ne pouvez vraiment pas Vous plaindre.

L'Autre le regarda un peu de travers.

— Et cette bombe, ça va ?

— J'ai bon espoir.

— Faites quand même attention... C'est au...

Il hésita un moment.

— ... au « carburant avancé », oui, dit Mathieu.

Ils évitaient de se regarder.

— Et qu'est-ce qu'ils comptent faire, après ? demanda l'Autre.

— Quand ils auront fini de bouffer de la merde, vous voulez dire ? Je ne sais pas.

— Qu'est-ce qu'ils comptent faire, après ? Recommencer ? Avec *quoi* ? Avec *qui* ? Pas avec moi, en tout cas.

— Et Vous ? Qu'est-ce que vous allez devenir ?

— Je vais me procurer des vêtements civils et j'irai me cacher en Polynésie. J'ai entendu dire que la Polynésie, c'est le paradis terrestre, alors, vous pensez, il ne viendrait à l'idée de personne de me chercher là-dedans... C'était avant mon temps. Allez, au revoir, et bonne chance.

Mathieu fut stupéfait.

— *Bonne chance ?* C'est Vous qui me souhaitez ça ?

Pour la première fois, il y eut sur le visage de l'Autre une trace de sourire.

— Je vous ai dit : *au revoir* et bonne chance... Ça peut encore rater, votre affaire, ce qui veut dire qu'elle peut encore réussir...

— Toujours le Talmud, hein ? Vous me souhaitez de rater ou de réussir ?

— Je vous souhaite de rater pour réussir, et pas de réussir pour rater... Et c'est pourquoi je vous dis : *au revoir...*

Il disparaissait déjà...

— Attendez ! cria Mathieu. Pourquoi êtes-Vous venu *ici* ?

L'Autre se tourna vers lui et cette fois, il y eut dans son regard une franche lueur de vieil humour juif.

— Vous n'auriez pas une croix bien lourde à porter ? demanda-t-il. Sans elle, je ne me sens pas moi-même. Je me suis dit : encore une cochonnerie nucléaire, alors ils doivent bien avoir ça...

Il lui tourna le dos et, au même moment, Mathieu perçut dans les buissons un bruit de pas furtifs et des murmures excités. L'Autre les avait entendus aussi, et Il devait se douter de ce que c'était, parce que son visage prit une expression de fureur, et il apparut une fois de plus à Mathieu tel qu'on le voyait au début de la foi chrétienne, dans toute Sa virilité première. Il hurla quelque chose en araméen, se pencha et ramassa une poignée de pierres. Les buissons s'écartèrent et Mathieu vit apparaître les têtes de Michel-Ange, Cimabue, Léonard, Raphaël et *tutti frutti*, bavant d'excitation, et ils tenaient tous des pinceaux tout prêts à la main. L'Autre, aussitôt, se met à leur lancer des pierres, Michel-Ange en prend une en pleine gueule, Raphaël dans l'œil, Leonardo lâche ses pinceaux et se met à danser sur place en se tenant le pied, l'Autre leur en envoie quelques-unes, ils se réfugient derrière les buissons, mais ils continuent à peindre, à supplier, tout ce qu'ils demandent, c'est une heure de pose, ils ont des commandes, une heure de pose, c'est pour la culture...

Il avait besoin de ces petits psychodrames exutoires : le bouillonnement intérieur se calmait et le martèlement lourd de la civilisation autour de lui paraissait moins intense. Mais ce n'était qu'un répit : dès que la colère s'apaisait, il y avait toujours un écho du monde qui venait assurer la recharge. « *L'homme,* écrivait le philosophe français Michel Foucault, *est une invention dont l'archéologie de notre pensée montre aisément la date récente. Et peut-être la fin prochaine.* » C'était une pensée qui collaborait déjà avec la fin. Et il se rappelait encore la conclusion unanime de tous ses collègues, lors du fameux congrès du nucléaire, à Istanbul, en septembre 1977 : « Hors du carburant avancé, point de salut. » Ils auraient pu résumer leur conclusion plus succinctement encore : « Point de salut. » Selon les calculs des Américains Robert Ayres et Allen V. Kneese, l'émission d'énergie actuelle, *sans* tenir compte du nucléaire, était déjà de un quinze-millième du flux solaire absorbé. Si le taux d'expansion continuait au même rythme, cette émission atteindrait cent pour cent du flux solaire absorbé en deux cent cinquante ans. Il en résulterait une augmentation de la température du globe d'environ *cinquante degrés* — ce qui rendrait la vie humaine impossible sur terre.

— Marc...

Il regardait ce corps si proche encore de la première étreinte, ces hanches, ces seins, ce ventre qui évoquaient la splendeur d'une maternité qui ne put jamais s'accomplir et d'une naissance qui n'avait jamais pu avoir lieu.

— Pourquoi ce sourire, Marc ? Qu'est-ce qu'il y a ?

— Rien. Je cherche le visage que j'avais avant le commencement du monde, c'est tout.

240

— Qu'est-ce que cela veut dire ?

— Toi.

Il ne connaissait d'autre paix, d'autre réponse que cette douceur qui prenait l'apparence matérielle de lèvres : l'utopie prenait corps, et ce souffle qui se mêlait au sien était la fin de toutes les quêtes. Encore quelques secondes, reste ainsi, ne bouge pas, garde tes yeux ouverts, afin que je sache d'où je suis, qui je suis, de quoi je vis...

Elle éteignit.

— Marc...

— Oui.

— C'est pour demain, n'est-ce pas ?

— Tu sais très bien que c'est pour demain, May. Tu sais tout. Tu prends des microfilms du moindre bout de papier, de chaque diagramme que je laisse traîner *exprès*... Il a fallu que je te surveille tout le temps et que je te facilite la tâche, sinon les services de Sécurité albanais auraient fini par t'avoir. J'ai même trouvé un transmetteur dans une de tes chaussures.

Il sentit tout son corps se raidir dans l'obscurité. Il l'embrassa.

— C'est très bien ainsi, sainte May d'Albanie, lui dit-il. Tu ne me trahissais pas : *tu m'aidais.* Je voulais qu'ils sachent. Je voulais les mettre au pied du mur. Tout ce que j'ai fait, c'était dans l'espoir de leur ouvrir les yeux. Ma voix n'est pas la seule, ils sont parfaitement informés, et cela remonte à loin, mais ils continueront, ils iront jusqu'au bout. Demain matin, sans doute, ils vont venir balayer toute cette région à coups de bombes nucléaires. Il n'y a jamais eu de cas, dans l'histoire, où la Puis-

241

sance ne soit pas allée jusqu'à sa propre destruction.

Il entendit à peine sa voix, toute petite, presque enfantine, dans le noir

— J'ai réussi à faire parvenir un message au Pape, par l'ambassade d'Italie, il y a quelques jours... Peut-être...

Mathieu rit.

XXV

Le Saint-Père se trouvait dans l'oliveraie de sa résidence à Castel Gandolfo ; il aimait particulièrement cette heure crépusculaire où la lune, les étoiles et les dernières lueurs du jour venaient ensemble apaiser ses yeux fatigués et où la terre exhale son dernier souffle chaud avant la fraîcheur nocturne. Le Pontife se promenait en compagnie du cardinal Zalt et du professeur Gaetano qui était venu lui parler des mouvements d'indignation qui n'avaient cessé d'agiter l'Italie depuis la tragédie de Seveso.

— Ils craignent un accident analogue, mais à une échelle infiniment plus grande, avec les surrégénérateurs et le retraitement du plutonium, que nous appelons « carburant avancé ». En Allemagne, c'est une véritable révolte populaire... Il faut faire, bien sûr, la part de l'ignorance, mais il faut dire que les savants devraient la faire aussi, en ce qui les concerne...

Il y avait déjà plus d'une heure que le Saint-Père parcourait les allées, et le va-et-vient de la soutane blanche parmi les ombres apparaissait aux yeux du jardinier Massimo comme une agitation qui ne pouvait signifier qu'une nouvelle souffrance, quelque part dans le monde. Il ôta son chapeau.

Le Pontife leva les yeux vers le ciel qui s'assombrissait.

— Lorsque nous sommes venus en voiture hier, leur dit-il, j'ai senti que le chauffeur était nerveux. Je lui en demandai la raison. Il me dit que c'était l'heure la plus dangereuse sur la route, entre chien et loup, avant que la nuit ne soit tout à fait tombée, avant que le jour n'ait disparu et que l'obscurité ne soit complète ; il n'y avait plus assez de clarté pour y voir sans phares et il était encore trop tôt pour que ceux-ci soient vraiment utiles. C'est également le pire moment de la science, celui où sa lumière ne peut éclairer assez loin...

Ils entendirent des pas derrière eux et ils virent un grand oiseau blanc décharné, battant des ailes, qui se dirigeait vers eux : Monsignor Domani.

— On dirait que ce jeune homme n'est plus capable de marcher, dit le Saint-Père. Il vole. C'est un peu prématuré. Qu'y a-t-il, mon fils ?

XXVI

Ils venaient de faire halte parmi les rochers, attendant l'obscurité pour entamer la dernière étape qui devait les mener sur le lieu même de l'objectif, lorsque la voix du président des États-Unis, retransmise de Belgrade, se fit entendre sur leur V.H.F., suivie de celle d'Ouchakov. Ils les écoutèrent avec étonnement, car ce rappel ultime de l'importance de leur mission, que le Président avait qualifiée de « sacrée » et le chef de l'État soviétique d'« historique », leur faisait à peu près autant d'effet qu'une chatouille. Le seul caractère sacré d'une mission était leur peau. De plus, le Président avait éprouvé le besoin de les comparer à des « aigles » et Ouchakov les avait traités de « héros », ce qui pouvait seulement signifier que ça ne tournait pas rond, là-haut, et que ceux qui leur donnaient des ordres commençaient à perdre la tête.

— Il paraissait vraiment ému, votre gars, dit Komarov, avec une évidente bonne volonté, à son collègue américain. Peut-être qu'on aura une prime, ou quelque chose comme ça.

Starr avait ôté ses bottes et se massait les pieds.

Des pieds tout juste bons pour les couloirs d'état-major, pensa-t-il sombrement.

— Vous n'allez pas nous faire un petit discours de circonstance, vous aussi, major ? lança-t-il à son collègue anglais. Vous êtes censé veiller sur notre moral. Allez-y. On vous écoute.

Little caressa sa moustache minable.

— Ça va être notre plus belle heure, dit-il.

— Bravo. Je m'attendais à quelque chose de churchillien. Jamais vu un gars voué à ce point à la caricature comme vous.

Le major lui jeta un regard froid.

— Colonel Starr, comprenons-nous bien. Nous formons une sorte de multinationale de fils de putes professionnels, que j'ai l'honneur de commander. Pour que ça marche, il faut que chacun de nous puisse compter sur les autres, et comme le temps nous a manqué pour faire vraiment connaissance, nous ferions mieux de nous en tenir à des clichés bien connus et sûrs. Dans mon cas, je vous offre l'image type de l'officier de Sa Majesté Très Britannique, avec sa loyauté à toute épreuve, sa fiabilité, son sens du devoir, une apparence de stupidité qui cache une remarquable intelligence tactique — je parle de moi — ainsi qu'un attachement borné à des traditions de sacrifice et d'honneur, sans oublier une sainte horreur des Américains, dissimulée avec tact, mais perceptible néanmoins. Je n'ai rien à voir avec ce personnage, mais je l'assumerai jusqu'au bout, afin que vous sachiez à tout moment ce que vous pouvez attendre de moi et que l'opération se déroule ainsi sans accroc. Compris ?

— Je vous fais mes excuses, monsieur, dit Starr, avec sincérité.

— Je vous donne une image de marque qui a fait ses preuves et à laquelle vous pouvez vous fier entièrement, continua l'Anglais. La seule chose que vous ne m'entendrez jamais dire, c'est « vieux garçon ». Je sais qu'on attend ça de moi, mais il y a des limites. Quant aux petits discours parfaitement dégoûtants que nous venons d'entendre, avec toutes ces figures de style sur la « désintégration de l'âme humaine », sur « le crime qui, par une réaction en chaîne, va nous réduire tous à l'état de bêtes » et « briser l'esprit immortel de l'homme », et puisque vous me demandez un commentaire, je saisis cette occasion pour vous rappeler que la politique ne nous concerne pas.

Ils regardèrent tous l'Anglais avec une certaine surprise. Même les Russes parurent étonnés. Peut-être n'ont-ils jamais entendu parler du Goulag, pensa Starr. Après tout, soixante millions d'Allemands, pendant la guerre, n'avaient jamais entendu parler des camps d'extermination. Ce sont là des choses qui arrivent.

— La *politique* ? s'enquit poliment Caulec. Excusez-moi, mais, à titre de simple curiosité... Réduire des êtres humains à la bestialité et détruire leurs caractéristiques humaines, c'est de la politique ?

— Oui, monsieur, parfaitement, j'appelle ça de la politique, si vous voulez mon avis ! gueula soudain le major, avec une véhémence inattendue, en laissant tomber toute prétention à son accent d'Oxford, et retombant dans son *cockney* natal. Ils ont dit la même chose des nazis, des Japonais, des Russes, de Staline, des Américains au Vietnam, des fascistes et des communistes ! De la politique, monsieur, et je ne permettrai pas qu'on en fasse ici, non, monsieur, pas tant que c'est moi qui vous commande ! Nous avons à atteindre un objectif et à le détruire, avant qu'il se mette à faire de la politique, lui aussi, probablement, et c'est exactement ce que nous allons accomplir, avant de nous tirer de là en vitesse ! Nous sommes là pour foutre en l'air un putain d'objectif nucléaire et pas une putain de métaphore !

Il rugissait à présent avec l'accent le plus franchement et le plus ouvertement *cockney*, avalant ses *h*, sa moustache jaune était hérissée d'indignation et ses yeux bleu pâle, vitreux, ressemblaient à ceux des chiens de porcelaine du Staffordshire.

— Et le Christ ? demanda le capitaine Mnisek. Le président des États-Unis nous a dit que nous devons éviter ce qui équivaut à une nouvelle Crucifixion...

Little devint écarlate.

— Je ne m'intéresse pas à un événement de politique locale survenu il y a deux mille ans dans une colonie mal administrée, gueula-t-il.

Ils le regardèrent, assez impressionnés, avec un certain respect.

Le Yougoslave Stanko avala une grande rasade de slivovice, aspira profondément, puis se leva.

— Mmmm, dit-il, en ma qualité de camarade officier, permettez-moi de dire qu'il y a dans les paroles que vous venez de prononcer une réelle grandeur.

Il se mit au garde-à-vous et le salua. Little se dressa et lui rendit son salut.

— Merci. Repos.

Les deux Russes discutaient entre eux du message que leur avait adressé Ouchakov. Starr surprit l'expression *novoïé svinstvo*, dont le sens général était une « nouvelle cochonnerie ». Ouchakov s'était apparemment replié sur la vieille rhétorique de Khrouchtchev.

Le Canadien Caulec avait accueilli les nouvelles encourageantes en provenance de Washington, avec une lueur de gaieté dans ses yeux noisette.

— Allô, allô, la civilisation appelle le commando : S.O.S. ! Allô, allô, le commando appelle la civilisation ! *Êtes-vous encore là ?*

Pour Starr, la réaction la plus intéressante fut celle du professeur Kaplan. Le savant, qui avait fait preuve d'une résistance et d'une agilité physiques remarquables durant l'escalade, avait continué à fumer tranquillement sa pipe durant l'épanchement émotionnel du Président, mais lorsque le message prit fin, il avait pris un air d'intense satisfaction, presque triomphant. On aurait dit qu'il venait de recevoir la meilleure nouvelle de sa vie et que rien ne pouvait lui faire plus plaisir. Pendant quelques secondes, Starr ne sut à quoi attribuer cette satisfaction, et puis une raison plausible lui vint à l'esprit : le physicien savourait le fait qu'un collègue de la trempe de Mathieu ait pu commettre une erreur aussi monumentale.

— Professeur, si je ne me trompe, votre collègue Mathieu n'était pas du tout populaire dans les cénacles où officient les grands prêtres de la science...

Kaplan acquiesça.

— Le personnage est parfaitement odieux, répondit-il. C'est le genre de démagogue qui passe son temps à protester contre les conséquences de ses propres découvertes. Ses prises de position pseudo-humanitaires et pseudo-moralisantes, sous couvert de son autorité scientifique, ont eu une influence néfaste dans le domaine de l'énergie avancée. Il a égaré toute une jeunesse. Il a fait d'un problème scientifique et technologique un problème éthique. C'est une confusion inadmissible.

— Que pensez-vous de l'erreur qu'il a commise ?

Kaplan allumait sa pipe.

— Je pense qu'elle sera rectifiée en temps voulu par d'autres.

Starr s'étrangla.

— Ce qui signifie ?

— Une bombe au « souffle » parfaitement contrôlable, directionnel, et aux effets circonscrits, peut parfaitement être construite. Mathieu et les techniciens chinois ont construit une mauvaise bombe.

— Une *mauvaise*... bombe ? bafouilla Starr.

— Une bombe défectueuse. Une fois l'erreur trouvée et corrigée, nous serons en mesure d'en construire une bonne.

— Une... une *bonne* ? répéta Starr.

— Une bombe fiable.

— *Fiable*...

— Bien sûr, si notre intervention échoue et que la réaction en chaîne se produit, il n'y aura plus de bombes du tout, parce qu'il n'y aura plus de civilisation.

— Plus de bombes, parce que plus de civilisation, fit Starr, en écho, légèrement hébété.

— Si les vagues de choc provoquent un délabrement psychique, il n'y aura plus de science possible, et, pendant quelque temps, ce sera la bestialité.

— Plus de bestialité... donc plus de science, répéta encore Starr, un peu désorienté, et il commença à enfiler ses bottes.

Stanko était étendu sur le dos, contemplant le ciel, l'air préoccupé. Il se mit brusquement sur son séant.

— Écoutez, les gars, commença-t-il dans son anglais où les *r* roulaient comme autant de cailloux sur ses cordes vocales. Écoutez, camarades, j'ai réfléchi.

Little parut outré.

— Surtout pas, monsieur, le pria-t-il. Nous ne voulons pas avoir plus de difficultés que nous pouvons en affronter.

Et il était vrai que, sous ses boucles en bataille, le sombre visage de tzigane du Yougoslave portait la marque d'un profond trouble intérieur.

— Tous ces grands mots que nous venons d'entendre, cela signifie quoi ? Que nous pouvons sauver le monde ?

— Ce n'est pas à nous de décider s'il faut ou non sauver le monde, l'avertit sévèrement le major. Nous devons le sauver quelles que soient les conséquences.

— Okay, d'accord, poursuivit Stanko, qui était visiblement en proie à une puissante inspiration intellectuelle. Nous appelons le Président. Nous lui disons okay, nous sauvons le monde. Mais en échange, nous exigeons huit millions de dollars dans une banque suisse. Hein ?

Tous les regards convergèrent vers lui. Il y eut un long silence.

— Huit millions de dollars, répéta Stanko.

— Ça vaut plus, remarqua Starr.

— Vous croyez ? Qu'est-ce que vous en pensez, major ?

— Impossible, dit Little, sèchement.

— Et pourquoi ?

— *Not cricket*, déclara Little. Pas élégant. L'honneur militaire et tout ça...

Starr était obligé de reconnaître que l'Anglais tenait parole et que l'on pouvait se fier au personnage d'officier de Sa Majesté et de gentleman qu'il aurait assumé.

La réaction du Polonais au message qui leur était parvenu fut particulièrement déroutante. Starr n'y comprenait rien : Mnisek lui avait avoué lui-même qu'il était un catholique pratiquant et pourtant, depuis qu'on lui avait annoncé que tout ce que le Christ incarnait était menacé de désintégration et d'extinction, et que cette déshumanisation était inhérente à la nature même du carburant avancé, du plutonium et des armes nucléaires, par leur seule accumulation et leur prolifération, le Polonais arborait un air d'intense satisfaction, comme un homme dont les plus profonds espoirs étaient enfin sur le point d'être comblés. Il était difficile d'imaginer une fois dans le Créateur allant de pair avec une telle haine de Sa créature.

Starr avait décidé depuis longtemps d'avoir le Polonais à l'œil : il se méfiait des passionnés, qui sont toujours imprévisibles.

Le jour baissait, les étoiles reprenaient leur ronde, il ne restait du soleil que quelques traînées rougeoyantes sur les rocs assombris ; le capitaine Mnisek se leva, svelte et élancé dans sa combinaison électronique, et fit quelques pas pour s'écarter du groupe. Starr le voyait de dos, se détachant sur le ciel. Il baissa la tête et joignit les mains. Le Polonais priait.

Starr poussa le major du coude.

— Oui, je sais, dit l'Anglais. Il faudra le surveiller.

Assis sur un rocher, les bras autour de ses genoux, le jeunot albanais chantonnait doucement. Après la réception du message, il avait posé quelques questions au commandant. Little lui expliqua que tous ces grands mots sur l'âme, la désintégration morale et spirituelle, et cetera, et cetera, étaient depuis toujours de rigueur, lorsqu'on envoyait les gens se faire tuer au Vietnam ou ailleurs. C'étaient ce qu'on appelle des « métaphores ». Quant à la « réaction en chaîne », c'était tout simplement ce qu'on appelle la « prolifération ». Cette prolifération nucléaire avait à présent atteint l'Albanie, et il fallait empêcher ce pays de procéder à un essai dont ils avaient mal estimé les conséquences. C'était tout. Le reste, c'était de l'emballage.

Le garçon réfléchit un instant. Son sourire était une tache éclatante de clarté dans cette silhouette sombre. Little espéra sincèrement qu'il pourrait le revoir dans des conditions plus propices.

— Si c'était vrai, il suffirait de parler au peuple, dit le jeune homme. Il se révolterait. Il ne laisserait pas accomplir une telle chose. Je connais notre peuple albanais. Ce sont des aigles.

— *Tous* les peuples sont des aigles, lui expliqua

Little. Ça fait justement partie des métaphores. Plus on les fait ramper et plus on leur explique qu'ils sont des aigles. Alors, tu n'as vraiment pas peur ?

Le jeune homme se mit à rire.

— Ah ça, non ! Voyez-vous, commandant, mon âme, je ne l'ai pas apportée avec moi. Je l'ai laissée à Belgrade. Elle est magnifique. Des yeux comme ces clartés, là-haut, et des hanches, des seins...

Little parut légèrement écœuré et s'éloigna.

Ils parcoururent les derniers vingt kilomètres du trajet, marchant hors du chemin que traçait la lune, derrière le jeune Albanais qui les guidait, et les yeux de la nuit les suivaient de leurs regards faits de milliards d'années de vide et d'absence.

Ils captèrent bientôt les voix des soldats albanais sur leurs « audis », et les bruits amplifiés — crissements d'insectes, pierres qui roulent, oiseaux qui croient à l'aube —, et ceux de leurs propres pas emplissaient le monde autour d'eux d'avalanches, de raz de marée et de tremblements de terre. Lorsqu'ils fermaient leurs écouteurs, le silence les engloutissait comme une surdité totale.

Dans leurs lunettes, la terre était une planète rouge, comme s'ils avaient marché vers leur but en foulant un sol détrempé par tout le sang de l'histoire, tout le sang qui avait coulé seulement pour rendre *cela* possible.

À une heure du matin, Starr entendit dans son « audi » un hurlement déchirant, qui le fit bondir et jurer de surprise : un coq chantait. Encore une demi-heure de marche, et ils commencèrent à voir les étoiles scintiller à leurs pieds, au ras de terre : le village de Ziv. Ils suivirent la crête vers le sud et soudain toute la vallée apparut avec des centaines d'obélisques qui ponctuaient la nuit de leur blancheur phosphorescente.

— Vingt minutes de repos, ordonna Little.

Starr s'étendit sur le dos et ferma les yeux ; il sentit des doigts très doux qui lui caressaient le front. Il s'éveilla : c'était la brise de l'aube. La nuit déployait encore autour de lui ses multitudes scintillantes et, étendu là, pendant quelques secondes, les yeux fixés sur l'étoile du Berger, l'Américain se surprit à penser que s'il avait eu quelques hommes bien entraînés, deux mille ans plus tôt, en Judée, on n'en serait jamais arrivé là.

XXVII

Le sentier qu'ils suivaient finissait dans un chaos pierreux à douze cents mètres d'altitude au-dessus d'une paroi presque verticale de deux cents mètres ; c'était l'accès le plus périlleux vers la vallée, mais le seul qui fût hors d'atteinte des projecteurs qui balayaient constamment chaque pouce de rocher.

Ils firent descendre d'abord leur équipement, puis Grigorov et l'Albanais suivirent ; mais lorsque le reste du commando parvint à la plate-forme à mi-chemin du parcours, ils trouvèrent le Russe seul. L'Albanais avait disparu. Le nez de Grigorov saignait, et il était accroupi par terre, se massant les doigts.

— *Soukin syn*, marmonnait-il. Fils de chienne.

— Où est-il ? rugit Little. Qu'est-ce qui s'est passé ?

— Parti tout seul...

Grigorov fit un geste vers les obélisques phosphorescents au fond de la vallée. Foutus, pensa Starr. Si l'Albanais était un traître, ils se feraient cueillir sur place.

— Non, dit Grigorov. Pas ça. Mais ce couillon

256

est allé prévenir le « peuple albanais » — c'est ainsi qu'il s'est exprimé. Le « peuple », putain, vous vous rendez compte un peu ? Le seul truc auquel il ne faut jamais toucher, si on ne veut pas d'emmerdes. Ce jeune con croit que si le « peuple » savait, il se révolterait et libérerait... cette merde, là-bas.

Il fit un geste vers les capteurs.

— J'ai essayé de l'assommer, mais...

Il s'essuya le nez du coude.

— Il est fort, le *soukin syn*.

— Un foutu amateur, j'appelle ça, dit Little, avec ce fort accent *cockney* qui semblait reprendre ses droits chaque fois que le major entrait en colère. J'ai toujours dit qu'il faut se méfier des idéalistes. Ce sont tous des perdants-nés. En avant.

Il leur fallut trois heures pour atteindre le chemin, presque dix minutes de plus que le temps soigneusement minuté lors de l'entraînement, car ils avaient maintenant à porter l'équipement de l'Albanais qui contenait des éléments de leur bouclier nucléaire. La dernière demi-heure n'avait été qu'un frénétique effort pour atteindre la grotte avant le lever du soleil. Starr devait écrire dans son rapport qu'à mi-chemin de la descente, agrippé à son piolet, l'idée lui traversa l'esprit que même le fameux mot de Winston Churchill, après la bataille d'Angleterre : « Jamais auparavant, dans toute l'histoire humaine, un si grand nombre avait dû son salut à si peu », n'exprimait que bien faiblement ce qui, littéralement, était là, suspendu avec eux, entre ciel et terre. « Je ne suis pas enclin, normalement, à ce genre de méditation, écrivait le colonel, mais en cet instant, les circonstances pouvaient difficilement être qualifiées de "normales", à aucun point de vue. À un moment, je me suis représenté très nettement toute l'espèce humaine, pendouillant là avec moi dans le vide, avec ses musées, ses Beethoven, ses bibliothèques, ses philosophes et ses institutions démocratiques. C'était, dans un certain sens, un sentiment assez réconfortant, car si le colonel Starr, de l'Armée américaine, pouvait tomber et se casser le cou, cette éventualité paraissait déjà moins probable si le cou en question appartenait à tout le genre humain. Mon cou devenait brusquement la chose la plus importante, depuis le commencement du monde, ce qui était très revigorant. »

Ils laissèrent Caulec sur le chemin, à plat ventre sous un rocher, à un kilomètre environ à l'est de la cave. À travers leur « œil », ils pouvaient voir six soldats albanais qui montaient la garde derrière une mitrailleuse, à quelques mètres en contrebas, au-dessus de la route. Selon le plan, Caulec devait se constituer prisonnier à 5 h 15.

— Maintenant, colonel, lui dit Little, attention. Montrez-vous clairement. À 5 h 15, la lumière sera insuffisante. Marchez vers eux les mains en l'air, le plus levées possible, mais ne venez pas trop près ; restez sur place, les bras toujours bien levés, sinon ils pourraient croire à un piège. Ne bougez pas et criez que vous êtes un saboteur américain et que vous avez décidé de vous rendre.

— Nous perdons du temps, major, dit le Canadien. Je sais ce que j'ai à faire.

— Tâchez de ne pas vous faire tuer, Pierre, dit Starr en français, sinon, on se revoit là-haut... au Ritz.

— Comptez sur moi.

— *Rrright, gentlemen*, dit Little. Allons-y.

De nouveau, Eton, Oxford et « la charge de la brigade légère », pensa Starr en écoutant la voix de leur chef bien-aimé. Tout est en ordre.

La nuit se dissipa comme ils atteignaient l'entrée de la cachette.

Selon leurs informations, la grotte était visitée toutes les deux heures par une patrouille militaire. Ils avaient perdu vingt minutes dans la descente et il ne restait plus assez de temps maintenant pour monter le bouclier nucléaire avant l'arrivée de la patrouille de 4 heures. Il leur fallait quarante minutes pour venir à bout de ce travail et il serait alors 4 heures. Ils devaient attendre, aplatis sur le rocher de la caverne, à demi morts de fatigue, une sueur glacée collée au front, derrière des blocs rocheux tout juste assez larges pour les dissimuler à la vue de quiconque se contenterait de jeter un coup d'œil rapide depuis l'entrée ; mais si les soldats prenaient leur travail au sérieux, ils allaient inspecter la caverne dans ses moindres recoins. Les tuer, grâce aux silencieux, n'était pas un problème, mais une patrouille disparue, cela signifiait une reconnaissance immédiate. Le retard sur l'horaire pris lors de la descente menaçait de tourner à la catastrophe. Little se hissa sur un coude et ses yeux cherchèrent ceux de ses hommes. Il connaissait par cœur leurs dossiers et leurs performances personnelles et de toute façon, en cette heure ultime, il devait prendre leur habileté, leur sang-froid et leur détermination pour acquis. Ce coup d'œil était pure routine, la marque qu'avaient laissée ses années de caserne comme sergent de la

Garde, des années passées à astiquer ses bottes, son ceinturon, à cracher sur ses boutons de cuivre pour les faire briller... Hormis une certaine tension, d'ailleurs saine, nécessaire à l'action, et des signes de fatigue sur leur visage, aucun des hommes ne manifestait de nervosité. La responsabilité qui pesait sur leurs épaules n'avait d'autre sens pour eux que leur propre survie ; pour un professionnel, l'importance de l'enjeu est toujours fonction de celle qu'il attache à sa peau et à sa carrière, ni plus ni moins. C'est pourquoi, fort heureusement, la grandeur de la « cause » ne les remplissait d'aucune émotion. Des salopards authentiques, se dit Little, avec satisfaction, une pensée réconfortante en cette heure de péril, car cela signifiait qu'ils ne risquaient pas de perdre leur sang-froid par une conscience exacerbée du caractère « sacré » de leur mission. Le seul « pur » parmi eux, le petit Albanais, avait cédé à une impulsion idéaliste, bien typique de l'amateur ; il avait voulu « soulever le peuple », ce qui, dans l'arithmétique de Little, signifiait simplement qu'ils avaient un homme en moins.

Grigorov était occupé à détendre et à ajuster le fil électronique qui reliait sa combinaison au bouclier nucléaire, afin de se donner une plus grande liberté de mouvements. Little nota qu'ils ressemblaient tous à des hommes-grenouilles se préparant à quelque plongée au fond du problème. Le visage du Russe n'exprimait que la concentration, et sa chevelure rebelle, d'un blond paille, seulement à moitié couverte par le capuchon électronique, tombait en boucles presque féminines sur un visage que Little ne pouvait s'empêcher de trouver remarquablement beau, chaque fois qu'il s'y attardait. Il était si grand que, même assis, il devait garder la tête baissée pour éviter les rochers saillants au-dessus de lui. Le major soupira et détourna délibérément les yeux. Komarov vérifiait soigneusement les deux grenades qui pendaient à sa ceinture ; étant donné la force explosive du bouclier qu'ils porteraient comme dispositif de protection, les grenades devraient être lancées, en cas de besoin, à une distance considérable. À l'entraînement, Komarov avait dépassé quatre-vingts mètres. Il était le seul qui en fût équipé. Stanko avait ouvert sa combinaison et procédait à une exploration minutieuse de ses parties intimes.

— Pas la peine d'accuser ta petite amie, lui lança Komarov en russe, tu peux les attraper dans un bus ou dans un cinéma.

Le Monténégrin se mit à rire, son nez busqué touchant presque sa lèvre supérieure, par-dessus la moustache noire, et ses dents brillèrent dans l'ombre. Il tira de son slip une poignée de cigarettes tordues et une boîte d'allumettes : les combinaisons n'avaient pas de poche.

Le Polonais était assis, adossé au rocher, et, bien qu'il n'y prêtât pas, sur le moment, une attention particulière, Little, qui survécut à ses blessures, devait se souvenir par la suite avec une acuité extraordinaire du sourire étrange qui flottait sur les lèvres du capitaine Mnisek.

L'entrée de la grotte s'emplissait à présent de ciel. Starr remarqua le filet blanc d'un torrent de montagne, visible à travers la brume du petit matin, sur l'autre versant de la vallée, au-delà du rectangle rouge brique de l'hôpital. Il remarqua en même temps que la caverne était un endroit civilisé. Bouteilles cassées, vieux vêtements et excréments desséchés en témoignaient.

Ils entendirent des voix qui s'approchaient, puis trois soldats albanais apparurent sur un fond de lumière et passèrent leur chemin sans même regarder à l'intérieur. Little enlevait déjà le silencieux de son Spat, lorsqu'un des soldats réapparut et entra. Le major attendit, pour le tuer, que l'Albanais se rapproche, afin que les deux autres, en le cherchant, aient à s'enfoncer plus profondément dans la grotte. Le soldat fit quelques pas vers eux, s'arrêta, se courba, son Kalachnikov à la main, et jeta un regard attentif autour de lui. Little le visa entre les yeux. Le soldat posa son arme à terre, défit son ceinturon, baissa son pantalon et s'accroupit sur ses talons, en sifflotant doucement. Cela lui prit une minute. Puis il s'en alla.

— Voilà bien la pêche la plus miraculeuse qu'un gars ait jamais posée dans sa vie, dit Starr.

XXVIII

À 22 h 50, les Russes étaient sur circuit intérieur, et le Président en avait profité pour se rendre aux toilettes. Il ne s'était guère absenté plus de quelques minutes, mais lorsqu'il revint, il eut l'impression très nette que la réaction en chaîne avait déjà atteint l'Union soviétique et que ses chefs se désintégraient sous ses yeux.

— Monsieur le Président...

La voix d'Ouchakov était à peine intelligible et l'interprète dut demander à deux reprises une augmentation du son.

— ... Nous recevons à l'instant une nouvelle information. Le chef de l'État albanais a donné l'ordre de procéder à l'opération à 6 heures, ce matin même, dix jours avant la date prévue. En réponse à notre mise en garde, je pense. Ils veulent prévenir sans doute une intervention de notre part.

Le Président regarda les pendules des fuseaux horaires au mur. 22 h 55 aux États-Unis, 5 h 55 à Moscou, 10 h 55 à Pékin...

— Quelle heure est-il ?

Tous le regardaient.

— Quelle heure est-il en...

Il ne pouvait pas se souvenir du nom de ce foutu pays.

— ... L'heure du « cochon » ? gueula-t-il.

— 4 h 55 du matin, monsieur, répondit le général Hallock.

— Le commando sera là-bas à quelle heure ?

— Monsieur le Président, cria Ouchakov, nous ne pouvons prendre ce risque. Avec dix jours de marge, c'était possible, mais à présent, s'ils échouent...

Le Président sentit un poids immense tomber de ses épaules : *il n'avait plus le choix*.

— Envoyez les bombardiers, dit-il.

Le général Hallock regardait les Russes.

— Qu'est-ce qu'il y a, général ? hurla le Président. Vous attendez peut-être un ordre des Russes ?

— Allez-y, général, allez-y ! rugit le maréchal Khrapov. J'ai déjà donné mes ordres !

Le visage rose du général Hallock vira au gris cendre. Il composa le signal sur le cadran E.O. Une seule pensée demeurait dans sa tête : il avait donné au président des États-Unis l'impression qu'il avait attendu un ordre des communistes.

— Rappelez le commando, dit le Président.

— Ce n'est plus possible, monsieur le Président. Ils sont déjà en action, sur les lieux mêmes.

Le Président devint soudain très pâle.

— Ils seront tués par nos propres bombes.

— Ce sont des professionnels, monsieur.

Le Président regarda de nouveau le septième écran de télévision. De sa vie, il n'avait vu d'écran plus vide.

XXIX

4 h 40.

Ils avaient achevé le montage de leur bouclier nucléaire. Little observait ses hommes avec satisfaction. Pas trace de nervosité. C'était sans doute le dernier commandement qu'il exerçait et il était fier d'avoir sous ses ordres des professionnels de cette trempe.

4 h 55.

Little ne quittait plus des yeux sa montre.

5 h 10.

Caulec devait se rendre aux Albanais à 5 h 15. Encore cinq minutes. Starr se surprit à attendre une détonation, un crépitement de mitraillette. Si le Canadien se faisait tuer, le plan prévoyait la destruction du « cochon » par la déflagration de leur bouclier ; la bombe ressemblait à une tortue géante vert sombre renversée sur le dos, reliée par ses longues pattes à leurs combinaisons électroniques ; l'impact d'une balle sur n'importe quelle partie de leur corps ou sur la « chaussette » de la bombe elle-même déclencherait aussitôt une explosion d'une puissance de vingt mégatonnes. Le rayon de destruction totale avait été calculé à quarante kilomètres. L'explosion serait attribuée à un accident dû à la « surpuissance » du « cochon », comme ce fut le cas quelques années auparavant au Sin-Kiang, en Chine.

— Ça, c'est la vraie solidarité, vous ne trouvez pas, major ? remarqua Starr. Nous y passons, ils y passent. J'espère, bande de salauds, que vous avez tous devant vous une longue vie bien remplie !

5 h 14.

Caulec marchait, les mains en l'air, vers le nid de mitrailleuse, avec une sensation de légère tension dans la nuque. Il s'arrêta, les bras aussi ostensiblement levés que possible dans un geste de reddition. Il dut attendre quelques secondes et se demandait s'il devait prendre le risque de faire un ou deux pas de plus pour se faire remarquer, lorsqu'il vit le museau de la mitrailleuse se pointer brutalement dans sa direction. Pile ou face, pensa-t-il, ce qui n'aurait pas passé à la postérité comme une dernière pensée digne du genre. Au lieu d'une rafale dans le ventre, ce fut un cri, puis un autre, et il murmura « merci, messieurs », conscient de quelques gouttes de sueur froide sur son front. Quand les soldats l'entourèrent, les armes à la main, il se présenta, à l'aide de quelques mots albanais qu'on lui avait appris, comme un « saboteur américain qui voulait se rendre ». Ils l'empoignèrent et, en quelques minutes, il se retrouva au poste de commandement, une baraque en bois qui avait déjà dû servir dans quelque guerre balkanique, cent ans auparavant. Il fit sa déclaration en anglais, avec un calme d'autant plus sincère qu'il était mêlé de soulagement, et celle-ci eut un effet immédiat et foudroyant. Le poste se remplit rapidement d'hommes d'aspect fier, taciturne, dont les yeux perçants scrutaient le visage de Caulec avec un mélange de haine et de curiosité. Tous ces « maréchaux » révolutionnaires avaient un certain air napoléonien, dû en partie à leurs vastes capotes militaires grises, mais aussi à leur jeunesse.

À peine avait-il répondu à leurs questions que la porte s'ouvrit et tous s'écartèrent pour laisser passer Imir Djuma lui-même.

L'impact de la personnalité du dictateur eut un curieux effet, presque comme si elle réduisait de moitié au moins la présence individuelle de tous les autres hommes. Il était difficile de ne pas être frappé par l'impression de dureté, de force intérieure, qui se dégageait de celui qui était le dernier dirigeant communiste entièrement fidèle à la pensée et aux méthodes de Staline. Un rayonnement, comme on dit, pensa Caulec. Il ne doutait pas une seconde que le souffle de cet homme avait un rendement cent fois plus puissant que celui d'un individu ordinaire.

Le maréchal l'écouta en silence. Il s'était manifestement vêtu à la hâte et portait une chemise blanche à col ouvert, un pantalon gris de l'armée et une capote militaire jetée sur ses épaules. À ses côtés, il y avait le général Tchen Li, qui commandait l'équipe des techniciens chinois, en uniforme albanais, et le général Cočuk, neveu d'Imir Djuma et héritier présomptif, un jeune homme dont les traits évoquaient Gengis Khan, ce qui était une bonne référence.

Le Canadien leur montra sur la carte l'emplacement de la grotte, avec autant de sang-froid que s'il faisait une conférence à l'École de Guerre. Imir

Djuma l'écoutait, le visage fermé, impassible. Il était demeuré parfaitement maître de lui-même, comme des autres qui l'entouraient. Tout, en lui, était pure volonté de puissance. L'homme n'avait rien d'une Volkswagen.

— Nous sommes porteurs d'une bombe nucléaire miniaturisée de vingt mégatonnes. Nous marcherons sous sa protection jusqu'à l'objectif, et nous le neutraliserons. Je vous suggère donc de donner ordre de ne pas tirer à tous les soldats dans le secteur. À *tous*. La bombe est reliée à nos combinaisons électroniques. Une balle, une simple perforation déclenchera l'explosion, et il ne restera plus rien de vous, et de nous, messieurs ; tout sera détruit dans le secteur, y compris vos installations, tous vos stocks d'énergie, et, bien entendu, une bonne partie de votre pays.

— Parlez français, coupa Djuma. Je connais beaucoup mieux le français que l'anglais. Continuez.

— Je suis sûr que si vous considérez la situation d'un point de vue militaire, vous reconnaîtrez que vous ne pouvez absolument rien faire pour nous empêcher de mener à bien notre mission. Je suggère donc que vous donniez l'ordre immédiatement. Je dois aussi demander à tous les généraux ici présents, et au maréchal lui-même, de m'accompagner jusqu'à la grotte et de veiller personnellement pendant toute la durée de l'opération à ce que pas un coup de feu ne soit tiré. Je vous propose de partir immédiatement. Il est maintenant 5 h 45 et si je ne suis pas de retour parmi mes camarades à 6 h 5, ils déclencheront l'explosion. Ce sont des professionnels, ce qui veut dire que vous pouvez être sûrs qu'ils feront tout sauter à 6 h 5 précises — eux-mêmes inclus, bien entendu, ce qui n'entre pas en ligne de compte. Il est maintenant 5 h 46.

5 h 46.

Starr songeait que se faire sauter avec une bombe de vingt mégatonnes, c'était le genre « crépuscule des dieux » qu'un vieux guerrier comme lui ne pouvait manquer de savourer. Mais il restait encore dix-neuf minutes, et chaque seconde gagnée jouait en leur faveur. Il n'y avait pas eu de coup de feu, pas de crépitement de mitrailleuse, et il était plus que probable que Caulec était maintenant hors de danger, entre les mains du haut commandement albanais. Starr n'avait pas le sentiment qu'il allait mourir. L'enjeu, ici, n'était pas sa vie personnelle mais celle de trois milliards d'hommes. C'était agréable de sentir qu'on n'était pas tout seul.

— Puis-je vous dire un mot, major ?

C'était le Polonais. Il se tenait à la gauche de Little, quelques mètres à l'écart, souriant.

« Il souriait. Du bout des lèvres ; un sourire de supériorité, tout à la fois rusé et fanatique. Je pense que ce qui nous a sauvés, c'est que je me suis toujours attendu à quelque chose de ce genre. Dans une équipe comme celle-là, il devait bien se trouver un psychopathe. Au départ, c'était bien le dernier que j'aurais soupçonné, un type si foutrement religieux et donc dévoué à... à ce truc-là, vous savez... Le salut de notre âme. Si vous me demandez mon avis, monsieur, j'aurais plutôt parié sur le Yankee. » Ainsi devait parler Little au général

Mac Gregor, l'attaché militaire britannique, à Belgrade, deux jours plus tard.

— Messieurs, je vous dois une explication.

— Ça pourrait peut-être attendre, dit calmement Little.

Le Polonais éleva la voix et ils le regardèrent tous.

— L'un d'entre vous a demandé comment, avec mes convictions religieuses, j'avais pu devenir un agent communiste digne de confiance... Je lui ai répondu que depuis que l'Occident avait trahi non seulement la Pologne mais aussi le christianisme, le seul châtiment adéquat était sa destruction...

Mnisek visait la « chaussette » électronique qui entourait la bombe, et il ne la manqua pas. Une seconde après, le Polonais gisait à terre, mort, et Little rengainait son pistolet.

Tous, hormis l'Anglais, regardèrent le bouclier dans un silence hébété. Enfin, Starr réussit à parler.

— Comment...

Il fit un geste vers la bombe.

— Elle n'a pas explosé, dit doucement Grigorov. Ça ne marche pas.

— Ça marche très bien, le rassura Little. Il y a un double dispositif de sécurité. Je l'avais verrouillé.

— Pourquoi ne pas nous l'avoir dit, espèce de..., grogna Starr.

— Eh bien, je vous le dis maintenant, dit Little, légèrement gêné. Je laisse toujours une marge de sécurité quand je travaille avec... hum... brrouh... arch ! avec des étrangers.

5 h 55.

270

Little surveillait froidement ses hommes.

— Personne d'autre ne fait sa petite crise ? s'enquit-il.

6 heures.

Le soleil s'était levé au-dessus des montagnes et éclairait l'intérieur de la grotte.

6 h 5.

Little se pencha sur le bouclier et débrancha le dispositif de sécurité. Il leva son Spat, visant la bombe.

— Eh bien, on saute, dit-il. Bonne chance, là-haut !

Ils entendirent le bruit des lourds camions sur la route, les crissements des freins et les ordres des officiers.

Little regarda sa montre.

— Bon, on ne saute pas. Ça a l'air de marcher. Venez, messieurs. Soulevez cette tortue, que diable !

Ils soulevèrent l'engin, le chargèrent sur leurs épaules et sortirent lentement dans la lumière.

XXX

6 h 5.

Les chiffres se succédaient sur le « fileur » du radar au-dessus de la carte d'Albanie, avec le site du « cochon » délimité en pointillé rouge.

Les Russes parlaient entre eux. Le Président ne pouvait entendre leurs voix, ils avaient coupé le circuit extérieur. Bien qu'il passât lui-même sur le circuit intérieur chaque fois qu'il voulait parler aux siens hors d'écoute des Soviétiques, le Président se sentait irrité par leur geste.

— Combien de temps faut-il encore à nos avions de l'endroit où ils se trouvent ?

Hallock jeta un coup d'œil au « fileur ».

— Encore seize minutes. Nous avons pris une bonne marge de sécurité.

— De sécurité, répéta le Président.

Il n'avait pas de mouchoir et faillit en demander un à Hank Edwards, mais y renonça aussitôt. Il n'allait pas essuyer la sueur froide de son front devant les Russes.

— Comment s'appelle cet Américain, déjà ?

— Starr. Colonel « Jack » Ogden Starr.

272

— Et l'autre... la jeune femme qui nous renseigne ?

— May Devon.

— Vous les proposez tous les deux pour la médaille d'honneur du Congrès à titre posthume.

Il s'aperçut soudain que l'écran de télévision vide s'animait. Il y avait des éclairs, des pulsations lumineuses intenses.

Le Président se redressa vivement et attendit. Il ne savait pas ce qu'il attendait, au juste, mais il n'avait jamais rien attendu avec tant d'espoir et de ferveur — pas même le décompte des voix, au moment de son élection.

Le visage du chef spirituel de la chrétienté apparut sur l'écran.

Le Président lui-même avait donné son accord à cette rencontre une heure auparavant, mais dans les heures qui avaient suivi, avec leur poids effrayant de responsabilité et de décisions à prendre, il l'avait complètement oublié. À présent, il regardait fixement l'apparition, essayant de se rappeler en quels termes il convenait de s'adresser au Pontife.

Il s'apprêtait à le saluer, lorsque le Pape s'évanouit. La haute silhouette blanche réapparut presque aussitôt, mais ou bien les transmissions étaient défaillantes, ou bien l'homme lui-même avait des difficultés à se manifester — toujours est-il que le Pape continua d'apparaître et de disparaître sur l'écran, en une rapide succession d'images et de vide, ses bras levés et ses manches déployées, se débattant comme un grand oiseau pris au piège.

— Monsieur le Président, je vous conjure d'intervenir auprès du gouvernement albanais...

— Votre Sérénité..., commença le Président.

Quelque chose lui dit que ce n'était pas ainsi qu'on devait s'adresser au personnage, mais tant pis, ce n'était pas le moment de consulter le protocole.

— Votre Sérénité, nous avons déjà tenté de dissuader les Albanais. Rien à faire. Ce sont des venimeux, ces gens-là, et des venimeux enragés, pardessus le marché. Les Russes les ont prévenus du risque d'une réaction en chaîne. Ils ne veulent rien savoir. Ils ont dit que c'était une tentative d'intimidation et ils ont décidé d'avancer de dix jours l'explosion qui peut se produire d'un moment à l'autre...

— Monsieur le Président, je vous supplie d'arrêter cette horreur...

— C'est exactement ce que nous sommes en train de faire...

Il faillit dire « Monsieur le Pape », mais ravala les mots à temps.

— Nous allons bombarder cette horreur, comme vous dites, dans quelques minutes. Nous allons en débarrasser le monde. Nous sommes obligés de le faire, si nous ne voulons pas être tous réduits à l'état de babouins. J'ai parfaitement conscience que c'est notre survie morale et spirituelle qui est en jeu. C'est pourquoi nous allons effacer cette chose de la surface de la terre...

Les yeux brûlants qui portaient en eux des millénaires de souffrance humaine étaient fixés sur lui. Il a l'air juif, pensa soudain le Président.

— Je sais que cela va faire du bruit, Votre Honneur. Mais nous n'avons pas le choix. Nous avons déjà rédigé un communiqué, en accord avec les

274

Russes. L'intervention en Albanie y est franchement reconnue. Il s'agit d'un coup d'arrêt définitif
donné à la prolifération des armes thermonucléaires. Nous avons demandé la convocation d'une
Assemblée extraordinaire des Nations Unies et
nous assumerons devant tous les peuples du monde
notre responsabilité historique. En notre âme et
conscience, nous sommes convaincus d'avoir agi
dans l'intérêt sacré de l'humanité. C'est assez bien
dit, je trouve. Nous avons eu quelques difficultés
avec les termes « en notre âme et conscience », qui
sont, semble-t-il, impossibles à traduire en russe.
Mais je puis affirmer à Votre Sérénité qu'il ne
restera pas trace du « cochon »... Heu... C'est le
nom de code pour l'objectif. Il va être pulvérisé
dans quelques minutes.

Le Saint-Père levait les bras.

— Monsieur le Président, je vous supplie de
montrer votre confiance chrétienne en Dieu et en
Sa miséricorde, en rappelant sur-le-champ vos
avions, en demandant aux Soviétiques de faire de
même...

Là-dessus, le Président dit quelque chose de malencontreux. Pas du tout ce qu'il voulait dire, à
savoir, simplement, qu'il n'avait pas le droit de se
dérober à ses responsabilités.

— Je ne puis déléguer mes pouvoirs et confier
le destin du peuple américain à quelqu'un d'autre,
parce que je suis le Président de ce pays. Je ne puis
abandonner ce destin en d'autres mains.

Le Saint-Père pleurait. On distinguait clairement ces larmes versées à l'autre bout du monde.
Et le Président se rendit compte qu'il venait de
dire, en substance, qu'il n'avait pas l'intention de

remettre le destin du peuple américain entre les mains de Dieu. Il ouvrit ce qu'il appelait lui-même sa « grande gueule du Missouri » pour expliquer qu'il n'avait jamais voulu dire une chose pareille, mais en ce moment le Pape se mit à nouveau à vibrer, à voltiger et à s'estomper sur l'écran, puis disparut tout à fait.

— Réparez-moi ce poste ! hurla le Président, furieux contre lui-même.

C'est alors seulement qu'il se rendit compte que les généraux Hallock, le chef du Pentagone, Roden, et le professeur Skarbinski lui parlaient en même temps.

— Nous sommes d'accord avec les Russes...

Il n'avait pas entendu ce que les Russes avaient dit. Bon Dieu de bon Dieu, quelle idée d'introduire le Pape dans la Salle des Opérations !

— Il faut rappeler immédiatement nos bombardiers, disait Hallock, dont le visage avait repris les couleurs de son arme d'origine, qui étaient les forces terrestres.

— Les Russes ont déjà donné l'ordre et j'en ai fait autant, mais il faut que ce soit confirmé par vous...

— Quoi ? Rappeler... Pas question. Pourquoi ?

— Mais, monsieur le Président, vous avez bien entendu...

Ils étaient tous figés et avaient le regard fixé sur le « fileur » horaire.

La voix d'Ouchakov était aiguë, comme écorchée, puis elle céda à celle, tremblante, de l'interprète.

— Monsieur le Président... Nous avons eu une nouvelle information scientifique du site... L'ordi-

nateur... *La réaction en chaîne s'amorcera automatique-*
ment avec l'explosion d'une bombe nucléaire n'importe où
dans le monde...

Le Président était toujours debout devant
l'écran vide.

— Arrangez-moi ce foutu appareil, répéta-t-il
avec colère.

Il se ressaisit. Les autres le regardaient et il
n'avait pas à rester là debout, à perdre la tête.
C'était la tête du peuple américain.

Le visage du maréchal Khrapov sortait presque
de l'écran.

— J'ai rappelé nos avions... Donnez vos ordres,
monsieur le Président !

— Six minutes, dit Hallock. Confirmez l'ordre
de rappel, monsieur le Président...

Skarbinski avait du mal à recoller les débris de
sa voix.

— Monsieur le Président, une explosion nucléaire *n'importe où dans le monde* déclencherait instantanément une désintégration en chaîne... L'ordinateur...

— Je ne veux plus entendre parler d'ordinateur ! rugit le Président. C'est compris ? La prochaine fois, vous n'avez qu'à élire un ordinateur
pour Président !

— Plus que cinq minutes, annonça calmement
le général Hallock. Ils sont sur le radar albanais.

— C'est ce que Mathieu affirmait depuis le
début, murmura Skarbinski. Le discours d'Einstein, en 1944... Sur la... sur la désintégration spirituelle... « La métaphore de Princeton »...

— Voyons, dit le Président.

Il s'arrêta.

— Il faut que vous rappeliez vos avions ! hurlait Khrapov.

— Et si notre commando rate son coup, monsieur... monsieur...

Il cherchait le nom.

— Khrapov ! Maréchal Khrapov ! gueula le Russe.

— Enchanté. Et si notre commando rate son coup, monsieur Khrapov ? Que se passera-t-il s'ils échouent ? Les Albanais déclencheront leur « cochon » et cela aura le même effet que notre bombardement. C'est bien ça, hein ?

— Monsieur le Président ! MONSIEUR LE PRÉSIDENT !

— Attendez encore une petite minute, s'il vous plaît. Parce qu'il y a quelque chose de plus. Quelque chose que vous paraissez avoir oublié. Nos hommes transportent avec eux une bombe nucléaire équivalente à vingt mégatonnes. Comme protection. C'est sous la protection de ce « bouclier » qu'ils opèrent. Si n'importe quel troufion albanais fait feu sur eux, il y aura une explosion nucléaire et...

Il leur lança un regard presque narquois.

— En d'autres termes, messieurs les stratèges, n'importe quel connard de troufion albanais peut nous réduire à l'état d'immondices... si ce n'est pas déjà fait.

— Trois minutes trente secondes, annonça Hallock.

Le Président souriait.

— Comme planification militaire, c'est vraiment parfait, dit-il. Grandiose. On ne fera jamais mieux, et pour cause. Vous devriez mettre vos ordinateurs en uniforme.

— Ils franchissent la côte albanaise, dit Hallock.

— Huit hommes, dit le Président. Huit aventuriers, sans foi ni scrupules. Des tueurs professionnels. Tout est entre leurs mains. Non, ce n'est même pas entre leurs mains. C'est entre celles de quelque minable troufion albanais. C'est pour en arriver là que nous avons construit la plus puissante machine militaire que le monde ait jamais connue. Pour cent vingt milliards d'équipement... Et un seul troufion albanais avec son fusil...

Il se dirigea vers sa boîte des ordres présidentiels et l'ouvrit.

— Un coup de dés, dit-il. Pile ou face. Bonne chance, Amérique.

Il composa le signal de rappel.

Il s'assit et regarda les militaires. Les Russes, les Américains. Les miens, les tiens, les nôtres, les leurs. Tous ces petits napoléons de merde. Sans oublier les savants et leur génie de merde. Ce n'est pas de génie que le monde manquait, c'est de limites au génie.

Le « cochon » n'était pas à l'extérieur. Il était à l'intérieur. Dans les cœurs et dans la tête.

Cette vérité était inscrite dans la conception même de l'arme nucléaire et de l'accumulation de stocks capables d'anéantir en neuf minutes le souffle humain partout où il vivait.

Le Président ferma les yeux et baissa la tête.

Le génie scientifique sonnait le glas de la démocratie, parce que seul le génie pouvait contrôler le génie. Et cela voulait dire que les peuples étaient à la merci d'une élite.

Les visages de ses petits-enfants lui vinrent à l'esprit.

Un signe rassurant. La déshumanisation totale n'avait pas encore commencé.

— Les avions font demi-tour, monsieur, annonça le général Hallock.

Il y eut un éclair lumineux sur le septième écran et le Saint-Père apparut, à genoux, la tête inclinée, les mains jointes en prière.

Le Président regarda l'écran avec satisfaction : ils avaient fini par réparer le poste.

Un fusil dans les mains de quelque foutu troufion albanais, pensa-t-il.

Il prit le téléphone et appela sa famille.

Par un heureux hasard, ce fut son petit-fils, âgé de sept ans, qui répondit.

C'est alors que les dirigeants soviétiques et tous les hommes qui se trouvaient dans la Salle des Opérations à cette heure de la dernière chance entendirent le Président des États-Unis s'entretenir avec un enfant de sept ans des méfaits du chat Skip qui avait volé une livre de viande à la cuisine.

Le Président posa le récepteur.

Ce sacré chat, pensa-t-il. Il grimpait aux rideaux ou sur une armoire, et de là-haut, déversait son mépris sur les hommes. On pouvait au moins tirer une conclusion : les chats n'avaient pas entièrement tort.

XXXI

6 h 10.

Des soldats faisaient la haie des deux côtés de la route lorsqu'ils émergèrent de la grotte, pliant sous le poids du bouclier.

« Nous devions ressembler à six scaphandriers portant une torpille vert sombre sur leur dos, c'était un poids écrasant », commentait Starr dans son compte rendu. Ils virent Caulec dans une voiture découverte, debout à côté du chauffeur, et deux généraux albanais derrière lui. D'une auto-mitrailleuse, le général Cočuk donnait ses ordres par mégaphone, et derrière, dans une Mercedes noire, se trouvaient le maréchal Djuma, le chef des forces de Sécurité Rinek, et le commandant en chef des militaires et techniciens chinois, le général Tchen Li. Dans une limousine qui suivait celle du dictateur, ils voyaient tous les chefs politiques du pays, dont ils avaient appris à connaître les physionomies durant leur entraînement ; parmi eux, le ministre de l'Industrie, Karz, et Batk, le ministre de la Défense. Douze officiers albanais avançaient des deux côtés de la voiture, avec des mitraillettes braquées dans la direction de leurs propres soldats. Une première militaire, pensa Starr. C'était la première fois qu'une opération de sabotage était exécutée sous la protection de l'ennemi lui-même.

Les hallucinations commencèrent dès qu'ils furent sur la route du « cochon ».

Ils remarquèrent tout d'abord que la route était jonchée d'oiseaux et d'insectes morts. « Je voyais même des oiseaux tomber comme frappés en plein vol, écrivait Little, dans son compte rendu, et des millions de papillons, d'insectes et des bestioles de toute sorte qui pourrissaient par terre. Cela nous montait jusqu'aux chevilles. Un véritable délire écologique. C'était d'un réalisme saisissant et tous les sens étaient touchés, la vue, l'odorat, le toucher, l'ouïe même. Il était impossible d'en douter, de ne voir là que l'effet de ces fameuses retombées affectives dont on nous avait prévenus. La pollution psychique causée par les déchets du carburant avancé m'était bien connue, mais il était vraiment impossible de douter de ce que mes yeux voyaient. Chaque plante autour de nous était morte ou agonisante, les arbres étaient dénudés, sans trace de feuilles, et cependant — il faudrait une intelligence bien plus grande que la mienne pour comprendre cette effarante contradiction — il y avait en même temps de nouvelles fleurs qui jaillissaient littéralement des rocs et de l'asphalte sous nos pieds, avec une sorte d'invincibilité, de force irrépressible, et chacun de nous éprouvait une joie étrange, une ivresse euphorique, et presque un sentiment d'immortalité, comme si rien n'était impossible et qu'il n'y avait pas de limites à ce que l'homme pouvait accomplir. »

Little, qui marchait en tête, avec l'Américain et

Grigorov légèrement en retrait à sa gauche et à sa droite, entendit Starr rire.

— Quoi ? Qu'est-ce qu'il y a ?

— Ça pue, dit l'Américain. Vous sentez ?

— Ce sont les oiseaux morts et les insectes.

— Non, monsieur. Il pue, je vous dis.

— C'est le « cochon », gueula Little. Normal, non ?

— C'est ce qu'il y a dedans, monsieur. Le souffle lui-même. Il pue abominablement.

Little fut pris de fureur : une sorte d'indignation véhémente, outragée. C'était la fin de tout ce qu'il y avait d'anglais.

— Absolument pas, monsieur ! rugit-il. Et même si c'est vrai, c'est uniquement à cause de la façon dont il a été traité !

— Par lui-même ! lui fit observer Starr.

— Par la *politique*, monsieur ! gueula Little. Captation, concentration, oppression, compression, manipulation, exploitation, bande de salopards ! Conditionnement, écrasement, retraitement et tout le reste ! Pour survivre, il est obligé de se frayer un chemin à travers toutes sortes de merdes historiques, idéologiques, scientifiques, technologiques, économiques, et alors, évidemment, quand il s'en sort, il est dégradé, avili, souillé, contaminé, brisé, rampant, déchu... oui, parfaitement, monsieur... déchu !

— En tout cas, ça ne sent pas la rose !

— Ta gueule ! brailla Little. C'est un ordre !

Ils continuèrent à avancer sous leur poids écrasant.

— Ne trouvez-vous pas, major, demanda Starr qui fut subitement pris d'une irrésistible et exaltante élévation d'esprit et se sentait allégorique des pieds à la tête, légendaire, mythologique, promis aux plus hauts chants, ne trouvez-vous pas, major, qu'avec cette bombe nucléaire qui pèse si lourd sur nos épaules, nous incarnons admirablement l'humanité tout entière, qui titube sous la même charge mais avance néanmoins avec courage vers l'avenir ?

Le nez de Little émit quelques nouveaux sifflements indignés.

— Ressaisissez-vous, colonel ! ordonna-t-il. Je sais bien que nous sommes tous victimes de cette sacrée pollution, mais ce genre de propos est indigne d'un soldat de métier !

— Ça rampe, annonça là-dessus Komarov, en regardant avec dégoût à ses pieds. C'est tombé drôlement bas. Jamais je n'aurais cru que ça pouvait tomber aussi bas, ce truc-là...

— Silence dans les rangs ! aboya Little. Pas de blasphèmes, monsieur, pas tant que c'est moi qui commande ! Ça ne rampe pas, ça vole, et même très haut, monsieur ! Ça vole avec les aigles, là-haut ! Ce que vous voyez ramper, ici, dans cette vallée, ce sont des *déchets !* Des *déchets*, monsieur ! Des sous-produits de retraitement, monsieur ! Le vrai truc, monsieur, il est là-haut, Au-dessus des sommets ! Avec les aigles !

— Ressaisissez-vous, major ! lui dit à son tour Starr, narquois. Ce genre de propos...

— Excusez-moi, monsieur ! murmura Little, presque humblement. C'est traître, ce machin-là ! Ça vous piège tantôt par en haut, tantôt par en bas !

Ce fut alors au tour de Grigorov de manifester les signes d'une intoxication euphorisante.

Le Russe était pris de fou rire. Le major tourna légèrement la tête dans sa direction : il se demandait si le Russe n'allait pas s'écrouler, ce qui aurait rendu le poids du « bouclier » presque insupportable.

— Vous savez à quoi ça me fait penser ? criait joyeusement Grigorov. Cette tortue que nous portons sur nos épaules, avec tous ces soldats qui nous regardent et n'en croient pas leurs yeux ? Ça me rappelle le meilleur moment de ma vie, quand ils transportaient le cercueil de Staline à travers la place Rouge !

— Musique, dit alors le professeur Kaplan.

— *Quoi* ? glapit Little.

— J'entends de la musique.

— Vous faites une dépression nerveuse juive, l'informa Little.

— J'entends distinctement de la musique, major. Pas vous ? C'est très beau.

— Mon vieux, ressaisissez-vous, le supplia Little, avec inquiétude. Nous aurons besoin de vous, à l'intérieur.

— Qu'est-ce qu'il y a, major ? intervint Starr. Vous paraissez effrayé.

— Ce con entend des chœurs célestes, bégaya Little.

— Je n'ai pas dit cela, rectifia le professeur Kaplan, avec le calme d'un homme qui s'en tient aux faits. Je n'ai jamais parlé de chœurs célestes. J'ai simplement dit que j'entendais de la musique.

Le souffle chantait.

Little l'entendait distinctement, lui aussi. Il n'y

avait pas à discuter. Cela venait de tous les côtés à la fois.

— Foutus transistors, grommela-t-il.

— Bach, déclara le professeur Kaplan.

— C'est une illusion d'optique, affirma Little, avec hauteur.

— D'optique ? s'étonna Starr.

— Vous savez parfaitement ce que je veux dire, espèce d'imbécile ! rugit Little. Effet de la chaleur, des rochers qui chantent...

— Du Bach ?

— Je ne sais pas ce qu'ils chantent et je ne veux pas le savoir, monsieur ! C'est une manœuvre de diversion, faites attention, on cherche à nous faire perdre la tête !

Dans son rapport, Little s'efforça de remettre les choses au point : « Sans aucun doute, toute la vallée était empoisonnée par les déchets de carburant avancé. Nous en avions probablement jusqu'aux oreilles. Il s'agit du même effet que celui qui s'est déjà produit autour des surrégénérateurs de plutonium, ce qui expliquerait la réaction démentielle "écologique" de la population de ces régions. »

— Je ne veux pas vous affoler, major, dit Starr, mais si vous levez les yeux, vous vous apercevrez qu'il y a le ciel de Michel-Ange au-dessus de nos têtes. Il ne manque pas un saint !

— C'est ce qu'on appelle essayer de miner le moral des troupes, colonel, aboya Little. Je ne veux plus entendre de propos défaitistes dans cette équipe. Vous êtes une honte pour votre pays et pour votre drapeau, colonel. J'en rendrai compte.

Leurs visages ruisselaient de sueur sous les cagoules électroniques qui ne laissaient à découvert que leurs yeux et leurs oreilles.

Sur ce, il advint quelque chose d'encore plus déplaisant.

Stanko, qui avait jusqu'ici plutôt mieux résisté que les autres aux retombées, s'arrêta soudain sans crier gare.

— Qui est ce paysan ? demanda-t-il d'une voix blanche.

— Quel paysan ? grogna Little, soupçonneux.

Il était fermement décidé à ne rien voir, même Sa Gracieuse Majesté la Reine.

— Ce paysan, là-bas, qui porte une croix, bégaya Stanko.

Little commit alors une erreur fatale. Il regarda — et faillit s'étrangler.

— Un paysan parfaitement ordinaire ! déclarat-il, avec d'autant plus de conviction que, cette fois, il était sûr qu'il devenait fou.

— Pourquoi traîne-t-il cette lourde croix sur son dos ? voulut savoir Stanko.

Il était pieds nus, le front ceint d'une couronne d'épines, et Il marchait à leurs côtés, courbé sous le poids d'une énorme croix, dont un bout reposait sur son épaule, un peu comme la bombe nucléaire reposait sur les leurs. Un drap terreux et ensanglanté couvrait Sa nudité, et Son apparence était tellement familière que Little eut l'impression de rencontrer un vieux copain de classe.

Il se ressaisit. Encore une retombée culturelle, une vision induite par l'effet hallucinogène bien connu du carburant avancé. On les avait avertis. Musique. Poésie. Religion. Art. Musées. Symphonies. Tout le truc, quoi. Mais il n'était plus temps de couper les cheveux en quatre.

— Qu'est-ce qui vous étonne, là-dedans ? aboyat-il. Un bon vieux paysan albanais portant sa croix au travail.

— QUOI ? gueula Starr.

— Pourquoi est-ce qu'un paysan albanais porterait une croix pour aller travailler ? s'enquit Stanko.

— Eh bien, il faut croire qu'ils font ça ici, voilà tout, marmonna Little. Ils manquent de tracteurs, probablement.

— Il porte une couronne d'épines sur sa tête, dit Stanko.

— Quelle couronne ? Il n'y a pas de couronne, lui assura Little. Des épines parfaitement ordinaires, voilà tout.

— Mais pourquoi ?

— Coutume locale, glapit l'Anglais.

— Major, dit Starr, calmement, il pleure.

— Je n'y peux rien. Nous avons tous nos problèmes.

— Et la croix ? insista Stanko.

— Écoutez, mon vieux, cette bombe est déjà suffisamment lourde comme ça. Je ne vais pas aider un paysan albanais à porter sa croix là où il doit la porter.

Il se redressa, regardant droit devant lui. Starr n'avait jamais vu de sa vie un homme si indigné, outré.

— Messieurs, je considère que l'incident est clos.

— L'*incident* ? brailla Stanko. *Clos* ? Est-ce que vous vous rendez compte ?

— Silence dans les rangs ! C'est moi qui commande, ici ! L'incident est clos.

Mais il ne l'était pas.

Durant presque toute la durée de leur marche, alors qu'ils titubaient sous le poids de la bombe en avançant dans la direction du « cochon », le « paysan » leur tint compagnie, avec sa lourde croix. Ce fut seulement lorsque leur psychisme commença à s'habituer à cette compagnie, selon un processus d'accoutumance qui n'a jamais manqué de s'accomplir dans l'histoire, avec l'atrophie correspondante de la sensibilité, c'est alors seulement que cette présence perdit de sa visibilité, et les six professionnels se retrouvèrent seuls, peinant sous le poids écrasant dont ils étaient chargés, entre deux haies de soldats qui étreignaient leurs armes en leur jetant des regards meurtriers.

6 h 40.

Le « cochon » n'était plus maintenant qu'à quelques centaines de mètres, et Starr constata avec étonnement qu'il n'offrait aucune ressemblance avec la maquette qu'ils avaient si souvent étudiée et qui, pourtant, avait été minutieusement reproduite d'après les clichés pris par les satellites. « Vous me prendrez pour un sentimental, écrivit-il, mais l'idée que ce salaud de Mathieu avait donné la forme extérieure du Parthénon au dispositif de désintégration, à son "Super-Phénix", comme il l'appelait, me remplissait d'une rage qui faisait brusquement passer toute l'affaire du plan strictement professionnel à un plan personnel. Je me sentais *personnellement* insulté, comme si on avait craché jusqu'au fond de mon âme. Bien sûr, il faut faire la part de l'épuisement, de la tension nerveuse et des effets secondaires des retombées, mais l'idée que notre déshumanisation nucléaire devait s'accomplir à l'intérieur d'un "Super-Phénix" qui avait la forme du Parthénon, ce berceau d'espérance et de liberté d'où notre civilisation avait pris son essor, me frappait comme une provocation d'un cynisme intolérable. Ce fut seulement en venant plus près que le caractère hallucinatoire de ce que je croyais voir m'apparut peu à peu, au fur et à mesure que le "cochon" reprenait sa forme véritable, pas très différente de nos Super-Phénix ordinaires. »

Caulec, debout dans la voiture, et qui avait pourtant étudié à fond le modèle du site, ne s'était jamais rendu compte auparavant que Mathieu avait fait de sa centrale de désintégration la réplique fidèle de la cathédrale de Chartres. Le professeur Dallé, dans un rapport au gouvernement français, avait comparé les effets psychiques provoqués par les retombées du carburant avancé du « Super-Phénix » aux visions mystiques induites par les champignons hallucinogènes mexicains.

Il y avait des postes de contrôle tous les cent mètres et Caulec poussa un soupir de soulagement lorsqu'il vit le commando les franchir successivement sans accroc, tandis que les officiers albanais couraient en avant, ouvrant le chemin aux saboteurs. Tout le secteur autour du « cochon » ressemblait aux photographies des camps d'extermination nazis, bardés de fils de fer barbelé ; certains accumulateurs étaient utilisés comme tours de guet ; des mitrailleuses étaient en batterie sur des plates-formes de bois. « L'effet peut-être le plus déplaisant, écrivit Starr, était le système d'alimenta-

290

tion, le réseau de tuyauteries qui acheminaient le carburant avancé vers la chambre de désintégration. Ces conduits tordus, enchevêtrés, à l'aspect torturé, couvraient toute la vallée ; leur vue produisait un effet profondément déprimant car ils évoquaient une image presque gothique de la torture infligée aux martyrs, telle que l'ont représentée les artistes depuis le début de l'art chrétien. »

Caulec descendit de la voiture. Ce n'était pas le moment, vraiment, de se laisser aller à la curiosité personnelle et à des études de psychologie, mais il ne put se retenir de jeter un regard sur le visage d'Imir Djuma.

Il se heurta à une imperméabilité absolue. En dehors des marques bleues sous les yeux, c'était un visage qui avait banni toute émotion, une fois pour toutes. Ce calme, cette froideur, cette expression implacables, qu'ils fussent ou non un masque, étaient la marque d'une personnalité digne de se trouver à la tête d'une puissance infiniment plus grande que l'Albanie. S'il y avait un homme digne de disposer de l'arme nucléaire, c'était bien celui-là. Bon, ça suffit, pensa-t-il. Ce n'est pas le moment de lui demander un autographe.

Starr ne s'était jamais senti plus protégé durant les vingt-cinq années de sa vie professionnelle. Les officiers et sous-officiers avaient formé un mur autour d'eux, faisant face à leurs propres soldats, mitraillettes au poing, prêts à tirer au moindre signe de désobéissance.

Le seul homme parmi les Albanais dont le visage exprimait de l'émotion était le général Cočuk. Congestionné, les yeux injectés de sang, des traces de bave aux commissures des lèvres, il exhalait la haine par tous ses pores, et c'était rassurant, se dit Starr en souriant, de voir qu'au moins un de ces gars avait encore quelque chose d'humain.

Haut dans le ciel, au-dessus de la vallée, trois aigles tournoyaient, ou peut-être trois vautours, car il est difficile de les distinguer les uns des autres.

XXXII

7 h 5.

Ils se tenaient à l'entrée du « cochon », autour du bouclier nucléaire posé sur le sol ; les fils électroniques les reliaient à l'arme comme pour quelque monstrueuse transfusion de mort. Deux mille hommes de troupe les entouraient ; dans les voitures, le haut commandement albanais semblait soudé dans une immobilité massive : épaules, épaulettes, poitrines, médailles, cous épais et visages solennels, sévères, impassibles. Un défilé de 1er Mai, pensa Starr, attendant que Kaplan ait fini de se dépêtrer du fil ; et ils pénétrèrent tous les deux à l'intérieur du « cochon ». Selon le diagramme, le « cerveau » était au bout du tunnel sur la droite. Les techniciens chinois et deux officiers albanais les précédaient. Starr, dès qu'il fut dans le tunnel, se sentit en proie à une détresse profonde, un abattement presque insupportable ; il jura, furieux contre lui-même, et tenta de se ressaisir ; ils avaient tous été mis en garde contre l'effet particulièrement dépressif des déchets sur le lieu de désintégration ; il s'y attendait, mais pas à ce point ; il fut pris d'une angoisse qui se muait en un véritable désespoir ; il lui fallut faire appel à toute sa volonté pour se reprendre en main ; il jeta un coup d'œil à Kaplan et le vit tout aussi mal en point ; l'accumulation de carburant avancé autour d'eux était effrayante ; elle équivalait approximativement à dix-huit mois de production posthume du peuple albanais : cent quinze mille unités-souffle, soit dix fois le rendement conventionnel en cinquante ans du Goulag. On concevait qu'à défaut d'une immunisation entreprise dès l'enfance et soigneusement entretenue, les effets psychiques d'une telle concentration fussent insupportables. Il entendait le battement sourd, rapide et régulier du carburant dans chaque élément du système.

Au bout du tunnel, un des officiers albanais ouvrit la porte.

May était assise sur un tabouret, très droite, immobile. Elle leur fit un petit geste de la main sans bouger la tête.

— *Hello, there !* leur lança-t-elle.

Mathieu était debout devant un chevalet, le pinceau à la main, et il fallut quelques secondes à Starr pour se convaincre qu'il n'était pas cette fois victime d'hallucinations.

Mathieu peignait une icône.

C'était une icône de May, naïve, maladroite, mais bouleversante dans sa tendre gaucherie. May avait une auréole autour de la tête et les mots SAINTE MAY D'ALBANIE étaient écrits au-dessus de l'auréole, en caractères cyrilliques.

— Professeur Mathieu..., commença Kaplan.

Mathieu recula d'un pas et contempla l'icône avec satisfaction.

— C'est ce que j'ai fait de mieux jusqu'à présent, dit-il. Sainte May d'Albanie, notre Sauveur à tous !

— Professeur Mathieu ! essaya à nouveau Kaplan.

— Ces putains d'auréoles sont vachement difficiles à faire, vous savez, leur dit Mathieu. Ça n'a l'air de rien, mais... Attendez... Je crois qu'il faut ajouter un peu d'or, ici... Juste une touche...

Elle le regardait avec tant d'amour que si l'amour pouvait tenir un pinceau, pensa Starr, l'icône aurait été un chef-d'œuvre.

— Ne bouge pas, May. Il faut que je donne un peu plus d'éclat à l'auréole...

— Pourquoi est-ce que je ne peux pas bouger ? Je ne porte pas d'auréole, alors, ça ne fait pas de différence, que je bouge ou pas. Est-ce que je peux fumer ?

— Pas pendant que je travaille à ton auréole, voyons. Tâche de m'aider un peu.

— Professeur Mathieu ! beugla Kaplan, revenu de sa stupeur. Vous avez fait une erreur !

Mathieu le regarda, puis ses yeux revinrent à l'icône.

— Quelle erreur ? Trop d'or ? Cette chose doit répandre la lumière, vous savez. Comment vous y prendriez-vous pour peindre une auréole ?

— Auriez-vous l'obligeance de cesser de nous haïr, juste quelques secondes, professeur ? demanda Starr, avec douceur. C'est entendu, nous sommes tous des bouffe-merde. Ça fait des années que vous nous le faites savoir sur tous les tons. Mais il se trouve qu'on ne peut pas mettre fin à la merde en nous sans mettre fin au reste. Vous mettez fin

295

à la merde et c'en est fait aussi de la beaute, professeur. Plus d'icônes. Plus d'auréoles dorées. Plus d'amour. À ce propos, je vous signale que nous sommes tous, tant que nous sommes, au propre comme au figuré, reliés à un immense tas de merde nucléaire et si un connard un peu nerveux appuie sur la détente...

— Professeur Mathieu ! hurlait Kaplan. Vous avez fait une erreur...

— Qui ? Moi ? Non. Aucune erreur.

— La désintégration du souffle entraînerait une réaction en chaîne !

Mathieu parut impressionné.

— Vous avez fait tout ce chemin jusqu'ici pour me citer les paroles de l'Évangile ?

— Saint Matthieu, dit soudain May.

— QUOI ? rugit Kaplan.

— Vous êtes en train de citer l'Évangile selon saint Matthieu, lui dit May, gentiment.

Starr voulut rire, mais cela ne donna qu'un glapissement rauque, et il se tut. Qu'ils fussent tous intoxiqués par cet univers concentrationnaire du souffle qui filtrait à travers chaque élément du système et aux prises avec les hallucinations et les tendances messianiques, si excellemment étudiées en U.R.S.S., ne faisait aucun doute. Encore fallait-il savoir quelle était là-dedans la part du carburant avancé lui-même, et quelle était celle du mode de retraitement auquel il était soumis à l'intérieur de chaque modèle, celui du type occidental et celui du « modèle de socialisme » dans lequel ils se trouvaient.

— Vous avez fait une erreur colossale, indigne d'un savant de votre envergure ! hurlait Kaplan.

Heureusement que nous sommes intervenus à temps ! Sans cela, il ne resterait plus rien de ce qui fait de nous des hommes !

Mathieu parut outré. Il avait jeté son pinceau.

— Écoutez, Kaplan, pouvez-vous me dire ce qui reste encore de « ce qui fait de nous des hommes », comme vous le dites !

— Là, vous êtes un peu injuste, professeur, intervint Starr, amicalement. Les musées, vous savez. Les symphonies. Ils viennent de payer un million de dollars pour un Masaccio, à Londres !

— Mathieu, je ne suis pas venu ici pour écouter vos métaphores ! gueula Kaplan.

— C'est bien ce que je veux dire, lui lança Mathieu. Si ce n'est qu'une métaphore, alors, on peut se demander ce que nous avons encore d'humain...

L'officier albanais se mit à hurler. Il montrait la porte en débitant un flot de paroles.

Le visage de Kaplan prit une teinte de blanc terreux presque posthume.

— Qu'est-ce qu'il essaie de nous dire ? demanda Starr.

— Il nous dit de nous dépêcher, traduisit Kaplan. Il ne peut garantir qu'un soldat nerveux...

Starr était impressionné.

— Vous comprenez l'albanais ? Depuis quand ?

— Je n'ai pas besoin de parler l'albanais pour...

Ils avaient minuté les manœuvres de libération à vingt-cinq minutes. Mais ce que personne ne pouvait minuter, c'était la durée de résistance nerveuse des soldats qui les entouraient, les armes à la main.

— Dépêchez-vous, messieurs. Dites-nous ce que

vous avez à nous dire, et finissons-en. Il y a dehors une bombe de vingt mégatonnes à la merci de n'importe quel imbécile.

Dehors, Little étudiait la carte du retour. À moins de tomber sur un fanatique qui désobéirait aux ordres, il ne devait pas y avoir de difficultés. Et quarante ans d'un régime « modèle » avaient rendu ce peuple très discipliné. Little plia la carte avec satisfaction. On pouvait dire ce qu'on voulait, il n'y avait rien de tel que la discipline pour assurer le succès d'une opération. Pour la première fois depuis que ses hommes le connaissaient, il se mit à rire.

Et puis il eut une petite idée. La présence sur les lieux du dictateur albanais était une chance inattendue. Il se caressa la moustache, en observant le maréchal avec sympathie. On ne perdrait rien à prendre une petite garantie supplémentaire.

À cinquante mètres de là, Caulec était debout dans la Mercedes. Il avait pris son Kalachnikov à un officier albanais, et se sentait moins seul. Sur le siège arrière, Imir Djuma regardait droit devant lui. Une indifférence totale. Son expression de vacuité était telle que le Canadien sentit un petit frisson lui parcourir l'échine. Il comptait bien ne pas tomber vivant aux mains de cet homme. Les tortures raffinées de l'ancienne Turquie lui vinrent à l'esprit. La fatigue, probablement. Ou les retombées culturelles. Mais lorsque Djuma dit brusquement quelques mots à un des officiers qui se tenaient près de la voiture, Caulec braqua instinctivement la mitraillette vers la poitrine du maréchal. C'était un geste totalement gratuit, mais face à cette statue redoutable, Caulec éprouvait le besoin de s'affirmer.

L'officier albanais secoua la tête.

— Paix, paix, dit-il rapidement, en anglais.

Puis il répéta l'ordre d'Imir au mégaphone et les soldats déposèrent leurs armes.

Les deux savants s'expliquaient devant le tableau noir. Cette discussion avait été prévue, jugée indispensable : les responsables scientifiques américains et russes l'avaient exigée. Il manquait des éléments dans les informations dont ils disposaient.

— Voilà ! gueulait Kaplan, soulignant à la craie la formule de Yoshimoto sur le tableau. C'est une donnée absolue et je ne sors pas de là ! D'accord pour l'explosion directionnelle à portée illimitée, nous l'avons vérifié, c'est une admirable extrapolation des travaux de Kastler sur le laser ! Je suis le premier à le reconnaître, avec respect pour votre don de raccourci, mais je vous rappelle qu'une certaine déshumanisation relative, soigneusement déterminée, était déjà inscrite en filigrane dans notre bombe à neutrons ! Je ne dis pas que votre contribution ne mérite pas l'estime, et si nous avions disposé plus tôt des crédits nécessaires à l'I.T. du Massachusetts, nous y serions arrivés nous aussi, sans trop de problèmes ! Mais vous n'avez pas su déterminer et mesurer l'effet de *propagation*, Mathieu ! Vous avez perdu le contrôle ! Vous avez

été totalement incapable de prévoir et de contrôler la réactivité ! Ce que vous avez réalisé là n'est
qu'une pure satisfaction de l'esprit, de l'art pour
l'art, car, je vous le demande, à quoi peut bien
servir une arme qui se retourne aussi bien contre
celui qui l'emploie que contre celui qu'elle vise ?
Pouvez-vous m'expliquer comment l'autodestruc-
tion peut figurer dans l'arsenal nucléaire ?

Il jeta la craie et croisa les bras d'un air vain-
queur. Ses cheveux étaient hérissés, debout en zig-
zag sur sa tête, sous l'effet du souffle statique. Starr
se dit que, du point de vue pileux, du moins, Kaplan avait en effet quelque chose de commun avec
Einstein. « À l'entendre, écrivit-il par la suite, je me
suis mis à penser que la seule erreur commise par
Mathieu était d'imaginer qu'il fallait construire un
"cochon" pour nous déshumaniser. On se débrouillait fort bien sans ça. Le "cochon" n'était que
du surplus militaire. »

Mathieu s'empara de la craie et le tableau se
couvrit de signes.

Il suffit de quelques minutes pour que l'attitude
de Kaplan changeât complètement. Il avait
d'abord suivi la course des symboles sur le tableau
et puis son regard se porta sur Mathieu. Il ne restait plus rien de son air de triomphe et il contemplait son collègue presque humblement, avec une
admiration sans bornes.

— Je vois, murmura-t-il. C'est génial. *Génial.*
Ainsi, vous l'avez fait *délibérément...*

Mathieu s'essuyait les mains.

— Il y a maintenant plus de neuf ans que le
Cercle Érasme a soumis aux grandes puissances un
mémoire exigeant la destruction de tous les stocks

nucléaires et les avertissant de ce qui les attendait. Personne ne nous a écoutés. Alors... *Nous leur avons donné quelque chose de trop puissant pour la puissance, de trop destructeur pour la destruction, de trop suprême pour la suprématie...* C'est entre leurs mains, maintenant...

Il regardait ses mains.

— Finissons-en, dit Starr. Nous n'avons pas l'éternité devant nous... du moins, je l'espère !

L'équipe des techniciens chinois se tenait au grand complet dans le tunnel, avec trois officiers albanais chargés de veiller sur leurs nerfs. Mais leurs mitraillettes étaient superflues. Personne ne doutait que les saboteurs hésiteraient à faire sauter le bouclier nucléaire, et tout le secteur, eux-mêmes compris. Du gâteau, pensa Starr, en jetant un coup d'œil dans le couloir. Chaque homme du commando portait sur lui le diagramme du « cochon » et avait répété une bonne centaine de fois toutes les manœuvres de libération du carburant avancé. Mais à voir les visages anxieux et terrifiés des Chinois, Starr sut qu'ils trouveraient là une coopération immédiate et empressée. Ils allaient s'en tirer magnifiquement. « Je reconnais que j'éprouvais un sentiment assez agréable de pouvoir absolu », écrivit-il. Pour plus de certitude, ils firent confirmer l'ordre de libération par Imir Djuma lui-même. « Je pense que ce qui se passait à ce moment-là dans la tête du maréchal aurait probablement dévasté la terre entière, s'il n'y avait pas ce vieil instinct de conservation, somme toute assez archaïque, qui empêche pour le moment toutes

les possibilités offertes par la science d'être entièrement exploitées. » Lorsqu'il revint, les deux savants s'expliquaient encore. Mathieu était en train
d'écrire son extrapolation de la formule sur le tableau noir.

Starr vit la jeune femme. Elle se tenait à l'entrée
du tunnel, dans le chaos de tuyauteries enchevê-
trées. Il se dégageait de tout ce système tordu, en-
roulé sur lui-même, une impression de contorsions
presque cervicales dans leur inextricable et tor-
tueux entortillement. Le battement régulier,
lourd, du souffle à l'intérieur du système était clairement perceptible.

Starr avait la nausée. May avait posé la main sur
un raccord d'alimentation.

— Vous serez sauvé, dit-elle, à Dieu sait qui ou
quoi, mais que ce fût ou non en pure perte, la
seule chance qui demeurait encore intacte était
dans ce regard d'amour.

— Viens, sainte May d'Albanie, lui dit Starr.
You're going home, kid. Tu rentres à la maison.

7 h 40.
Ils attendaient.
Le bouclier nucléaire gisait entre eux sur le sol.
Avec ses fils pareils à des pattes de cloporte, il ressemblait à quelque insecte préhistorique géant
vert bouteille, qui aurait rampé hors des ténèbres
originelles vers la lumière, juste pour se faire tuer
par elle.

Les armes posées à leurs pieds, des milliers de
soldats les entouraient de leurs cordons de haine.

Dans sa voiture, sur la route, Imir Djuma demeurait dans une immobilité totale, impavide, sans un regard vers les saboteurs du souffle populaire albanais, dont ils redoutaient tellement la puissance irrésistible.

Ils recommenceront, pensait Caulec, qui ne quittait pas des yeux cette statue implacable. Espérons que le monde libre aura gagné assez de temps pour construire son propre « cochon ». Un « cochon anticochon ». Un « cochon » de dissuasion.

Il évitait la vue du ciel. Toutes sortes de choses se passaient là-haut. Un remue-ménage effarant. Des préparatifs d'accueil. Le subconscient, pensa Caulec. Les déchets hallucinogènes du souffle faisaient ressortir de son subconscient des trucs qu'il avait dû apprendre à l'école maternelle. L'alphabet, par exemple, de A à Z, comme si quelqu'un, là-haut, cherchait à le faire revenir aux vérités premières et aux notions les plus élémentaires de la pensée et de la conscience humaines. Caulec avait envie de leur gueuler qu'il n'était ni un savant ni un intellectuel et que tout leur bordel idéologique de A à Z, il n'avait rien à en foutre.

Il se pencha hors de la voiture et vomit.

D'un bout à l'autre de la Vallée des Aigles, tout s'était immobilisé. Ordre avait été donné à tous d'attendre sur place l'autorisation de bouger. Les habitants qui étaient sortis de leurs maisons et les équipes d'ouvriers qui effectuaient des travaux s'étaient figés dans l'attitude qu'ils avaient au moment où l'ordre leur était parvenu, ce qui les faisait ressembler à des espèces de morts vivants de Pompéi. Little trouvait qu'ils ressemblaient à des groupes folkloriques invités à garder la pose. Ce n'était pas sans rappeler l'interdiction de tout

changement, de tout mouvement en Union soviétique, pensa-t-il. C'était une pensée tendancieuse et
réformiste, dont il ne pouvait être tenu pour responsable. Elle avait été induite par les émanations
en souffle.

— Excusez-moi, dit-il à Grigorov, car il s'agissait
après tout d'un allié.

— De quoi ? s'étonna le Russe.

— De rien, fit Little, furieux contre lui-même,
et le Soviétique parut encore plus étonné.

Mathieu et May étaient venus se placer parmi
eux. Il tenait sa main dans la sienne. May lui souriait avec une tendresse et une sérénité qui témoignaient de quelque absolue, congénitale et sacrée
indifférence à ce qui pouvait les menacer, et Starr,
à la vue de cette confiance, de cette imbécile et
sereine certitude, fut pris d'une jalousie presque
désespérée. Il était impossible d'être confronté
avec une foi humaine aussi naïve dans son refus
tranquille de tout ce qui, en quelque sorte, prou-
vait le *contraire*, sans se sentir gagné par elle, et
Starr savait que s'il se remettait à croire et se laissait dépouiller de sa carapace de cynisme, il n'allait
plus jamais connaître de repos.

Il se détournait déjà du couple pour revigorer
sa fibre morale par la vue du « cochon », lorsqu'il
entendit Mathieu prononcer quelques paroles.
D'abord, il n'en crut pas ses oreilles, mais il fallait
bien se rendre à l'évidence. Mathieu récitait un
poème, il n'y avait pas le moindre doute là-dessus :

> *Frères humains qui après nous vivez,*
> *N'ayez les cœurs contre nous endurcis,*

304

Car, se pitié de nous pauvres avez
Dieu en aura plus tôt de vous mercis.

Starr faillit lui envoyer son poing sur la gueule : ce n'était apparemment pas assez d'avoir contribué si magnifiquement à un holocauste nucléaire, non, il fallait encore envelopper tout ça dans un peu de poésie. Mais il se ressaisit à temps. Mathieu était, comme eux tous, victime des déchets culturels.

Ils s'étaient pourtant bourrés de désensibilisants, mais il n'y avait rien à faire.

Même Komarov, brusquement, se mit à réciter un poème de Pouchkine.

— Il faut qu'on se tire de là, et vite, dit Starr au major.

L'Anglais était blême. Starr eut peur. Dieu seul savait ce qu'il allait lui sortir.

— Quatre minutes encore, bégaya Little. Dites-moi, colonel..., est-ce que vous aimeriez entendre le monologue de Hamlet ? *To be or not to be, that...*

— La ferme ! lui ordonna Starr. Ou je vous déclare défaillant et je prends le commandement !

Devant eux, le « cochon », lourdement assis sur ses pattes arquées, était planté là comme un temple païen prêt à digérer ses prêtres, tous les sacrifices humains et tout l'encens dont ses adorateurs l'avaient gorgé. La quantité de prix Nobel qu'il avait fallu pour en arriver là était incroyable.

Quelque chose de babylonien, pensa Starr.

— Major, appela-t-il, cependant que Kaplan, qui avait surveillé les manœuvres des techniciens chinois, revenait, l'air content, et s'amarrait à la bombe.

— Quoi ? grommela Little.

— Qui a dit : « Que la lumière soit » ?

— Err... c'est... comment déjà... Einstein, déclara Little.

— Lénine, en 1917, affirma Grigorov.

Little essaya d'améliorer son score.

— Edison ! aboya-t-il. L'homme qui a inventé l'ampoule électrique !

Ils entendirent un bruit semblable à un battement d'ailes et levèrent la tête. Il n'y avait rien. Ni ange ni bête. C'était le souffle, à l'intérieur. Le « cochon » était sur le point d'être vidé de son carburant avancé. Les besoins en énergie du monde industrialisé, la croissance économique et la construction du socialisme allaient subir un temps d'arrêt.

— Merde, qu'est-ce qui va se passer ? s'inquiéta Stanko. Une fois que ça commence à se libérer, ce truc-là... Ça ne va pas nous balayer tous ?

— C'est parfaitement au point, le rassura Little. Je vous ai fait un amphi là-dessus. Ça fout le camp à la verticale. Une force ascensionnelle. Rien à craindre.

— Et s'il y a un accroc, quelque part ? insista Stanko.

— Il ne peut pas y avoir d'accroc, lui dit Little, d'un ton irrité. C'est scientifique.

— Je veux dire... plus haut ? Là-haut ?

— Là-haut là-haut ?

— Oui... À la réception, quoi. Je veux dire... c'est assez dégueulasse, ce truc-là, maintenant. C'est pollué. Cochonné, quoi. Ce n'est plus d'ori-

306

gine. C'est comme si on leur refilait, là-haut, une voiture d'occasion en mauvais état, au lieu de... Vous comprenez ?

— Je comprends, dit Little, décidé à faire preuve de tolérance, devant cette nouvelle manifestation de déséquilibre psychique. Je ne sais pas du tout ce qui va se passer, là-haut, si ce truc-là sent la merde. La grâce, je suppose, quelque chose comme ça. Ils sont sûrement équipés pour ça. Je présume qu'ils ont des filtres, des désinfectants ou qu'ils procèdent à un retraitement. Je vous suggère de ne pas vous en mêler. Ce ne sont pas nos oignons.

Ils s'attendaient que la libération d'une telle quantité de souffle donnât lieu à des retombées particulièrement fortes. Ils avaient eu de longues discussions à ce sujet. Pour Kaplan, il y aurait quelques visions artistiques, inévitablement, mais les effets allaient sans doute varier selon les individus. Le niveau culturel de chacun jouerait certainement un rôle. Dans son cas, la grande peinture de la Renaissance et du Chagall, naturellement ; pour les Russes et les Yougoslaves, quelque chose de folklorique, bien qu'il fût possible qu'il n'y eût qu'une aveuglante lumière, à l'état brut, puisqu'il s'agissait d'un souffle populaire, dans le sens le plus noble du terme, bien entendu, non encore raffiné, ou de couleurs simples, violentes, comme on en voit dans toutes les fêtes paysannes, puisque c'en était une, au fond. Starr, quant à lui, s'attendait plutôt à un nuage en forme de champignon, car, étant donné les souffrances et les servitudes subies et infligées par la chose, il ne pouvait y manquer une bonne dose de vilenie.

Ils attendaient donc, non sans inquiétude, mais lorsque le soleil lui-même, comme aveuglé par la lumière humaine qui s'élevait de la terre, disparut dans une clarté qui ne lui devait rien, il y eut un moment où Starr crut pour la première fois, et sans doute pour la dernière, à ce dont ne pouvait rendre compte aucune connaissance, aucune carte du ciel, aucune cosmogonie.

Ils devinrent fous. Aucun d'eux, par la suite, ne put dire ce qu'il avait vu, car les retombées affectives étaient si fortes qu'ils perdirent tout sens de la réalité, ce qui est toujours un commencement de vérité, et la force ascensionnelle était d'une telle vitesse qu'elle ne laissait derrière elle aucune trace d'immortalité, ce qui rendait aux secondes et aux instants toute leur durée éphémère. Starr fut le premier à reprendre conscience, ou plutôt, ainsi qu'il devait se dire plus tard, à perdre la vue, c'est-à-dire à retrouver l'image et les limites de sa vue. Il fut aidé dans ce retour à la réalité d'usage par la vue de Komarov faisant le vieux salut du Front populaire, le poing levé, et il ne sut jamais si ce geste était celui d'autodéfense d'un marxiste convaincu, ou au contraire un hommage à ce qu'il avait peut-être pris pour l'aube du socialisme.

Le moins impressionné fut Little. Toute son attitude indiquait que de telles manifestations avaient, pour un Anglais qui se respecte, quelque chose d'indécent. Et il ne prit aucune part à leurs discussions sur le sujet, par la suite, se tenant rigoureusement à l'écart de tout ce qui pouvait avoir trait à cette « tentative de démoralisation » — ce fut sa seule remarque à ce propos. Lorsque Starr lui demanda ce qu'il avait vu et ressenti, Little se gratta la moustache d'un air de profonde réprobation, mais devant l'insistance indignée des autres, il finit par laisser échapper du bout des lèvres une remarque d'une telle arrogance qu'elle les laissa abasourdis :

— Si je comprends bien, ce Mathieu a un petit talent de peintre.

Le visage d'Imir Djuma était gris cendre ; il devait se dire que, pendant longtemps, le Parti ne pourrait plus faire confiance aux troupes qui avaient assisté à la libération du souffle populaire, et qu'il serait sans doute nécessaire de les rééduquer jusqu'à la fin de leurs jours.

La tête sphérique du « cochon » était à présent noire comme du charbon. Le souffle l'avait abandonné et il n'y avait plus rien dans le système, hormis le génie de l'homme.

XXXIII

Ils embarquèrent sans trop d'égards la statue d'Imir Djuma avec eux dans le camion. C'était une idée de Little. Leur plan opérationnel ne prévoyait rien de ce genre, mais le major estimait qu'une pleine et entière liberté tactique devait être laissée au chef sur le terrain. La présence du chef de l'État albanais à leurs côtés offrait une protection plus sûre que le « bouclier » nucléaire, dont l'effet de dissuasion allait diminuer considérablement dans les montagnes, surtout à proximité de la frontière yougoslave, avec les villages avoisinants. Un monument de granit — telle était l'impression que le dernier des grands staliniens donnait à Starr, qui le voyait pour la première fois de si près. Il ne savait s'il fallait y voir de la dignité et de la force de caractère, ou si c'était simplement l'effet de quarante ans de pouvoir absolu. C'était néanmoins du solide, et qui ferait honneur à n'importe quelle place Rouge où cette statue s'élèverait.

La bombe était posée à leurs pieds dans le camion ; les Albanais s'en tenaient scrupuleusement, semblait-il, aux termes de l'accord : aucune voiture ne les suivait, comme c'était entendu. Ils roulaient

310

sur une excellente route militaire, entre les montagnes qui s'élevaient plus haut que le soleil.

Mathieu était assis sur la banquette à côté de la jeune femme, un bras autour d'elle ; May appuyait sa tête contre son épaule. Ils ressemblaient à tous les amoureux qui ont choisi leur bonheur personnel, oubliant le reste du monde.

— Alors, on abandonne, monsieur le professeur ? demanda Starr, avec plus d'agressivité et de rancœur que d'ironie, car c'est toujours troublant, pour un professionnel endurci, de se sentir amer et presque envieux à la vue de ce qu'on croyait avoir une fois pour toutes banni de sa vie.

— Pourquoi ?

— Vous avez l'air heureux. Et le monde, alors ?

— Je ne crois pas qu'il durera longtemps, à moins que quelqu'un veuille bien mettre la sécurité sur cet engin.

Little se pencha et mit la sécurité, en grommelant des excuses, comme un écolier qui a oublié de faire ses devoirs.

Starr jugea qu'il était temps de s'amuser un peu et de détendre l'atmosphère.

— Eh bien, les gars, on a essayé, personne ne peut dire le contraire, leur lança-t-il. On a fait ce qu'on a pu. Ce n'est vraiment pas notre faute si c'est raté.

Ils se tournèrent tous vers l'Américain et le regard soupçonneux de Little se porta lentement vers lui.

— Cela veut dire quoi, au juste, votre remarque ? demanda-t-il d'une voix nasillarde et irritée.

Starr haussa les épaules et ne dit rien.

Ce fut Mathieu qui se chargea de leur transmettre le message.

— Je crois savoir ce que votre camarade combattant a voulu dire, messieurs. Ce combat que vous avez mené fut un courageux échec, bien que, les choses étant ce qu'elles sont, *vous n'êtes plus capables de vous en rendre compte*... La bombe a explosé depuis longtemps, à Hiroshima, le processus de déshumanisation s'est accompli, et le propre de ce phénomène, évidemment, c'est que nous ne possédons plus les éléments psychiques, éthiques et spirituels, qui nous permettraient d'en prendre conscience.

Ils trouvèrent la plaisanterie fort drôle, sauf Little, qui parut écœuré par ce qu'il prenait sans doute pour une divagation d'intellectuel, et d'intellectuel français, par-dessus le marché.

Mais ce fut Stanko qui trouva la bonne réponse, et elle fut accompagnée d'un rire joyeux.

— Vous vous trompez, ami ! lui lança-t-il. Il me suffit de vous voir, tous les deux, cette belle fille et vous, pour savoir que nous avons bien sauvé ce que nous sommes venus sauver, et que nous sommes encore bien humains, aussi humains qu'il est humainement possible de l'être ! Et pour cet exploit héroïque et surhumain — rester humains envers et contre tout — nous méritons une prime, et une médaille très spéciale, destinée à récompenser un courage et un exploit aussi exceptionnels !

— La seule question est : combien de fois la civilisation peut-elle être sauvée sans cesser de mériter le nom d'une civilisation ? demanda Starr.

— Ça suffit ! rugit Little. Nous ne sommes pas

312

dans un salon, ici ! Nous avons des problèmes *sérieux* devant nous !

— Vous savez quoi, camarades ? déclara Komarov. On ne peut marcher vers la paix qu'à reculons !

— Vos gueules, merde ! hurla Little, dans son plus pur *cockney* de sergent. Ça suffit, comme propos subversifs ! Encore un mot, et je vous fous tous à la corvée des chiottes !

Grigorov conduisait, puis Little prit lui-même le volant du Skoda.

Kaplan boudait dans un coin. Quelque chose l'avait déçu et déprimé, et Starr croyait savoir quoi. On lui avait volé son moment de triomphe : Mathieu, tout compte fait, ne s'était pas trompé...

Il n'y avait pas trace de soldats le long de la route. Les Albanais respectaient l'accord. Starr jeta un regard reconnaissant à Imir : Dieu soit loué pour le culte de la personnalité !

Les capteurs, reliés à la centrale, se succédaient des deux côtés, aux flancs des montagnes. Ils avaient perdu leur phosphorescence.

— On dirait qu'ils ont coupé l'électricité, fit remarquer Little, froidement.

— Électricité, ouais, grommela Starr. Vous mériteriez un prix d'arrogance pour votre façon de minimiser les choses, major. Enfin, s'ils recommencent à pomper, il leur faudra deux ans pour faire le plein ! Entre-temps, j'imagine que nos savants auront trouvé la parade, ou quelque chose d'encore plus joli. Ce qui manque aux civilisations, c'est un terrain d'essai sur une autre planète, pour limiter les dégâts !

— Silence, dans les rangs ! ordonna Little. Vous

ne vous en rendez peut-être pas compte, mais tous vos propos prouvent que vous êtes encore sous l'effet démoralisant des retombées !

Des aigles tournoyaient au-dessus d'eux, et, dans le feu de la victoire, ils eurent plaisir à côtoyer leurs égaux.

— Des aigles, dit Starr.

Stanko leva les yeux.

— Des vautours.

— Je me demande ce qu'il est advenu de ce charmant garçon albanais, murmura Little, rêveusement.

— Il est assis dans une auberge et il bouffe de l'ail, lui dit Caulec.

— Non, dit Stanko. Il est allé dire la vérité au peuple albanais, dans la vallée. Il est quelque part, en bas, allant de village en village, leur disant la vérité. Je connais les Albanais. Ils sont fiers et courageux. Ils ont un très bon souffle, très résistant. Le meilleur ! Des montagnards, vous savez...

Ils entendirent au loin un crépitement de mitrailleuse. La route grimpait en lacets à flanc de montagne, au-dessus du village de Berz, à l'extrémité ouest de la vallée. Tirs d'entraînement, se dit Starr.

— Ce ne sont pas des tirs d'entraînement, dit Grigorov avec colère, comme s'il avait lu dans sa pensée.

— Des meurtres d'entraînement, alors, fit Starr, entre les dents. Ça manquait de Cambodge, voilà.

Le tir des mitrailleuses se répercutait dans la montagne, dans un écho continu des rafales.

Little arrêta le camion.

Le village de Berz était au-dessus d'eux. C'était le dernier village de la vallée.

Little ajusta ses jumelles.

— Le petit a tenu parole, dit-il fièrement.

Les gens, au fond de la vallée, cherchaient à s'éloigner des capteurs qui les entouraient. Ils essayaient de mettre entre eux et les obélisques la fameuse distance de captation : soixante-quinze mètres.

Ce n'est pas vrai, pensa Starr, les yeux fermés. Des hallucinations, l'effet morbide décadent, pathologique des retombées. Rien de tout cela n'a eu lieu. Du délire d'une imagination pervertie, empoisonnée. Rien n'est vrai. Ni le ghetto de Varsovie, ni Katyn, ni Babi Yar. Budapest, Prague, Oradour, Lidice, Jan Palach, le Vietnam, le mur de Berlin. Des phantasmes.

— Ils ont dû essayer de foutre les capteurs en l'air et... bégaya Grigorov.

Starr regarda Imir Djuma. La statue stalinienne semblait un peu revenue à la vie. Les yeux étincelaient de mépris.

— Faux, dit-il. De la propagande occidentale. Des agents provocateurs comme vous qui ont tenté une action de sabotage et que le peuple a saisis. Des mensonges. De la calomnie, dernières gouttes du venin déversé par les laquais du capitalisme...

— Pourquoi ? gémit Kaplan. Pourquoi ce massacre ?

— Vous venez de l'entendre, lui dit Starr. C'est de la propagande occidentale. Ce n'étaient pas des tirs de mitrailleuses, c'étaient des tirs de propagande occidentale qui empoisonnent l'esprit du peuple.

— Mon Dieu ! murmura Kaplan.

— Ça aussi, c'est de la propagande occidentale ! l'informa Starr.

— Eh bien, moi, je pense que le maréchal a raison. Ces coups de feu sont encore des effets hallucinogènes du carburant. D'ailleurs, ceux qui croiraient à cette histoire de la captation et de la libération du souffle, parmi ces braves villageois, seraient tout simplement enfermés dans les hôpitaux psychiatriques !

— Je proteste ! rugit Komarov. C'est une remarque antisoviétique !

— Je ne veux pas de ce genre de discussion entre alliés, dans mon équipe ! les avertit Little. Major Komarov, je vous présente mes excuses pour les insultes d'un de mes subordonnés. Il est manifestement encore sous l'influence des effets démoralisants de l'énergie. L'U.R.S.S. est un pays où règne la liberté. Il en est de même des U.S.A. Et de tous les pays représentés ici, et sous mon commandement. Si la Chine et l'Albanie étaient à nos côtés, ce seraient aussi des pays où fleurit la liberté. Rien que de foutus pays où fleurit la liberté, tant que j'occupe ce poste. Professeur Mathieu, ça va ?

— Oui, dit Mathieu, surpris. Pourquoi ?

— Parce que nous aurons peut-être encore besoin de vous ! gueula Little, hors de lui. Peut-être avons-nous fait une erreur ! Peut-être aurions-nous dû laisser cette saloperie être désintégrée ! En tant qu'officier et gentleman, je n'ai pas le sentiment que nous méritons mieux !

La vallée était redevenue silencieuse.

Little mit le camion en marche.

XXXIV

Il ne restait plus qu'une dizaine de kilomètres à parcourir.

Les montagnes s'étaient éloignées, et la route traversait en ligne droite les solitudes rocailleuses du plateau de Kinjal. Les seuls signes d'activité humaine étaient les capteurs qui fournissaient l'énergie aux avant-postes militaires et vers les carrières d'Arz. Mais, ici aussi, l'énergie avait été coupée et les relais vides avaient le gris terne de la matière inanimée.

Caulec et Stanko se tenaient debout dans le camion, surveillant le plateau et le ciel, bien que la présence de l'otage rendît une attaque aérienne fort peu probable. Les deux Russes tenaient leurs mitraillettes braquées sur Djuma. « Dans un souci de crédibilité, écrivit Starr, les Russes exagéraient leur attitude quelque peu mélodramatique, mais il est certain que durant ces minutes cruciales, à l'approche de la frontière yougoslave, notre sort dépendait entièrement de la philosophie personnelle du maréchal Imir Djuma en matière de vie et de mort... Il faut bien reconnaître aujourd'hui que nous avons sous-estimé aussi bien l'homme lui-même que le caractère national albanais. »

Ils devaient donner priorité absolue au transport du bouclier nucléaire de l'autre côté de la frontière. Leurs instructions à cet égard étaient formelles : laisser derrière eux cette pièce à conviction équivaudrait, aux yeux de l'opinion, à un « suicide éthique ».

L'accord avec les Albanais stipulait une frontière ouverte et le retrait de toutes les troupes alentour ; un détachement de la Sécurité était parti en éclaireur pour dégager toutes les routes et attendre la libération de Djuma.

Little jeta un coup d'œil à sa montre : encore cinq minutes et ils étaient tirés d'affaire. Il avait l'habitude de ces ultimes instants d'une opération, toujours les plus éprouvants pour les nerfs. Pour la première fois depuis le début du raid, il commençait à se sentir physiquement conscient de lui-même : les mains agrippées au volant, la gorge sèche, la tension musculaire aux épaules et à la nuque, une respiration plus rapide...

Mathieu avait posé sa tête sur les genoux de la jeune femme qui caressait doucement ses cheveux. Starr trouvait cet exhibitionnisme presque provocant par la façon dont le couple avait de chercher refuge dans le sentimentalisme le plus éculé, comme s'il y avait là quelque réponse à tout, quelque source encore vive d'invincibilité et d'espoir. Starr était furieux contre lui-même, car un homme qui, à quarante-cinq ans, en est encore réduit à contempler l'amour avec ironie, avoue ainsi une frustration et une nostalgie secrète dont il se croyait pourtant depuis longtemps guéri. May se penchait sur le Français avec une tendresse maternelle ; sa chevelure baignait le visage de cet Atlas à la manque qui avait voulu se charger de tout le poids du monde. « Je m'attendais qu'elle lui donnât son sein à téter », écrivit Starr, mais il supprima cette phrase de la version finale de son rapport, car il y reconnaissait un aveu fort peu compatible avec son excellente réputation militaire. La pure éternité de cette camelote affective qu'il avait sous les yeux le fit grimacer de dégoût ; il se détourna, non sans un pincement incisif de tristesse : il est certaines banalités premières qui ne sont pas pour le regard des solitaires.

— Je crois que, cette fois, je vais réussir, murmura Mathieu. Réussir à renoncer. Je vais m'exprimer d'une tout autre manière...

— Comment, Marc ?

— Toi.

Starr ferma les yeux. Toute cette marmelade sentimentale, ces madrigaux devant une bombe nucléaire miniaturisée de conception parfaite — un chef-d'œuvre de la pensée et de la technique — étaient une insulte au génie humain.

— Qu'est-ce qu'il y a de drôle, colonel ? demanda Grigorov.

— Moi, dit Starr.

Le poste frontière était en vue, avec le drapeau rouge albanais qui flottait sur un carré de béton percé de meurtrières.

Little ralentit et ajusta ses jumelles. Deux sections de soldats étaient déployées à travers la route, mais il s'écartèrent dès qu'ils aperçurent le camion et se rangèrent des deux côtés, les fusils baissés.

L'officier qui les commandait s'était écarté, lui aussi, rengainant son arme.

Plus loin, du côté yougoslave, la barrière était

levee. Il y avait six chars et un hélicoptère. D'autres véhicules blindés attendaient sur la route et, dans la voiture de tête, il reconnut Popović. Plusieurs centaines de soldats étaient disposés sur le terrain.

Il leur restait environ deux cents mètres à parcourir.

— C'est bon, dit Little. Allons-y.

Il appuya sur l'accélérateur.

Le moteur cala. Il y avait deux commandes sur le tableau de bord : une blanche et une noire. Little tira sur la commande blanche, qui se trouvait à droite : celle de l'injecteur.

Il y eut un embrasement soudain de lumière blanche autour du capot, et le moteur vibra, puis s'arrêta.

— Bon Dieu, fit Little. Ça fuit, leur essence. Du carburant de merde.

Il regarda autour de lui.

— Pas moyen de faire le plein, par ici ?

— Non, dit Kaplan. Les capteurs sont vides. Pas d'énergie.

Little s'était tourné vers les obélisques.

— Il en reste peut-être un peu, dans un de ceux-là.

— Regardez la couleur, dit Kaplan. Ils n'ont pas été alimentés.

— Il va falloir marcher, c'est tout, déclara l'Anglais. Pas bien grave... Amarrez-vous au bouclier, messieurs.

Starr se pencha et enleva la sécurité.

— Parfait, dit l'Anglais. Cette chère vieille tortue est prête. Attention en la soulevant. Je descends.

Il se pencha du siège avant vers Imir Djuma.

— Peut-être pourriez-vous leur parler, monsieur ? Dites-leur de nous donner un moyen de transport. À moins que vous ne préfériez nous aider à porter cette... chose... Je pense que ce serait un peu humiliant pour vous, sous les yeux de vos soldats et des Yougoslaves...

Stanko tendit le mégaphone au maréchal. « La raison de cette erreur, rapporta Little par la suite, résidait dans notre ignorance de ce pays, de son histoire et de son farouche caractère national, ou, pour utiliser un vocabulaire plus à jour, de la qualité du souffle albanais. Dans ce cas précis, nous avons sous-estimé gravement, et avec des conséquences qui auraient pu être fâcheuses, la qualité du souffle personnel du maréchal Djuma. Aucun d'entre nous n'avait vraiment réfléchi à ce qui pouvait se passer dans son esprit. Dans la vallée, il s'était trouvé réduit à l'impuissance et contraint d'accepter nos conditions, pour éviter la destruction de son pays. Mais il s'en moquait comme d'une guigne de détruire une partie de la Yougoslavie, ce qui eût été le cas si la bombe avait explosé à l'endroit où nous nous trouvions. Ce n'était pas une éventualité qui pouvait l'inquiéter. Il avait parfaitement compris la situation : le bouclier nucléaire était devenu inutile, et lui, Imir Djuma, le "dernier des premiers", depuis la mort de Staline et de Mao, était à présent notre seule protection. C'était évidemment quelque chose que son orgueil lui interdisait d'accepter. »

Le maréchal prit tranquillement le mégaphone des mains de Stanko et dit quelques mots d'une voix calme. Puis il leva la tête, se tourna vers ses ennemis, et toute son attitude fière, décidée et méprisante devint celle d'un homme qui se trouve devant un peloton d'exécution et à qui a été accordé le privilège de commander sa propre mise à mort.

Les soldats bondirent en travers de la route, face au camion, et ouvrirent le feu.

— Attendez, les gars ! hurla Little, comme les mitraillettes du commando se mettaient à crépiter derrière lui. C'est du carburant foutu, ils sont trop loin ! Laissez-les s'approcher à la bonne distance, on pourra faire le plein !

Les soldats s'étaient rapprochés, mais ils étaient encore à une centaine de mètres du camion. Il les voulait le plus près possible du capteur du camion. À moins de cinquante mètres. Il n'avait pas confiance dans la qualité de la fabrication locale. Il était prêt à parier que le collecteur d'énergie du moteur n'avait pas la puissance de captation normale de soixante-quinze mètres.

— Plaquez-vous derrière les rochers... Allez, vite ! Attention, désamarrez-vous... Laissez-les venir beaucoup plus près ! Le réservoir est vide, il faut le remplir, bon Dieu !

Starr et Grigorov avaient déjà sauté à terre, et couraient, pliés en deux, vers les rochers. Le Russe fut touché et s'écroula à mi-chemin entre le camion et un obélisque. Starr se jeta à plat ventre à côté de lui.

— Grave ? demanda-t-il, sans le regarder.

— *Plokho...*, marmonna le Russe. Mauvais...

Les Albanais avançaient lentement, sur deux rangs, vers le camion, sans cesser de tirer.

Djuma se tenait debout, bien en vue, les bras croisés.

Little abaissa ses jumelles qui l'empêchaient d'évaluer la distance. À l'œil nu, cela devait faire dans les soixante mètres. Il les voulait à cinquante. Même pour une fabrication locale, ça devait être bon.

— Feu ! hurla-t-il.

Caulec et Stanko étaient accroupis à gauche de la route, leur Spat en action ; le feu de Starr venait de la droite.

Trois soldats s'affaissèrent presque en même temps sur le sol.

Le moteur du camion se mit immédiatement en marche.

Les Albanais couraient s'abriter derrière les rochers, mais Starr eut le temps de refaire deux fois le plein. Du surplus.

— Est-ce qu'il y a quelque chose dans la Convention de Genève à ce sujet ? voulut savoir Stanko, tout en rampant vers le camion. Je veux dire, le carburant avancé, et les lois de la guerre en temps de paix ?

— Absolument rien, lui assura Caulec. Les lois de la guerre sont applicables uniquement en temps de guerre. En temps de paix, tout va.

Le moteur ronronnait régulièrement, mais dès que Little eut tiré la commande blanche de l'injecteur, il y eut un nouvel embrasement de lumière blanche et le moteur s'arrêta.

— Qu'est-ce que c'est que ce foutu carburant albanais ? rugit Little. Ça fout le camp !

— Ce n'est pas le carburant, major ! cria Kaplan. Vous ne connaissez pas la voiture. Vous vous trompez de manette ! Ce n'est pas la manette d'injection, c'est le videur qui commande l'échappement ! Quelles sortes de voitures avez-vous donc conduites dans votre vie, espèce de fossile !

Little grommela quelques excuses d'un air déconfit et vexé. Il se leva et épaula son Spat, à la recherche du ravitaillement. Mais les Albanais étaient bien protégés par les rocs. Le major se tourna vers Imir Djuma. Leurs regards se croisèrent.

Komarov avait déjà appuyé le canon de sa mitraillette contre la nuque du maréchal.

— Pas encore, dit Little.

Il avait décidé de garder en réserve cette ultime chance.

Starr rampait vers le camion en aidant son camarade russe.

Grigorov était mourant. Ses yeux étaient rivés à l'obélisque gris du capteur le plus proche, à moins de soixante mètres de là. Il ne parlait pas, mais ses yeux étaient agrandis, figés dans une expression d'horreur. Il n'avait aucune envie de donner son petit brin d'énergie à ce sale truc albanais. Apparemment, dans son esprit, « prolétaires de tous les pays unissez-vous » avait des limites. Starr se mit à le traîner hors de portée de l'obélisque et plus près du camion.

— Merci, John, murmura le Russe. Tu m'as sauvé... Tu as sauvé mon... je ne sais pas ce que tu as sauvé...

Il sourit.

— ... mais tu l'as sauvé. Merci.

— De rien, dit Starr.

— Oh, si...

Le sang jaillit de sa bouche et il mourut.

324

Starr éprouva une petite gêne morale, d'ailleurs très passagère.

Il n'avait pas essayé de sauver le Russe du capteur de l'obélisque.

Il avait cherché à le pousser plus près de celui du camion, pour que le moteur se remette en marche.

Il s'agissait uniquement de faire le plein.

Mais le souffle de Grigorov s'était échappé trop tôt, et ils avaient encore perdu là une bonne chance.

Little leur jeta un coup d'œil irrité et se dressa froidement parmi les balles.

— Colonel Starr ! gueula-t-il. Mettez-vous au volant. Je vous confie le commandement. Je me charge de remplir ce maudit réservoir moi-même, monsieur !

Starr, qui s'apprêtait à prendre son élan pour bondir dans le camion, attendit que le major, comme il l'avait dit, fît le plein lui-même. « Ce fils de pute forçait l'admiration, devait-il commenter par la suite, après une seconde bouteille de slivovice, au Q.G. de Belgrade. Il nous avait promis de demeurer fidèle jusqu'au bout au cliché d'officier et de gentleman de Sa Majesté qu'il avait assumé, il nous avait déclaré que nous pouvions compter là-dessus, et il tenait parole. J'attendais qu'il remplisse le réservoir et je me sentais à la fois impressionné et indigné, partagé entre le mépris du soldat de métier pour ce poseur, et l'admiration que m'inspirait une telle fidélité d'un foutu cabotin au rôle qu'il avait décidé de jouer. Lorsqu'un homme est prêt à donner sa vie pour un cliché, c'est la fin des clichés et le début de l'authenticité. Il faisait renaître, pour un bref instant et pour son propre compte, l'Empire britannique de ses cendres. "Allez-y, monsieur ! lui lançai-je. *There'll always be an England.* Il y aura toujours une Angleterre !" »

Starr entendait presque le son des cornemuses.

Little restait debout, attendant qu'une balle vînt le frapper.

— Piètres tireurs, ces gars-là. *Poor show. Bloody awful.*

Un nuage de poussière se levait sur la plaine : l'armée albanaise tout entière semblait se diriger vers eux.

Starr bondit dans le camion. Il ne leur restait plus qu'une chose à faire. Sinon... Jugement de cinq saboteurs capturés, leur confession publique et une bombe de vingt mégatonnes miniaturisée aux mains des Albanais.

Stanko avait eu la même idée que lui. Il braqua son arme sur le filet électronique.

Puis il fit signe à Djuma.

— Éloignez-vous de quelques centimètres, maréchal, lui dit-il d'un ton railleur. Vous risquez d'être un peu étourdi...

Aucun d'eux ne regardait Mathieu, mais ils surent qu'il avait été touché lorsqu'ils entendirent la fille hurler. Elle n'aurait pas crié d'une voix aussi déchirante si c'était elle qui avait été atteinte.

Elle le tenait dans ses bras.

— Mon amour, mon amour !

Bon accent français, pensa Starr, en un réflexe désespéré d'autodéfense.

Elle essayait de le sauver. Car si un baiser pouvait sauver un homme, ce salopard aurait été immortel.

Le visage de Mathieu était à peine visible, sous tout ce ruissellement doré.

— Tu vas me manquer, fillette, lui dit-il.

La voix était encore ferme. Mais Starr voyait l'endroit où la balle avait pénétré. Le gars était fichu. Avec un peu de chance, ils allaient pouvoir repartir. Komarov se pencha et demeura l'œil fixé sur la jauge du carburant.

Ils attendirent. Imir Djuma était descendu du camion et se tenait au milieu de la route. Il avait levé les bras et les soldats avaient arrêté leur tir.

Il nous veut vivants, pensa Caulec.

Stanko braqua sa mitraillette sur Imir.

— Vous n'avez qu'un mot à dire, major ! hurlat-il. De la bonne énergie ! La meilleure possible !

Il s'aperçut que tous les regards étaient fixés sur Mathieu.

La dernière trace de vie sur le visage du Français fut un sourire.

— Sainte May d'Albanie, murmura-t-il.

Il essaya de tendre la main, comme pour toucher le visage de la jeune femme, mais sa main retomba, et le moteur du camion se remit en marche.

Little démarra à toute vitesse.

Les Albanais avaient recommencé à tirer.

Starr jeta un coup d'œil derrière lui. Il n'avait jamais vu un désespoir pareil.

— Arrêtez ! hurlait-elle. Arrêtez ! *Laissez-le sortir !*

Little continua.

Starr ne pouvait plus supporter les mouvements du camion. Il ne se souciait même plus des balles. Il avait dû être touché plusieurs fois, le sang coulait le long de son bras gauche, mais il ne sentait aucune souffrance physique.

— Arrêtez ! *Laissez-le sortir ! Libérez-le !*

Starr aurait souhaité de tout son cœur être lui-même à l'intérieur, à la place de ce type. Mais ce n'était que de l'épuisement nerveux.

Il trouva encore le courage de se tourner à nouveau vers May et un seul mot, un seul pouvait qualifier l'expression qu'il lut alors sur son visage, et ce mot était : « Victoire ».

La balle avait dû la toucher tout près du cœur. Elle se dressa un instant de toute sa hauteur de grande fille américaine, cheveux au vent, souriant triomphalement, puis son corps vide s'écroula sur celui de Mathieu.

Kaplan sanglotait. il fit alors quelque chose d'étrange, qui n'avait rien de scientifique et rappelait plutôt Auschwitz. Il se mit à chanter *El Maleh Rachanim*, la prière hébraïque pour les morts. Retour aux origines, pensa Starr, qui perdait son sang, étalé sur le bouclier nucléaire.

Ils roulèrent à toute vitesse encore quelques secondes, jusqu'à la ligne des soldats yougoslaves déployés sur la route.

Little arrêta doucement le camion.

Ils sautèrent à terre et entourèrent le moteur.

Aucun d'eux n'avait regardé les corps.

Ils regardaient tous le capot du camion.

— Allez, quelqu'un ! hurla Little, d'une voix brisée.

La commande d'échappement... Ma main est foutue !

Ce fut Starr qui tira la commande.

Ce n'était pas une lumière plus forte que cent mille soleils, et elle ne devait rien au génie de l'homme, mais à ceux qui étaient perdus, elle donnait une dernière chance.

Note de l'auteur   9

« Carburant avancé. »   13

La Vallée des Aigles   153

DU MÊME AUTEUR

Aux Éditions Gallimard

LE GRAND VESTIAIRE, *roman* (Folio).

LES COULEURS DU JOUR, *roman.*

ÉDUCATION EUROPÉENNE, *roman* (Folio).

LES RACINES DU CIEL, *roman* (Folio).

TULIPE, *récit.*

LA PROMESSE DE L'AUBE, *récit* (Folio).

JOHNNIE CŒUR, *théâtre.*

GLOIRE À NOS ILLUSTRES PIONNIERS, *nouvelles.*

LADY L., *roman* (Folio).

FRÈRE OCÉAN :

    I. POUR SGANARELLE, *essai.*

    II. LA DANSE DE GENGIS COHN, *roman* (Folio).

    III. LA TÊTE COUPABLE, *roman* (Folio).

LA COMÉDIE AMÉRICAINE :

    I. LES MANGEURS D'ÉTOILES, *roman* (Folio).

    II. ADIEU GARY COOPER, *roman* (Folio).

CHIEN BLANC, *roman* (Folio).

LES TRÉSORS DE LA MER ROUGE, *récit.*

EUROPA, roman.

LA NUIT SERA CALME, *récit.*

LES TÊTES DE STÉPHANIE, *roman.*

AU-DELÀ DE CETTE LIMITE VOTRE TICKET N'EST PLUS
    VALABLE, *roman* (Folio).

CLAIR DE FEMME, *roman* (Folio).

CHARGE D'ÂME, *roman* (Folio).

LA BONNE MOITIÉ, *théâtre.*

LES CLOWNS LYRIQUES, *roman* (Folio).

LES CERFS-VOLANTS, *roman* (Folio).

VIE ET MORT D'ÉMILE AJAR.

L'HOMME À LA COLOMBE, *roman.*

L'ÉDUCATION EUROPÉENNE, *suivi de* LES RACINES DU CIEL *et de* LA PROMESSE DE L'AUBE *(coll. « Biblos »).*

*Au Mercure de France sous le pseudonyme d'*Émile Ajar

GROS CÂLIN, *roman* (Folio).

LA VIE DEVANT SOI, *roman* (Folio).

PSEUDO, récit.

L'ANGOISSE DU ROI SALOMON, *roman* (Folio).

ŒUVRES COMPLÈTES D'ÉMILE AJAR *(coll. « Mille Pages »).*

Composition Nord Compo.
Impression Bussière à Saint-Amand (Cher),
le 17 octobre 1997.
Dépôt légal : octobre 1997.
Numéro d'imprimeur : 1/2822.
ISBN 2-07-040366-1./Imprimé en France.

83149